アノニマス・コール

薬丸 岳

角川文庫
21275

目次

アノニマス・コール　5
解説　吉田大助　479

1

　からだを揺すられて、朝倉真志はゆっくりと目を開けた。顔中あざだらけの男と目が合ってぎょっとした。

「ちょっと悪いけどさ……タオルと氷を借りてもいいかな？　目を覚ましたらからだじゅう痛くってさ、たまんねえんだよ」

　朝倉はぼんやりとした思考のまま首を巡らせた。殺風景な六畳の部屋が視界に映る。間違いなく自分の部屋だ。

「タオルは風呂場の前の棚に入ってる。氷は冷蔵庫の中から勝手に取れ」

　台所と風呂場があるほうに指を向けて言うと、若い男が顔を歪ませながら立ち上がった。

　よろよろとした足取りで隣の台所に入っていく背中を見つめながら、どうしてあの男がここにいるのかを考えた。

　たしか、戸田と名乗っていたと記憶している。昨晩飲みに行った居酒屋で見かけた男だ。お互いにひとりで飲んでいたが、どこか見た覚えがあると様子を窺って、朝倉が派遣として勤める坂戸(さかど)の工場に最近入ってきたアルバイトだと思い出した。

戸田は後ろの席で馬鹿騒ぎしている男女の集団に、あからさまに舌打ちしていた。男たちは見るからにガラの悪そうな連中だ。朝倉が喧嘩(けんか)になりそうな険悪な空気を察して、朝倉が店店の主人に勘定を頼んだときに、戸田が「うるせえんだよ」と因縁をつけた。その言葉できり立った男たちに戸田は店の外に連れ出された。

関わるべきではないと思っていたが、表から聞こえてくる激しい怒声に、朝倉は店の外に出て「そのへんにしておいてやれよ」と、戸田を蹴(け)り飛ばしていた男たちをたしなめた。

だが、素直に言うことを聞くわけがない連中だ。こちらに殴りかかってきた男たちを軽くひねり返すと、あっさりと退散していった。

戸田は悪びれる様子もなく店に戻ると、「助けてくれた礼におごるよ」と、帰ろうとする朝倉を無理矢理引き止めた。

しかたなくしばらく一緒に酒を飲んだのは覚えているが、それ以降の記憶が定かではない。

朝倉はだるいからだを引きずりながらベッドから起き上がった。台所に入ると流しの前に立っている戸田の背中があった。

「どうしておまえがここにいるんだ」

朝倉が訊(き)くと、戸田がこちらを振り返った。

「あんたが泊まっていけって言ったんじゃないか」戸田が氷水で濡(ぬ)らしたタオルを顔に押

しつけながら答えた。

「おれが？」

多少酔っぱらっていたとしても、よく知りもしない人間を家に上げるとは考えづらい。

「そうだよ。バイクで帰るって言ったら、うちに来いよって……」

そこまで聞いて、記憶の断片がよみがえってきた。居酒屋が店じまいした後も、戸田はもう少し飲んでいこうとしつこく誘ってきた。はしごする金はないと朝倉が誘いを断ると、戸田はしかたなさそうな顔で店の前に停めていた大型バイクにまたがろうとした。

戸田が住んでいるアパートはそこからかなり離れた小川町にあるという。タクシーで帰るか、始発が出るまでどこかで時間をつぶせと説得したが、戸田はなかなか聞き入れようとしなかった。

戸田がバイク事故を起こして死のうが怪我をしようがどうでもよかったが、巻き添えを食うかもしれない人たちのことを想像すると、その場に放っていくのがためらわれた。けっきょく、自転車で帰れる距離にある朝倉の部屋に泊めることにしたのだ。

「ご馳走するつもりが、逆にご馳走になっちまったな」戸田がテーブルに目を向けて言った。

テーブルの上にはふたつのコップとスナック菓子の袋が散乱している。床に置いた大型ペットボトルの焼酎がほとんど残っていないことから、この部屋でもかなり飲んだのだろうと察した。

「これ、あんたの奥さんと子供か?」

その声に、朝倉はテーブルの上から視線を移した。

戸田がカラーボックスの前にしゃがみ込んで、写真立てを手にしている。

「勝手に触るな」

思わず睨みつけると、戸田が悪びれた様子も見せずに一笑してから、写真立てをカラーボックスに戻した。

「家族はいないって言ってたじゃない」

その言葉を聞いて、朝倉は顔をしかめた。酔った勢いで、そんなことまで話したのだろうか。

「もしかしたら……おれ、変なこと言っちゃったかな」決まりが悪そうな表情になって戸田が言った。

妻子が亡くなっているという可能性に思い至ったのかもしれない。

「気にするな。別れただけだ」

「そうか。自分に身内がいないくせに、そういうところは鈍感でさあ」

「身内がいない?」

「話してなかったっけ? ガキの頃から施設で育ってきたから」

そういえばそんなことを言っていたような気がする。

「ところで……おれは他に何か自分の話をしたか?」朝倉は訊いた。

「別に。どうしてあんなに強いんだって訊いたら、柔道をやっていたって」

「それだけか？」

「ああ。あんたはずいぶんと秘密主義みたいだな。何を訊いてもまともに自分の話をしてくれなかった。まあ、そういうところが工場の他のおっさんには感じない魅力なのかもな。これからの付き合いが楽しくなりそうだ」

「秘密にするようなことは何もない。妻子に捨てられたわびしい中年男というだけだ」

「せっかくの休みなのにひとりぼっちか。どこかで飯でも食って飲みに行こうぜ」戸田が壁に掛かった時計に目を向けて言った。

　午後の三時を過ぎている。

「ひとり者でもやることがある。そのタオルは持っていってもいいから帰ってくれ」

「何だよ、つれねえなあ。せっかくダチになったっていうのに」

「おまえみたいな酒癖の悪い若造をダチにした覚えはない」

　朝倉が言うと、戸田が苦笑した。

「飲みたくなったらいつでも連絡してくれよ。おれも連絡するからさ」

　戸田がズボンのポケットから取り出した携帯をこちらにかざして玄関に向かった。

「こんなおっさんじゃなく、同世代の仲間と楽しくやれ。工場にはたくさんいるだろう」

　戸田はそれには答えずに靴を履くと、部屋から出ていった。ドアが閉まると、すぐにテーブルの上に置いてあった携帯を手に取った。アドレス帳を確認すると、いつの間にか

『戸田純平』という名前と電話番号とメルアドが登録されている。

朝倉は携帯の画面を見つめながら思わず溜め息を漏らした。

人と深く接しないように気をつけてきたが、面倒くさそうなやつと関わりを持ってしまった。

朝倉は玄関に行って鍵を閉めると、冷蔵庫に向かった。缶ビールを取り出すと、その場でプルタブを開けて喉に流し込んだ。飲み干した缶を流しに捨てると、ふたたびビールを二本取り出してベッドに向かった。

迎え酒に三本のビールを立て続けに空けたが、頭の中を覆っている靄のようなものが晴れる様子はない。

ベッドに寝転がって頭から布団をかぶったとき、携帯の着信音が聞こえた。この数年ほとんど聞かなかった音に、相手の顔を想像して鬱陶しさがこみ上げてきた。

朝倉は拒絶の言葉を頭に描きながら布団をめくって携帯を手に取った。だが、着信は戸田からではない。画面には覚えのない携帯番号が表示されている。

「もしもし……」朝倉は怪訝に思いながら電話に出た。

応答がない。

「もしもし……もしもし……」

何度か問いかけてみたが、相手からの反応はなかった。

電話を切ろうと携帯を耳もとから離したときに、声が聞こえたように感じて、慌てて戻した。

「もしもし……朝倉です。何か言ったかな？」

次の瞬間、通話が切れた。

朝倉はふたたび携帯を耳から離して画面を見つめた。

お父さん――

電話口で女の子の声がそう呼びかけたように感じて、胸の中がざわついた。

2

「安本（やすもと）さんはここに来てどれぐらいになるの？」

おっとりとした優しい声音が浴室内に反響した。

「もうすぐ二年半になります」

安本奈緒美（なおみ）は井上（いのうえ）おばあちゃんの背中を見つめながら答えた。

「そう。ここに来る前はどこかで働いていたの？」

上半身の前の部分を一通り洗い終えて、ハンドタオルを握った右手を後ろに向けて伸ばそうとしている。だが、いつものように背中までは届かない。

「背中だけ洗いましょうか？」

頃合を見計らって奈緒美が声をかけると、井上が顔をこちらに向けてにっこりと笑った。

「そうしてもらおうかしら。一応、毎日チャレンジしてみようとは思うんだけど」

「いい心がけだと思いますよ」

奈緒美は微笑みを返しながら井上からハンドタオルを受け取ると、その場にしゃがみ込んだ。

「ああ、やっぱり人にしてもらうと楽でいいわあ」

撫でるように背中を洗っていると、井上が気持ちよさそうに溜め息をついた。

「でも、チャレンジ精神は忘れないでくださいね。努力を怠るとどんどんからだが硬くなってしまいますから」

「はいはい。ところで、何の話をしていたんだったかしら」

「ここに来る前はどこで働いていたかというお話でしたけど、介護関係はここが初めてなんです」

「そうなの？　ずいぶんできるかただから、ずっとこの仕事をしているのかと思ってたけど」

誰に褒められてもうれしいものだが、入所者の中でも特に気心の知れた井上からそんなことを言ってもらえると格別な思いがある。

井上がこの施設に入所してから二ヶ月も経っていない。それまでは長年暮らしていた静岡市内の施設にいたそうだが、息子夫婦の転居によって、横浜にあるこのサンテラス戸塚に移ることにしたという。

ここの入居者の中で一番新しいのに誰よりも気心が知れるように感じるのは、井上が二年前に亡くした奈緒美の母とどこか、雰囲気や話しかたや佇まいが似ているせいかもしれない。

「せっかく親しくなれたんだから辞めないでちょうだいね」井上がふいに言った。

「四十過ぎての就職活動は厳しいですから、簡単には辞めませんよ。はい、背中は洗い終えました。後はご自身でやってみましょうね」

奈緒美はそう言って、ハンドタオルを井上に差し出した。

「そう、それならうれしいけど……前にいた施設では、いいなと思う人が次々と辞めていっちゃったの」井上が下半身を洗いながら寂しそうに言った。

「そうなんですか……」

その理由を痛感しているが、口には出さなかった。

介護職はそうとう過酷な仕事だ。しかも、仕事内容と給料が見合っているとはとても言えない。四十歳手前からの就職活動にこの職種を選んだのは、求人数が比較的多く、年齢や経験などを問われないところが多かったという単純な理由からだった。

前職よりも過酷な仕事などそうそうないだろうと高をくってこの仕事を始めたが、あの頃からは気力も体力も桁違いに衰えていたのを痛感させられる毎日だ。

井上が風呂から上がって着替えをするのを見届けると、奈緒美は食堂談話室に向かった。

「安本さん、時間よ。おつかれさま」

同僚に声をかけられて、奈緒美は壁に掛かった時計に目を向けた。四時半を過ぎている。

「みなさん、上がらせてもらいます。おつかれさまです」奈緒美はその場にいた者たちに告げると事務所に向かった。

事務所のドアをノックして中に入ると、机に向かって書類に目を通していた杉下が顔を上げた。

「あら、安本さん。上がり？」

「ええ。おつかれさまです」

「今日はどうする？」杉下が笑みを浮かべて訊いてきた。

「お時間があったらお願いしたいんですけど」

「わたしはかまわないけど。日曜日の夕方に帰れるなんてあまりないでしょう。たまにはお嬢さんと一緒に過ごしたら？」

ここの勤務体系は早出、日勤、遅出、夜勤の四交代制だ。たしかに梓の学校がない土日に休日か夕方までに上がれる早出になることはそうそうない。

「そうなんですけど、今日は友達とディズニーランドに行ってるんです」

梓と仲のいい同級生四人と、その中のひとりの母親が運転手と付き添い役になってくれて出かけている。

「そう。じゃあ、先に着替えちゃったら？その間にここを片づけておくから」杉下が机の上に広げた書類に手を伸ばした。

奈緒美は軽く頭を下げて更衣室に入った。着替えをして私物を入れたトートバッグを持って出ると、杉下と向かい合わせに座った。バッグから参考書を取り出して机の上に広げる。

「ここなんですけど……この意味がちょっとよくわからなくて」奈緒美は参考書を指さしながら訊いた。

「ああ、これねえ……」

ケアマネージャーである杉下がいて時間のあるときには、勉強でわからないところを教えてもらっている。

介護福祉士の国家資格を取りたいと思っていた。三年以上の実務経験が必要なので、来年にならなければ受験することはできないが、半年ほど前から筆記試験に備えて勉強をしている。

待遇の不満を嘆いているばかりではしかたがない。介護福祉士の資格を得れば今よりも給料が上がる。小学校五年生の梓にはこれからさらにお金が必要になるだろう。

振動音が聞こえて、隣の椅子に置いたバッグに目を向けた。メールではなく電話の着信のようだ。

「出ていいわよ」

杉下に言われて、奈緒美は「すみません」とバッグから携帯を取り出した。

真志――という名前が目に飛び込んできて、奈緒美は反射的に携帯をバッグにしまった。

「出なくていいの？」

杉下の声に、奈緒美は顔を向けた。

「もし何だったら、ひとりにしようか？」

奈緒美の表情に何かを察したのか、杉下が椅子から立ち上がろうとした。

「いえ、大丈夫ですよ。たいした用事じゃないんです。続けましょう」奈緒美は気を取り直して言った。


奈緒美は施設を出るとすぐにバッグから携帯を取り出した。

事務所にいる間も何度となくバッグの中で振動音が響いていた。その音を聞くたびに心がかき乱されてしまって、けっきょく途中で帰ることにした。

着信履歴を見ると、かかってきたのはすべて真志からだった。

用件が気になるが、こちらから電話をかけてみようとは思えない。

留守電のマークがついているので、メッセージを聞いてから対処のしかたを考えよう。

留守電の番号にかけようとしたとき、握っていた携帯が震えて、奈緒美は身を強張らせた。

真志からの着信だ。

携帯画面を見つめているうちに、逃げているような自分が何だか馬鹿馬鹿しく思えてきた。

「もしもし……安本です」奈緒美は電話に出た。

「おれだけど……突然、悪い」

かすれた声が聞こえてきた。

「何か？」奈緒美は冷ややかに訊いた。

「ちょっと訊きたいことがあるんだが……その……梓は近くにいるか？」

いきなり娘の話をしてきたことを怪訝に思った。

「いないわ」

「梓は携帯電話を持っているのか？」

「ええ」

「この番号じゃないか」

真志から携帯番号を告げられて、さらに訝しさが増していく。

「いったいどういうことよ」

「三時過ぎにおれの携帯にこの番号から電話があったんだ。電話はすぐに切れてしまったが、女の子の声でお父さんと聞こえたような気がした。かけ直してみたけどつながらなかった。酔っぱらっていたから空耳かもしれないが、どうしても気になってしまって……」

「空耳よ」

そんな時間から酔っぱらっていると聞かされて、さらに口調が鋭くなった。

「それならそれでいい。さっきの番号じゃないんだな」

「ソラでは覚えてない。だけど梓があなたに電話をかけるなんてありえない」

梓には去年携帯を買い与えたが、真志の電話番号は教えていない。真志は自ら家族を捨てた。そのことは梓にもよくわかっているはずだった。

「確認だけでもしてくれないか」

初めて聞くような切羽詰まった声だった。

「わかった。アドレス帳を開くからいったん電話を切る。もう一回さっきの番号を言って」

奈緒美はバッグからペンとメモ帳を取り出すと、番号を書き記して電話を切った。梓の番号を呼び出してメモの番号と照らし合わせた。同じ番号だった。

自分がいない隙に携帯のアドレス帳を盗み見たのだろうか。だけどどうしてそんなことを……

画面を見つめながら唇を嚙み締めていると、手に持っていた携帯が震えた。

「どうだった?」

電話に出るなり、真志が訊いてきた。

「あの子の番号だった」

「きみとの電話を切った後もその番号にかけてみたがつながらない」

「そんなに心配することじゃないでしょう。遊び回るのに夢中で電話に出られないか、電源が切れてることに気づいてないだけよ」

「梓がどこにいるかわかってるのか？」

「友達とディズニーランドに行ってる」

「それはたしかなのか」

「ええ」

「そうか……最後にひとつだけ頼みがあるんだが」

「何」

「梓が帰ってきたらおれに知らせてほしい。メールでもかまわないから。きみにとっては不快な頼みかもしれないが、そうしてくれるとゆっくり眠れそうだ」

おれにとって家族なんかずっと邪魔な存在でしかなかった——

三年前とは別人のような言い草だった。

「わかった」

奈緒美は冷めた思いを胸に抱きながら電話を切った。携帯をバッグにしまおうとして、ディズニーランドに付き添っている野崎に連絡してみようと思い立った。

何時頃に戻ってくるのかということと、夕食の用意が必要かを聞いておいたほうがいいだろう。

「もしもし……安本さん？」

野崎が電話に出た。

「今、お電話して大丈夫ですか」奈緒美は訊いた。

「ええ。子供たちはアトラクションに乗っているけど、わたしは外でお休み中です。一日子供たちとここにいるとさすがにからだがねえ……」

「本当にご苦労さまです」

「今日は残念だったけど、また近いうちに遊びに行きましょうと梓ちゃんに伝えてくださいね」

「残念といいますと？」奈緒美は首をひねった。

「梓ちゃん、熱を出してしまって今日は行けなくなってしまったでしょう」

野崎の言葉に、奈緒美は驚きの声をあげた。

「ご存じなかったんですか？」

「ええ……どういうことでしょうか」

「朝、三十八度近い熱が出てしまったので行けなくなったと知美にメールがありまして。お母さんには連絡したから心配しないで、みんなで楽しんできてねと」

出勤のために六時に家を出てから今まで、梓からは電話もメールもなかった。野崎の娘の知美にはそんなメールを送ったが、奈緒美を心配させないようにと黙っていたのだろうか。

奈緒美は野崎と二言三言話して電話を切ると、駐輪場に向かった。

ゼリーやヨーグルトなどを買っていこうかと思ったが、少しでも早く戻ったほうがいいだろうとマンションへの道を急いだ。

「ただいま」

ドアを開けながら声をかけたが、中は真っ暗で反応もなかった。部屋で寝込んでいるのだろうと思いながら玄関の電気をつけて、奈緒美は違和感を覚えた。

梓がいつも履いている靴がない。


改札からあふれ出てくる人波の中に真志の姿を見つけた。真志も奈緒美に気づいたようで、すぐにこちらに向かって駆けだしてきた。

「どうだった？」

真志が口を開いた瞬間、アルコールとコーヒーが混ざり合ったような臭いが鼻先に漂ってきた。

「マンションの周辺の病院に問い合わせてみたけど、梓らしい女の子は搬送されていないって。それにしてもこんな時間からずいぶんと飲んでいるみたいね」奈緒美は嫌悪感をあらわにして言った。

「ディズニーランドに行ってると聞いて安心してた」

真志の声など聞きたくなかったが、梓からふたたび連絡がなかったかどうかを知りたくて電話をかけた。だが、真志はあれから梓からの連絡はないと答えた。

梓が熱を出してディズニーランドに行けないと友達にメールを送っていたことと、家にいないことを伝えると、真志は心配だから家の周辺を一緒に捜そうと言い出した。

「あなたが電話に出たとき、梓は他に何も言ってなかった？」

「ああ。ただ、さっきも言ったとおり酔っていたし、間違い電話だと思って携帯を耳から離したから、すべてを聞き取れなかったかもしれない。だけど、おれが呼びかけると、すぐに電話を切ってしまった」

梓はどうして真志に連絡をしたのだろう。

「鶴見の実家のほうは？」真志が訊いた。

「二ヶ月前に売って、お父さんは今保土ケ谷の賃貸マンションで暮らしてる。けど、お父さんは昨日と今日、同期会で箱根に行っていていないわ」

「お母さんは？」

「二年前に亡くなった」

そう告げると、真志の眼差しが陰った。

「葬儀にも出ずにすまなかった」

「こっちが知らせなかったんだから」

真志の顔を見たら父の悲しみがさらに増すだけだろうと思い、知らせなかった。

「それよりも、これから……」

「聞きづらいことだが、梓の最近の様子はどうだったんだ？」真志が奈緒美の言葉を遮るように訊いた。

「様子って……」

「そろそろ反抗期なんじゃないか。しかも父親はこんなだ」

「非行に走ったりしてないかってこと？」

　真志が頷いた。

「そんな感じは見受けられないけど……でも、正直なところ、はっきりそうだとは言いきれない。わたしも仕事があって、ずっと梓のことを見ているわけじゃないから」

「何をしてるんだ」

「介護ヘルパー。夜勤や宿直もあるから夜一緒にいられないことも多い」

「そうか。ところで近くに書店はないか」

「書店？」

「神奈川で働いていたといっても戸塚は土地勘がないから地図を買いたい。きみが住んでいるところや、梓の学校や図書館や児童館なんかの場所を教えてくれ。それらの周辺と駅前の繁華街を手分けして捜してみよう」

「わかった」


　児童館を出たときに真志から着信があった。

「もしもし……どう？」奈緒美は電話に出て訊いた。

「いや。駅周辺のゲームセンターやファストフードの店なんかを見て回っているが見つからない。そっちは？」

「こっちもまだ……」

二時間近くマンションや学校の周辺を捜し回っている。

「とりあえずきみは家に戻ってみたらどうだ? 帰ってるかもしれない」

「ついさっき家に電話をしてみたけど出ない」

「そうか。だけど、もしかしたら家のほうに何らかの連絡が入るかもしれない。おれはもう少しこのあたりを捜してみるから」

「何らかの連絡って何よ」

真志の言葉に触発されて、嫌なことを想像してしまった。

「馬鹿。変なことは考えるな。きみだって娘の携帯番号をソラで覚えていないと言ってたじゃないか。友達の誘いを断ってひとりでどこかに遊びに行ったたってことも考えられるだろう。帰るお金がなくなってしまったけど、携帯の充電が切れてきみと連絡が取れないでいるのかもしれない。親の携帯番号は覚えていなかったとしても、自宅の番号は覚えているんじゃないのか」

「そ、そうね……」奈緒美は嫌な想像を必死に振り払いながら言った。

電話を切ると急いでマンションに戻った。

帰っていることを願いながら部屋に入ったが、梓の姿はなかった。

不安と心細さに朦朧(もうろう)としてしまい、奈緒美はソファに崩れ落ちた。何もできないまま、リビングボードに置いた写真立てを見つめた。去年の夏、海に行ったときにふたりで撮った写真だ。

　固定電話の呼び出し音が鳴って、奈緒美は弾かれたように顔を向けた。すぐに立ち上がると電話機に駆け寄った。ディスプレーに公衆電話からと出ている。

「梓――」奈緒美はコードレスの受話器を取って叫んだ。

「安本奈緒美さんでしょうか」

　その声を聞いて背中が粟立った。機械で加工された奇妙な声だった。

「安本奈緒美さんでしょうか」

　ふたたび声が聞こえた。

「はい……」何とかその言葉を絞り出した。

「ご連絡が遅くなってしまって申し訳ありませんでした」

「あなたは……」

「お嬢さんを誘拐しました」

　その言葉に心臓がぐらりと波打った。

「梓は……娘は無事なんですか！」奈緒美は受話器に向かって叫んだ。

「まだ無事です。ただ、これから先の保証はできません」

　頭の中が真っ白になりかけたが、かろうじて残っている理性を必死に呼び起こそうとした。

　全身が激しく震えていたが、足を一歩一歩踏み出してソファに近づいていくと、投げ出したバッグから携帯を取り出した。録音機能をオンにすると、受話器のスピーカーに近づける。

「これから言うことをよく聞いてください。一千万円を用意してください」

「一千万……そんなお金ありません！　どういうわけで娘を誘拐したかわかりませんが、うちにそんな大金あるわけないじゃないですか」奈緒美は訴えた。

「あなたにはないでしょうけど、お父さまにお願いすればいいじゃないですか」

「どういうことですか」

「二ヶ月前に鶴見のご自宅が売れたでしょう。建物はかなり古いから価値はないでしょうけど、土地だけでもそれなりの金額になったんじゃないですか」

どうしてそんなことを知っているのだ。

母の思い出が詰まった家に居続けるのが辛いと、父はさんざん悩んだ末にあの家を売りに出した。奈緒美と梓と一緒に住むのに適した家が見つかったら、その金を頭金にするつもりだと言っている。

「もちろん老後の蓄えにするおつもりなのでしょう。そのすべてをかっさらおうなどというあこぎなことは考えていません。その中の一部、一千万円でいいんです」

奈緒美は何も言えなかった。

「明後日の正午までにご用意ください。追ってまたご連絡します」

「明後日……」

「ええ。明日は自由ですのでどうぞ出勤なさってください。こんなことぐらいで仕事はサボらないように。ただ、明日は宿直ですから、出勤までにお父さまとお話しされておいたほうがいいでしょうね」

　自分の勤務予定まで知っている。

「それでは、よろしくお願いします」

「ちょっと……」

　奈緒美の言葉を遮るように電話が切れた。

　不通音を聞きながら、奈緒美はその場に崩れ落ちた。次の瞬間、握ったままの携帯が震えて、びくっとして反り返った。着信を見ると真志からだった。

「もしもし……すぐにここに来て！」奈緒美は電話に出て叫んだ。

「どうしたんだ？」

　真志の声に訝しさが滲み出ている。

「直接会って話す。とにかくすぐにここに来て……」

　嗚咽をかみ殺しながらマンションの住所を告げると、真志が「わかった」と言って電話を切った。

　二十分ほど待っているとインターフォンが鳴った。

　オートロックを解除し玄関に行ってドアを開けると、真志の表情が瞬時に険しくなった。奈緒美の様子にただならぬものを感じ取ったようだ。真志がすぐに玄関に入ってドアを閉めた。

「いったいどうしたんだ」真志がこちらに身を乗り出して訊いた。

「梓が……梓が誘拐された」

真志が目を見開いた。

「さっき……梓を誘拐したって電話があった。明後日の正午までに一千万円を用意しろって……」

真志が呆然とこちらを見つめている。

「ねえ、どうしたらいい……どうしたらいいの！」

真志の襟元をつかんで激しく揺すると、ようやく我に返ったようでこちらに視線を向けた。

「どんな人物だった」真志が訊いた。

「ボイスチェンジャーを使っていてわからない。携帯で会話を録音した」

「聞かせてくれ」真志が靴を脱いで玄関を上がった。

リビングに行くと真志をソファに座らせて、録音した会話を聞かせた。

真志はテーブルの上に置いた携帯にじっと視線を据えながら、相手の言った一言一句に反応するように、瞬きを繰り返している。

考え事に集中するときによくやる癖だったと思い出した。

「鶴見の家を売ったという話はどれぐらいの人間が知ってるんだ？」

　録音した会話が終わると、真志が携帯に据えていた視線を奈緒美に向けて訊いた。

「父は転居のときに付き合いのあった人たちには話してると思う。わたしも世間話で職場の何人かに話してる。警察に……警察に連絡しなきゃ……」

　遅ればせながらそのことに思い至って、奈緒美は携帯をつかんだ。

「だめだ！」

　叫び声とともに携帯を持った手をつかまれた。

「警察に報せては絶対にだめだ！」

　奈緒美は強い眼差しをこちらに据えてくる真志の目を見つめ返した。

「警察に報せては絶対にだめって……あなた、何言ってるの？」奈緒美は意味がわからず言い返した。

　真志は何も言葉を返さずに、じっとこちらを見つめているだけだ。

「通報しなきゃ」奈緒美は真志の手を振り払うと立ち上がった。
　一、一、〇……と番号を押して発信ボタンに指を添える。
「だめだ！」

　真志が立ち上がって奈緒美の手から携帯を奪った。

「何するのよ！」奈緒美は真志から携帯を奪い返そうと手を伸ばした。

「警察に報せたら梓の身を危険にさらすかもしれないんだぞ！」

　その言葉に、奈緒美は伸ばしていた手を止めた。

「だけど……だけど、警察に通報しないでどうしろっていうのよ。梓は誘拐されたのよ！」

「落ち着け」真志がそう言って奈緒美の肩に手を添えた。

「こんな状況でどうして落ち着けるっていうのよ」

今まで必死にこらえていたものが目からあふれ出してきそうになる。

「頼む。少し冷静になってくれ」

奈緒美を見つめていた真志の視線がそれた。じっと何かを見つめている。振り返ると、リビングボードに置いた写真立てを見つめているようだ。

「さっきから少し引っかかっていることがある」

その言葉に、奈緒美は真志に目を向けた。

「何よ」

真志も写真から奈緒美に視線を戻している。

「きみは梓におれの携帯番号を教えているのか」真志が訊いた。

「教えるわけがないでしょう」

「それならば、どうして梓はおれの携帯に連絡を入れてきたんだ」

「わからない。わたしの携帯を盗み見てあなたの番号を控えたのかもしれない。何者かに連れ去られそうになって、それであなたに電話をかけたんじゃないかしら」

それが自分ではなかったことに、悔しい気持ちがこみ上げてくる。

「どうしてきみではなく、おれだったんだ」

「きっと誰に電話をかけようかなんて……そこまで頭が回らなかったのよ。ただ、とっさに助けを呼ぼうとして携帯を取り出して、たまたまアドレス帳の最初に出てきたのがあなただったってことでしょう」

　朝倉という名前から、アドレス帳の最初であったとしても不思議ではない。そう自分を納得させた。

「それがいったい何だっていうのよ」奈緒美は苛立たしくなって言った。

「そうかもしれない。だけど、そうじゃないかもしれない」

「どういうことよ」

　真志が何を言いたいのかがまったくわからない。

「おれたちは仮にも元警察官だ。行きずりの女の子を誘拐したのであれば両親の前職など知らないかもしれないが、犯人はきみのお父さんが家を売って大金を手にしたことを知っている。それにきみの今の仕事のことも把握しているようだ。それだけの情報を仕入れたうえで梓を誘拐しているということは、おれたちの前職を知っていてもおかしくない」

「だから何なのよ」

「犯人はおれたちが警察の関係者だったと知ったうえで、梓を誘拐したということだ。犯人はとんでもない大馬鹿か、もしくはまったく逆なんじゃないだろうか」

「まったく逆って……」

「緻密に考えたうえで行動してるということだ。おれのところにかかってきた電話は梓がかけたのではなく、犯人からのメッセージのような気がしてならない」

そこまで言われても真志が考えていることがわからないでいる。

「おれたちのことを監視しているというメッセージじゃないか」

その言葉にぎょっとして、奈緒美はリビングの窓に目を向けた。カーテンは開け放たれていて、近くのマンションの明かりが見えた。奈緒美は窓に近寄っていきカーテンを閉じた。

「犯人はお義父さんが家を売ったことや、きみの今の仕事について知っていた。そうであればおれがきみや梓と離れて暮らしていることも知ってるんじゃないだろうか。その理由を知っていれば梓が父親の携帯番号を知らされていないことも察せられる。犯人がそのうえでおれの携帯番号を調べていたとすれば……」

「わたしたちの情報や動きは犯人にすべて筒抜けになっていると言いたいの？」

真志が曖昧に頷いた。

「そうかもしれないということだ。いくら警察が変装してここにやってきたとしても、犯人に悟られてしまう恐れがある」

「じゃあ……これからどうすればいいのよ！」

「わからない。だけど、警察に通報するのはまずい」真志が腕を組んで考え込んだ。

「警察に通報せずにおとなしく身代金を渡せっていうの？」

「話を聞くかぎり、犯人は誘拐のプロではないかと思える。ただ闇雲に金を奪おうというのではない。お義父さんが家を売って得た中で一千万円だけ渡せばいいと、かなり現実的なことを言っている。その金さえおとなしく渡せば、無事に梓を返してくれるのではないだろうか」

「そんな保証はどこにもない！　一千万円を奪ったら、それに味をしめてさらに身代金を要求してくるかもしれない。それ以前に、梓を無事に返してくれるかどうかだって……」

「そうだ」真志があっさりと言った。

救いの言葉を求めていたのに、それを肯定する真志に失望感がこみ上げてくる。

「犯人が何を考えているのかなんて正直なところわからない。梓が今……」

真志はそれ以上言うのがおぞましいというように口を閉ざした。苦しげに顔を歪めている。

「だけど信じるしかない。梓は生きてる。おれたちが犯人の要求に従えば無事に返してくれると信じるしかない」

「だけど……」奈緒美は頷くことができなかった。

真志が訴えていることもまったくわからないではない。一番に大切なのは梓の命であり、梓が無事に帰ってくることだ。それはじゅうぶんに理解しているが、それでも警察に通報しないという選択が本当に正しいとは思い切れない。

「おれが身代金を用意できれば何の問題もないんだが……あいにくそんな金は持っていな

い。それどころか、その日暮らしのような生活で貯金もまともにない」

「わたしだってそうよ。一千万円なんて大金、とても……」

「お義父さんに何とか融通してもらえるよう頼んでもらえないだろうか。こんなこと、おれが言える義理ではないことは百も承知している。だけど、他に手はない。すぐには無理だと思うけど、これからその金は必ず返済していく」

「警察に報せないで犯人に身代金を渡すなんて、そんなこと……お父さんが納得するわけがない」

「お義父さんには梓が誘拐されたことを知らせてはいけない。お義父さんのことだ、絶対に警察に通報するだろう」

「そのことを話さないで、どうやって一千万もの大金を用意してもらうっていうのよ」

父にいきなり一千万円を貸してくれと頼めば、どうしてそんな大金が必要なのかと訝しがられるに決まっている。

「何とか理由をつけて用意してもらえないだろうか。梓が無事に帰ってきたら本当のことを話して警察に通報すればいい。おれは犯人が捕まろうが何だろうがそんなことはどうでもかまわない。ただ、梓が無事に帰ってきてくれさえすればそれでいいんだ」

真志が真剣な眼差しで訴えかけてくる。

「後悔したくないんだ。おれのことなど簡単には信じられないかもしれないが、今度ばかりはおれのことを信じて、頼みを聞いてくれないだろうか」

深々と頭を下げる真志を見つめた。真志のことを完全に信じることなどできない。だが、奈緒美にとってもそうであるように、真志にとっても梓が自分の血を分けた大切な娘であることに変わりはない。

「わかった。明日、お父さんに話してみる」

奈緒美が言うと、真志がゆっくりと顔を上げた。

「だけど、身代金が用意できなければ始まらない。わたしの言うことにお父さんが納得してくれなければ、本当のことを話すしかない」

真志は何も答えずに、携帯を持った手を差し出してきた。

何かを訴えかけるような眼差しをずっとこちらに向けているが、真志の心のうちを察することはできなかった。

奈緒美は携帯を受け取るとすぐに視線をそらして台所に向かった。

「コーヒーでも淹れてくる」

とても何か口にできる心境ではないが、ただじっとしていることに耐えきれなくなっていた。

「いい。もう帰るから」

「帰る？」奈緒美は思わず振り返った。

犯人からの連絡があるまでここにいるものだと考えていた。

「ああ。頭の中がひどく混乱してる。ひとりになって少し冷静になりたい」

「冷静に？」真志の言葉に違和感を抱いて訊き返した。娘が誘拐されたとなれば、どんなことをしようが冷静になどなれるはずがない。

「明日は宿直だと言ってたけど、何時から何時まで勤務があるんだ？」真志が訊いた。

「夜の十時から翌日の午前十時まで」

どうして急にそんなことを訊くのかと訝りながら答えた。

「犯人は明後日の正午までに身代金を用意しろと言ってる。宿直明けで判断力が低下しているときを狙って受け渡しをさせるつもりだ。少しでも休んでおいたほうがいい」

リビングから出ていく真志の後を追った。

「明日、連絡する」

最後にそう告げて、真志が部屋を出ていった。

ドアが閉まると、急激に心細さに襲われてその場に崩れそうになった。震える手で鍵を閉め、強張った足取りで何とかリビングに戻るとソファに倒れ込んだ。

リビングボードに置いた写真が目に入った。こちらに向けて微笑みかけてくる梓を見つめながら、この数時間ほどの出来事を現実として受け止めることができないでいる。

どうして梓が誘拐されなければならないのか。犯人はどうして梓を狙ったというのだ。

いくら父が家を売って金を得たといっても、母ひとり子ひとりでつましく生活している自分たちを標的にする必要などないだろう。

本当にこれでいいのだろうか。警察に助けを求めないで、本当に梓のことを救い出すことができるのだろうか。真志はああ言ったが、やはり警察に通報するべきではないか。

奈緒美は携帯を手に取ると一、一、〇と押した。発信ボタンに指を添えたときに、真志の顔が脳裏によみがえってきて指を離した。父を納得させられなければ本当のことを話すしかないと言ったとき、真志は訴えかけるような眼差しでじっと奈緒美を見つめていた。

知り合ってから十五年以上経つが、真志のあんなに切迫した眼差しを初めて見た。

警察に通報することの危険性をそれだけ確信していたということだろうか。長年の刑事としての経験がその危険を察知させたのか。だが、仮にそうであったとしても、父に梓が誘拐されたことを話さないで、一千万円という大金を用意させることは容易ではない。

何かいい方法はないだろうかと頭の中で必死に考えを巡らせていると、ひとりの女性の顔が浮かび上がってきた。

半年前に職場を辞めた村岡千里という元同僚だ。

3

マンションのエントランスを出ると、足もとがおぼつかなくなった。

梓が誘拐された――

朝倉はその現実に打ちのめされ、足を前に踏み出すことさえ困難だった。

誘拐犯から連絡があったと奈緒美から聞かされたとき、さまざまな想像が頭の中を駆け回った。

自分のもとに梓の携帯から連絡があったということも、その想像に拍車をかけた。

犯人の要求は自分ではないのか——

だが、奈緒美が録音した犯人とのやりとりを聞いて、そうではなかったと察した。

自分が最も恐れている存在が関わっていないことにわずかばかり安堵したが、梓が何者かに誘拐されたという事実に変わりはない。

本来であればすぐに警察に通報すべきだろうが、そうすることをためらった。

誘拐事件が発生したとなれば県警の特殊班が捜査に当たることになる。県警に誘拐事件の捜査を、梓の命を託すわけにはいかない。

奈緒美は警察に報せるなという朝倉の訴えになかなか納得しなかった。当たり前だろう。奈緒美には三年前に起こったことを何も話していない。どうして朝倉が警察官でいられなくなったのかを知らなければ、警察に通報するなという訴えに不信感しか抱かなかったとしても不思議ではない。

それでも何とかその場を言い繕って警察に通報しないことと、正隆に身代金を用意してもらうことを頼んだが、それですべてが解決するとは朝倉も思っていない。

奈緒美が言ったように、身代金を渡しても梓を無事に返してくれるという保証はどこにもない。一千万円を奪った犯人が味をしめてふたたび身代金を要求してくる可能性もあるだろう。それに、正隆が長年にわたって国民のためにからだを張り、警察の職務に従事して得た大切な財産をみすみす誘拐犯に渡すことも許したくない。だが、だからといって、自分に何ができるというのだ。

　警察の力を借りずに自らの手で誘拐犯を捕まえることなどできるだろうか。かぎりなく難しいだろうが、それでも考えなければならない。

　朝倉は鉛のように重くなった足を必死に前に踏み出しながら考えた。

　戸塚駅に着いたときには夜の十一時を回っていた。電車に乗り、車窓の外に広がる闇を睨みつけながらひたすら考え続けているが、これから自分がどうすればいいのかまったくわからない。

　ふと、窓外にあるホームの駅表示が目に入って、朝倉は弾かれたようにドアに向かって駆けだした。ホームに降りると三年前まで自分が働いていた街に向かうために電車を乗り換えた。

　長年刑事として生きてきた街に行けば、あの頃の研ぎ澄まされた感覚がよみがえってきて、何かいい考えが浮かぶのではないかと期待した。

　桜木町駅を出ると歓楽街に向かって歩いた。二度と足を踏み入れたくないと思っていた街だが、けばけばしい光景に触れるうちに、刑事として事件の捜査に駆けずり回っていたときの記憶が胸に押し寄せてくる。

　いくら警察には頼れないといっても、ただ指をくわえて犯人に身代金をくれてやるわけにはいかない。だが、たったひとりで何ができる。奈緒美とのやりとりから、かなり手慣れた犯人像を思い描いていた。単独犯なのか複数犯なのかはわからないが、無計画に身代金を狙うようなことはないだろうということだけは断言できた。

奈緒美に話した犯人の「メッセージ」も必ずしも当たってはいないだろう。あれは警察に通報させないために、頭を振り絞って考えた言い訳にすぎない。

誘拐犯であればとうぜん警察に通報される可能性を考えているだろう。犯人は次々に奈緒美に指示を出して、あらゆる場所を移動させながら、警察の隙をついて身代金を奪うつもりではないか。自分ひとりでは奈緒美の動きをフォローすることはできない。

仲間がいる。

だが、朝倉には警察時代の元同僚以外に仲間と呼べるものなどいない。もっとも今となってはその者たちも朝倉のことを仲間だとは思っていないだろう。

当てもなく繁華街を徘徊しながら考えているうちに、ふいにひとりの男の顔が浮かんできた。

岸谷勇治――

岸谷は七年前まで横須賀で興信所を経営していた。尾行やそれに必要なノウハウを持っているだろう。警察の組織力にはとてもかなわないだろうが、身代金の受け渡しをする奈緒美を尾行して誘拐犯の尻尾を捕まえることは不可能ではないのではないか。

朝倉はそこまで考えて、岸谷の存在を頭から振り払った。あの男が警察官であった朝倉のために手を貸すとはとても思えない。

岸谷は七年前に恐喝の容疑で逮捕された。経営していた興信所は表向きの顔で、裏ではそれらの仕事で得た情報をもとに依頼人やその関係者を相手に数々の恐喝を行っていた。

逮捕されたのはそのときが初めてだったが、岸谷は長年裏の世界に通じていたようだ。豊富な知識と経験を武器にして、コンピューターのハッキング行為や、パスポートや免許証など公的書類の偽造、さらに不法就労者相手の違法な仕事のあっせんなど、余罪はさらにあると見られていた。

当時、横須賀署にいた朝倉もその捜査に携わっていて、調書書きとして取り調べにも同席している。

取り調べではいつものらりくらりとしていて、恐喝以外の容疑に関してはほとんど尻尾をつかませず、けっきょく立件することができなかった。

何とも食えないやつ——というのが岸谷に抱いた印象だった。

それでも、今の自分が頼れるのは岸谷以外に思いつかない。

朝倉は腕時計に目を向けた。もうすぐ零時になろうとしている。

明後日の正午までにご用意ください。追ってまたご連絡します——

あと三十六時間しかない。朝倉は焦燥感に駆られながら、かつて岸谷が根城にしていた横須賀に向かうためにタクシーを探した。

横須賀にたどり着くと、七年前の記憶を呼び起こしながら、岸谷が出入りしていた店を訪ねていった。

元警察官だということを悟られないよう、岸谷の友人を騙って明け方まで飲み屋を渡り歩いたが、逮捕されてからの岸谷の消息を知る者はいなかった。

外に出るとどこも店じまいのようで、通りを彩っていた看板のほとんどが消えていた。空がうっすらと明けていく中をしばらく歩いたが、捜査のときに立ち寄った店はどこもすでに閉まっていた。

ふと、目を向けると、向かいにあるビルの三階に飲み屋らしい看板を見つけた。七年前の捜査のときには行かなかった店だが、藁をもつかむ思いで雑居ビルの階段を上った。

ドアを開けると、カウンターの奥にいたバーテンダーと目が合った。

「まだやってるかな」

朝倉が訊ねると、二十代に思える若いバーテンダーが頷いた。

カウンターと奥にテーブル席がひとつだけの小ぢんまりとした店だった。カウンターには客はおらず、奥の席で男性客が酔いつぶれたようにテーブルに突っ伏している。

朝倉はビールを頼むと、さっそく岸谷という客に心当たりはないかと特徴を言いながら訊ねてみた。バーテンダーは心当たりがないと返した。

目の前のビールは半分以上残っていたが早々にチェックしようと立ち上がりかけたとき、奥のほうから「水をくれ」と荒い声が聞こえた。

かなり出来上がっているようだとちらっと目を向けて、すぐに顔をそらした。

横須賀署で働いていたときの同僚の片桐だった。年齢はたしか朝倉の四つか五つ下で、朝倉に対しては従順だったと記憶している。顔をそむけていたが、相手の視線を頬のあたりに感じた。

「チェックを」

片桐に水を持っていってカウンターに戻ってきたバーテンダーに告げた。

財布を取り出すのと同時に、椅子をずらす音が聞こえた。

「朝倉さんじゃないっすか」

しかたなく顔を向けると、片桐がとろんとした視線をこちらに向けながら千鳥足で歩いてくる。

「ああ」

朝倉が頷き返すと、記憶とはずいぶんとちがう横柄な態度で片桐が隣の席に座った。

「今も横須賀署にいるのか?」

すぐにでもこの場を立ち去りたかったが、訊きたいことがあったので我慢することにした。

「ちがいますよ。一年前に県警に異動です。明日は非番だから馴染みの店に来ただけです」

「そうか」

「まさかこんなところで再会するなんてねえ。よく神奈川に足を踏み入れられましたね」

片桐が侮蔑と敵意を滲ませたような薄笑いを浮かべて、朝倉の肩を叩いた。

「そうだな」

岸谷を逮捕して半年ほど経った頃にちがう所轄に移ったが、昔の同僚の愚行はとうぜん耳にしているだろう。

「実を言うとさ、あんたに少しばかり憧れを抱いていたときがあったんだけどなあ……協調性がなくてとても出世を望めそうになかったけど、仕事に対する執念と正義感は人一倍強いと感じてさ。そう感じていたのはおれだけじゃない。あんたの後輩の何人かはそう感じていただろうさ。あんたはそういう人間の思いを踏みにじったんだ」

片桐の言葉を聞きながら、朝倉は残っていたビールに口をつけた。

「この人はねえ、神奈川県警の汚点なんだよ。税金泥棒。だから思いっきりぼったくってやったってかまわないよ。おれが許す」

片桐があざけるように言うと、バーテンダーが困惑とも好奇ともとれる視線をこちらに向けてきた。

「彼の言うとおりだ。財布にあるかぎりならぼったくってもらってかまわない」

朝倉が何の抵抗も示さないとわかると、片桐がつまらなそうに鼻で笑った。

「あんた今何してんだ？」片桐が訊いた。

「しょうもない人生を送ってる」

相手が満足しそうな答えを返した。

「再会したついでにおれからもひとつだけ訊かせてくれ」

「何っすか」

完全に酔いから醒めたようで、片桐の眼差しには冷ややかな反感しか浮かんでいない。

「岸谷勇治という男を覚えていないか」

「岸谷？」片桐が首をひねった。

「ああ。七年ほど前に恐喝の容疑で逮捕した男だ。横須賀で興信所をやっていた……」

そこまで言うと思い出したようで、片桐が「ああ……」と面倒くささそうに頷いた。

「岸谷が今どこにいるか知らないか？」

朝倉が訊くと、片桐の表情が瞬時に怪訝なものに変わった。

「何だってそんなことを」片桐が探るように訊いてきた。

「どうしても会わなきゃならない用事がある。だから恥を忍んで多摩川を越えてきた」

「あんな犯罪者に会いたいって、あんた、また変なことを……」

「そうじゃない。とても大切なことなんだ。元同僚のよしみで知っていたら教えてくれないか。頼む」朝倉は片桐を見つめて深々と頭を下げた。

「はっきりとしたことは知らない」

その声に、顔を上げた。

「今は火災犯を担当してる。だけど、ちょっと前に噂を聞いたことがあった」

「どんな」朝倉は身を乗り出した。

「一年前に満期で出てきて川崎にいるらしいって……」

「川崎で何をしてるんだ。また興信所を開いているのか？」

「どこかのバーの雇われマスターに納まったらしい。もっともそんなこと誰も信じちゃいないだろうが」

「店の名前は？」

「さあ」片桐が素っ気なく答えた。

「そうか」

「川崎署に探りを入れれば何かわかるかもしれないが、あんたのためにそこまでしたくない」

「ありがとう」

朝倉はチェックをして席を立つとドアに向かった。

「最悪な朝の口直しに、もう一杯飲ませてくれ」

背中越しに片桐の声を聞きながら店を出た。

4

奈緒美は携帯を手にすると村岡千里のアドレスを呼び出した。

少しでも早く状況が知りたいと気持ちが急いていたが、さすがに深夜や早朝に電話をかけるわけにもいかずに朝の九時まで待っていた。

真志は少しでも休んでおいたほうがいいと言い残して帰っていったが、とても眠ることなどできず一睡もしないまま朝を迎えた。

千里に連絡をするとすぐに電話に出た。

「もしもし……安本さん、おひさしぶりねえ」

朗らかな声が聞こえた。

「ご無沙汰しております。お元気にしてらっしゃいますか」奈緒美は努めて平静を装いながら言った。

「ええ、あいかわらずよ。場所が変わっただけでパート主婦の日常はそれほど変わらない。そちらは？」

「こちらも変わりありません。みなさん元気にやってらっしゃいます」

「そう、それはよかった」

千里は半年前に夫の転勤を機に施設でのパートを辞めて戸塚を離れていた。転勤先は埼玉の久喜というところらしい。さすがに夫の通勤が大変だということで戸塚にある分譲マンションを残して、久喜の賃貸マンションで暮らしているそうだ。

戸塚のマンションを売りに出したいということで、賃貸にはしないつもりだと言っていたのを真志が帰った後に思い出した。

「ところでどうなさったの？」

こんな朝早い時間の電話に、どんな用件かと気になっているようだ。

「ちょっとお訊ねしたいんですが……戸塚のマンションはもうお売りになられたんでしょうか」

いつだったか、そのマンションを買わないかと冗談半分で持ちかけられたことがあった。そのときにはとてもマンションなど買うお金がないとやんわりと返していた。

「それがまだ売れないのよねえ」

「そうなんですか。賃貸には？」

「出してないわ。それがどうかしたかしら」

「いえ……実は、わたしの父がこの近くでマンションを探していて……以前は鶴見で生活していたんですが母が亡くなったこともあってその家を売りまして。わたしたちと一緒に住める家を探しているんです」

「そうなの？」

千里の声音がぱっと明るくなったのを感じて、これからしようとしていることの罪悪感で胸が締めつけられそうになった。

「以前、マンションにお邪魔させていただいたときに素敵な部屋だなと感じていました。それで父にも部屋を見てもらいたいと思っているんですが」奈緒美は自分のやましさを悟られないようにしながら言った。

「ぜひご覧になって」

「父は他の物件にもいくつか当たりをつけているみたいで、決めてしまう前にできるだけ早く見せていただきたいんですが」

「ええ。戸塚の駅前にある不動産屋さんに仲介を頼んでいるから、いつでも見てもらえるわよ」

「それでひとつお願いがあるんですが……」

あまりにも奇異な要求に思われそうで、奈緒美はそれから先を言いよどんだ。

「何かしら？」

「できれば不動産屋さんの立ち会いがない状態で見せていただきたいんですが」

「安本さんとお父さんのふたりで見たいということ？」

「ええ。うちの父は何と言えばいいんでしょうか、少し気難しいところがありまして……営業マンのかたからいろいろなことを言われると、買おうという気持ちがそがれてしまうのではないかと思っていて」

「別にかまわないわよ。まったく知らない人だったら少し抵抗があるけど、安本さんだったら」

「そうですか」

これですぐに身代金の用意ができるわけではないが、とりあえず第一段階をクリアできたと安堵の溜め息が漏れた。

「父は今日まで旅行に出かけていて、部屋を見るにしても不動産屋さんが終わってしまった後の時間になってしまいそうなんです」

「これから不動産屋さんに連絡してそのことを伝えておくわ。鍵は明日返してもらえればいいから、夜にでも見に行って。あそこのルーフバルコニーから見える夜景がなかなかいいのよ。梓ちゃんもきっと気に入ってくれるんじゃないかな」

梓の姿が脳裏に浮かび、心がかきむしられそうになった。

「よろしくお願いします」

電話を切ると、重い溜め息をひとつ吐いて、すぐに父の携帯にメールした。


改札の前で待っていると鞄と紙袋を両手に提げた父の姿が見えた。

奈緒美に気づくと、父がかすかに笑みを浮かべて少し早足になった。

「おかえりなさい」

奈緒美は精一杯の笑みを繕って父を迎えた。

「梓は?」父があたりを見回して訊いた。

「今日は友達の家にお泊まりしてるの」

そう言いながら、こみ上げてきそうになる激情を必死にこらえた。

「そうか。せっかくここまで来たなら一緒に飯でも食いたかったんだがな。これ、みやげだ」父が紙袋を手渡した。

「わたしもこの後、仕事に行かなきゃいけないの」

「ずいぶんと慌ただしいんだな。それにしてもちゃんと休んでいるのか？　あまり顔色がよくない」

「うん……昨日は電話で友人の相談に乗っていてちょっと寝不足だけど、大丈夫」

奈緒美はそう布石を打ってからタクシー乗り場に向かった。父とタクシーに乗り込むと、運転手に行き先を告げる。

「それにしてもこんな夜にわざわざ内覧しなくてもいいだろう。おまえもこれから仕事があるっていうのに」

「ちょっとした事情があるの」

メールには、旅行から戻ってきたら近くにあるマンションの内覧に付き合ってほしいとだけ書いた。あれこれと書き記すと文面の端々から嘘を見透かされそうで怖かった。

父の仕事のひとつは人の嘘を見破ることで、奈緒美がつく嘘などすべてお見通しなのだということは、小学校に入る前に感じ取っていた。それでも今日ばかりは嘘をつき通さなければならない。

「事情って何だ？」父が訊いた。

「その部屋の持ち主はわたしの親しい友人で、旦那さんは事業をされているの」

「事業？」

「わたしも旦那さんのことに関してはそれほど詳しく知らないんだけど、映像関係の会社だと言ってた。従業員も何人か雇っているみたい。だけど、取引先が不渡りを出してしまって、旦那さんの会社も危機的な状況に陥ってしまったそうなの。数日以内に一千万円近いお金を用意しなければ会社が倒産してしまうということで……」

「それで家を売りに出したいと？」

「もともと売りに出すつもりでリフォームして空き家にしていたの。だけど、本人の希望の金額ではなかなか買い手がつかなくて……ただ、会社がそういう状況になってしまって、もし条件を飲んでくれるなら、もともと売りに出していた価格より一千万円引いてもいいと相談されたんだ。以前、伺ったことがあるけどなかなかいい部屋だった。あの部屋がその金額で買えるなんてありえない掘り出し物だと感じてお父さんに連絡したの」

「向こうの条件というのは何なんだ」

「今日中に購入するかどうかを即決することと、明日の正午までに頭金として一千万円を用意すること」

「何ともせわしない話だな」

乗り気ではない口調だった。

「そういう話だから破格な金額なのよ」

「いくらだというんだ」

「もともとの売値は三千四百八十万円。それが二千四百八十万円になる。その金額だったらわたしにもローンが組めると思う」

タクシーから降りるとマンションのエントランスに向かった。

「まだ新しいんだな」父が吟味するようにエントランスを見回している。

「築三年だって言ってた」

オートロックのドアを開けてエレベーターで最上階の八階に上がった。鍵を開けて部屋に入ると、靴入れを開けて中にあるブレーカーを上げた。電気をつけるとリフォームされて真新しい廊下が目の前に広がった。両脇に三つの六畳の洋室があり、正面には十二畳のリビングダイニングがある。

「たしかにこれが二千五百万円を切るというのは安いな」

それぞれの室内を見回していた父がリビングに戻ってきて言った。

「そうでしょう。それに夏になればそこのルーフバルコニーから花火が見られるんだって。梓もきっと喜ぶだろうな」

激しい胸の痛みを感じながら、最後の一言を添えた。

父がルーフバルコニーにつながるドアを開けた。しばらく外を眺めた後、こちらに向き直った。

「だけど、その友人にはかわいそうだが今回はやめておいたほうがいい」

「どうして？」奈緒美は意外な思いで訊いた。

父を見つめながら、嘘が見破られてしまったのだろうかと不安を抱いた。

「手狭じゃないか」

「三人だったらじゅうぶんよ」奈緒美は言い返した。

「おまえにも新しい家族ができるかもしれないじゃないか」

そんなことを考えていたのを知って、父を騙(だま)している自分を恨みたくなった。だけど、ここで引くわけにはいかない。

「それはありえないよ」

「そんなことわからないだろう。あいつのせいで不幸になったままでいてほしくない。わたしもお母さんのようにおまえよりも先に逝ってしまうだろう。それまではできればおまえたちと暮らしたい。新しく家族が増えたとしても……それにローンを組むといっても、梓を育てながら支払っていくのは大変だろう。梓もこれからどんどんお金がかかっていく。家を買うのであればわたしがすべて負担するつもりでいた。お金がないわけじゃない。じっくりと考えてもっといい物件を探せばいいじゃないか」父が穏やかな笑みを浮かべながら言った。

「わたしは不幸なんかじゃないよ。梓と、お父さんがいるかぎり幸せだよ。それ以上の幸せなんて求めない。それに……たしかに安さに惹(ひ)かれたというのもあるけど、その友達のことを助けたいの。お父さんに頼らなければならないから偉そうなことは言えないけど、その友達には昔から本当にお世話になったから力になってあげたいの。もう二度とこんなわがままを言わないから、今回だけわたしの願いを聞いてほしい」そう言いながら視界が涙で滲んでいった。

「おまえはお母さんに似て優しいからな」

この涙の意味を勘違いした父の言葉に、さらに涙があふれ出してきた。

「しょうがない。頭金は用意するから買いなさい」

「わがまま言ってごめんなさい……」奈緒美は両手で顔を覆いながら嗚咽をかみ殺した。

梓が戻ってきたら、父に正直に告げて本当の意味で謝るつもりだ。

5

ドアを開けてカウンターに目を向けた瞬間、心臓が大きく波打った。

「ここは会員制なんですけどねえ」

カウンターの中にいた中年の男がこちらに目を向けて覇気のない声で言った。

朝倉は男の言葉を無視して店内に足を踏み入れた。カウンター席が六つだけの小さな店だ。男の後ろにある棚には同じ種類のウイスキーが十本ほど置かれているだけだ。酒を提供するだけで、商売をしているのではないことは見え見えだった。

「どうやったら会員になれるんですか」朝倉はカウンターに近づきながら訊いた。

逮捕したときよりも白髪が増え、多くなった皺があのとき以上に男の本性を見えづらくさせていたが、目の前にいるのは間違いなく岸谷だった。

岸谷の表情を窺っているかぎりでは、朝倉に気づいているのかどうかわからない。

「ビールを」

カウンターに座って告げると、岸谷が背を向けた。冷蔵庫から缶ビールを取り出すとそのまま朝倉の前に置いた。

「飲みたいなら別にかまわないけどねえ、うちは高いよ。特にサツの旦那にゃ遠慮しないから」

入ったときから気づいていたようだ。

「元サツだ」朝倉は答えてビールに口をつけた。

「らしいね。だけど、おれにとっちゃあ同じもんだ」

「そうか。ずいぶん落ちぶれたものだと嘆いていたが、あいつらと同じ扱いをしてくれるなんて光栄だね」

「昨日からおれのことをいろいろ嗅ぎまわってたみたいだけど、いったい何の用だい」岸谷が探るような眼差しを向けた。

「あいかわらず嗅覚がいいみたいだな」

「何のことかねえ」岸谷がとぼけた。

「儲け話を持ってきた」

そう言うと、岸谷の目が一瞬だが反応したのがわかった。

「実働は数時間というところだ。あんたの分け前は百万。おれひとりでやりたいが、ひとりじゃ無理だ。あんたが持っている特殊技能が必要だ」

岸谷がおかしそうに笑った。

「たいして飲んでないように見えるけどかなり酩酊してるみたいだ。あんたの言ってる意味がまったくわからない。おれはしがないバーのマスターだよ」

「じゃあ、わかるように説明してやるよ」

朝倉がカウンターに両肘をついて少し身を乗り出すと、岸谷が好奇心と訝しさが入り混じったような眼差しをこちらに据えてきた。

「ある人物から仕事を請け負った。その人物は何者かに強請られている。強請ってるやつを捕まえて少しばかり懲らしめれば金になる。あんたの得意分野だろう」

この男の力を借りなければならないが、かといって全幅の信頼を寄せられるわけではない。誘拐犯を捕まえるために協力してくれなどとは話さないほうがいいだろう。

「ある人物っていうのは誰なんだ。あんたとどういう関係だ」岸谷が訊いた。

「ちょっとしたきっかけで知り合った女だ」

「どういうネタで強請られてる」

「詳しいことは言えない。あんたの力を借りたいが、前科が前科だからな」朝倉はそう言ってはぐらかした。

「おれが代わりにその女を強請るとでも言いたいのか」

「その可能性は否定できないだろう」

岸谷がおもしろくなさそうに眉根を寄せてこちらに背を向けた。後ろの棚からウイスキーの瓶を手に取った。グラスになみなみと注ぐとこちらにからだを戻して朝倉に視線を据えた。

　岸谷の表情を窺ったが、考えを推し測ることができない。

「気を悪くしたかもしれないが、これはビジネスだ」

「ビジネスねえ……」岸谷が薄笑いを浮かべてグラスに口をつけた。

「おれは警察を辞めてから、表沙汰にできないトラブルに首を突っ込んで日銭を稼いでる。看板を掲げて仕事をしているわけじゃない。飯の種はほとんど口コミだ。客の信用を損ねるようなことになると商売が上がったりになる」

「仲間たちから恐れられていたあんたがそんな生活をしているとはなあ」岸谷がじっとこちらを見据えながら言った。

「クビになった刑事はツブシがきかないんでな。一日で百万になるんだ。あんたにとっても悪い話じゃないだろう」

　百万円という金額であれば、一年間必死に仕事をすれば奈緒美の父に返すことができるだろう。

「どうにも胡散臭い話だ」岸谷が鼻で笑った。

「元デカの話など信用できないか」

「おれは誰も信用しないよ。信じてもらいたいんなら、あんたももう少し手の内をさらすんだな」

「何が知りたい」

「その女の素性と、何をネタに脅迫されているのかだ」

「安本という女だ。人づてに紹介された女だからおれも詳しいことは知らないが、何かの事業をしているそうだ」

刑事をしていた頃を思い返しながら、それらしい話を考える。

「女社長ってわけか」

「そうだ。火遊びで知り合いの旦那と不倫したそうで、その証拠写真を何者かに押さえられて強請られているということだ」

「いくら」

「一千万だ」

岸谷の目が反応した。その金額に興味をかき立てられたように少し身を乗り出してきた。

「ずいぶんな額だな。たかが不倫の証拠写真ぐらいで……何か事情があるのか？」

「不倫した相手はどうでもいいやつだが、その男の女房が厄介なのさ」

「どういうことだ」

「男の女房も事業をやっていて、安本の会社に多額の資金援助をしている」

「旦那と不倫してることがばれちまったら援助が打ち切られて、女の会社は立ち行かなくなってしまうってことかい」

「まあ、そういうことだ」

「馬鹿な女だね。どっかで似たような話を聞いたな」岸谷が鼻で笑うように言った。

　自分が逮捕されるきっかけになった恐喝事件のひとつを思い出したようだ。それに似せて話を作った。

「ああ、いつの時代も似たような商売のネタがあちこちに転がってるってことだろう」

「強請っているやつはそこらへんの事情を知ってるってわけだな。女がやっている会社の関係者かな？」

「その可能性はあるだろうが、断言はできない」

「女は一千万を用意するのか？」

「相手は明日の正午までに金を用意しろと言ってる。あちこち金策に駆けずり回っているようだが、その時間までに用意できるかは微妙だ」

　奈緒美が金を用意できなければ、警察の手に捜査を委ねるしかない。そうなってしまえば、自分は誘拐犯からも、そして警察からも、二重に梓を人質に取られることになってしまうのだ。

　奈緒美が一千万円を用意してくれることを願うしかない。

「仮に用意して金を払ったとしても、相手がこちらの願いどおりにそれで手を引くとはかぎらない。だからどうしても捕まえなきゃならない」

「どうやって捕まえるつもりだ」

「金の受け渡しのときしかないだろう。おれとあんたで安本を張って相手が出てくるのを待つ」

「銀行口座に入金しろと言うかもしれないだろう」

「身元がばれるからそれはないんじゃないのか」

「そんな恐喝をする輩(やから)だ。他人名義の口座ぐらい持っているんじゃないか」

「警察が介入したら銀行から金を引き出したときにパクられる。金額が金額だ。秘密にしておきたい事情があったとしても、警察に通報しないと百パーセントは言いきれないだろう。実際にあんただって、それで捕まっちまったんじゃないのか」

朝倉が言うと、岸谷が苦笑した。

「ああ、あれにはまいったなあ。まさか警察に駆け込むとは思ってなかった」

「今度は捕まえられる側から捕まえる側だ。相手を懲らしめるのはおれがやる。あんたは強請っているやつを捕まえることに協力してくれるだけでいい。なんら違法なことではない。れっきとしたビジネスだ」

岸谷がグラスの酒を飲みながら思案している。

「どうだ？」

朝倉が訊くと、岸谷がグラスから口を離してこちらに視線を向けた。

「その女はあんたにいくら払うと言ったんだ」

「二百万。それで、おれとあんたで百万ずつだ」

「嘘つけ。強請られて一千万も用意しようっていうんだ。もっともらう約束なんだろう」

「本当だ」

「その女に三百万だと吹っかけてみればいい」岸谷が涼しげな表情で言った。

「どういうことだ」

「おれとあんたとで百五十万ずつだ。この店はこう見えても、けっこう繁盛してな。一日店を閉めて百万じゃ割に合わない」

今の自分にとって百五十万円という金を用意するのは簡単ではない。だが、岸谷の協力を得られなければ話が進まない。

「百五十万だったら協力するということか？」

「考えてやってもいい」

「わかった。話してみる」

「もうひとつ……あんたはバイクに乗れるか？」

朝倉は首を横に振った。

「そうかい。もし、相手が警察の介入を恐れてそれなりの準備をしているとしたら、ふたりで捕まえるのは難しいだろう。少なくとももうひとり仲間が必要だ」

たしかに誘拐などという大それたことをする相手だ。身代金の受け渡しに警察が張っていることを警戒して、さまざまな工作をしてくるにちがいない。

「バイクに乗れるやつが必要ってことだな」

「車とちがって機動力があるからな」

「あんたの知り合いにいないのか？　昔、興信所をやっていたときに人を使ってただろう」

「その頃のやつらとはもう付き合いはない。それにこの店の客はのび専門のじいさんばかりだ」

窃盗の忍び込みという意味だ。その言葉で、この店が何のためにあるのかだいたい見当がついた。岸谷はこの店で盗品の買い取り屋をやっているのだろう。

「あんたに当てはないのか」

そう訊いてきた岸谷を見つめながら、朝倉は心当たりを考えた。

過去のいっさいと訣別して、他人を寄せつけないようにひっそりと生きている。とても自分に力を貸してくれる者などいないと首を振りかけたときに、ひとりの男の顔が脳裏をよぎった。

「ひとりだけ当てがある」

戸田の顔を思い出しながら、朝倉は言った。

「そうか。じゃあ、そいつを説得してから出直してくるんだな」

「必ず連れてくるから、あんたもすぐに準備を始めてくれ。九時までにはここに来られるようにする」

朝倉はそう言って腕時計に目を向けた。深夜の一時を過ぎている。誘拐犯が身代金を用意しろと言った時間まであと十一時間もない。

早く戸田と連絡を取らなければと、朝倉は椅子から立ち上がった。

「いくらだ？」

「サービスで一万だ」

朝倉はカウンターの上に一万円札を置くとドアに向かった。

「なあ」

岸谷に呼び止められて、朝倉は振り返った。

「安本というその女は……あんたにとって大事な人なのか？」岸谷が意味深な眼差しを向けながら訊いてきた。

「ただの客だ」

「それを聞いて安心したよ」岸谷が含み笑いをした。

「どういう意味だ」

「ようはあんたの信用さえ落とさなければいいってことだろう。百五十万を払って仲間をひとり連れて来れば今回の件は解決してやる」

強請っているやつを捕まえた後に、何かをたくらんでいるのではないだろうか。身代金の受け渡しのときに妙なことをしなければいいが。

「頼む――」朝倉は一抹の不安を抱えながら店を出た。

雑居ビルの階段を下りながら上着のポケットから携帯を取り出した。

岸谷を捜すことに気を取られていて気づかなかったが、夕方から奈緒美の着信が何件かあった。

留守電に奈緒美からのメッセージが残されていた。朝倉がどうして電話に出ないのかと厳しい口調で責め立てている。一千万円を用意できたのかに関しては何も言っていない。

奈緒美の携帯に電話をかけると留守電に切り替わった。

応答メッセージを聞きながら、今日は仕事で宿直だと言っていたのを思い出した。

「おれだ。電話に出られなくてすまなかった。これを聞いたら連絡してくれ」

メッセージを残して電話を切るとすぐに戸田の携帯にかけた。こちらも留守電になっている。

「もしもし、おれだ……朝倉だ。ちょっと話がしたい。このメッセージを聞いたらすぐにおれに連絡をくれないか」

電話を切ってビルから出ると財布の中身を確認した。昨日からあちこちの店に立ち寄って岸谷を捜していたので、ほとんど金が残っていない。すでに電車はなくなっているからタクシーで坂戸に戻らなければならない。

朝倉はコンビニに入るとATMで貯金のほぼ全額である三十万円を引き出した。

店から出たときにポケットの中が振動した。携帯を取り出すと奈緒美からの着信だった。

「どうして電話に出ないのよ！」

電話に出ると、悲鳴にも似た声が耳に響いた。

「すまない。こっちはこっちでいろいろとやらなきゃいけないことがあった」

「何よ、それ……こんなときに何をやらなきゃいけないのよ」

訝しさを含んだ声音に変わった。

「こんなときだからだ。それよりも金のほうは用意できたのか？」

「父を説得して用意してもらえるようにした」

「梓が誘拐されたことは？」

「とりあえず話してないけど……」

口調からそのことに迷いがあるのを感じた。

「そうか。絶対に警察に報せてはいけない」朝倉は念を押した。

「ねえ……本当にこれでいいの？　わたし……」

奈緒美の弱々しい声音から、今にも崩れ落ちてしまいそうなほど追いつめられているのが電話越しにもわかる。

「おれを信じてくれ。十一時頃にそっちに行く」

「仕事が終わってからお父さんと会うから、家に着くのは十一時半ぐらいになってしまうと思う」

「わかった」

朝倉は電話を切るとタクシーを拾った。

坂戸に向かう車内で何度となく戸田に連絡しているが、つながらない。せっかく身代金を用意できても戸田に会って協力を取りつけられなければ、これからの計画は破綻してしまう。

焦燥感が頂点に達しようとしていたときに、握っていた携帯が震えた。戸田からの着信だ。

「朝倉さんっすかあ？　どうしたんっすー」

携帯を耳に当てると、呂律の回らない声が聞こえた。そうとう飲んでいるようだ。

「いきなり電話して悪かった。どこかで飲んでるのか？」朝倉は訊いた。

「そうっすよお。例の店っす。朝倉さん、無断欠勤したでしょう。工場のやつが怒ってましたよお」

戸田の言葉に、昨日が出勤日だったのを思い出した。

「何かあったんですかあ？」

「おまえに頼みたいことがあるんだ」

「頼み？」

「あと三十分ほどでそちらに着くと思うから、おれのアパートの前で待っててくれないか。大事な話だからそれまでに酔いを醒ましておいてくれ」

「りょうかーい」

戸田の能天気な声を聞きながら、朝倉は電話を切った。

タクシーを降りてアパートに近づいていくと、階段に腰を下ろしてうなだれている男の姿を見つけた。

酔いを醒ましておいてくれと言っておいたのに、戸田は片手に缶ビールを握りしめている。

「戸田――」

朝倉は呼びかけたが、戸田は完全に出来上がっているようで反応を示さない。

「おい、戸田……起きろ……」

何度か肩を揺すると、戸田が顔を上げてとろんとした目を向けてきた。だが、立ち上がることができないようだ。

「とりあえず部屋に入ろう」

朝倉は戸田を強引に起き上がらせると、肩を貸して部屋に向かった。

部屋に入って靴を脱がせると、戸田がおぼつかない足取りで玄関を上がった。よろよろとベッドのほうに向かっていくが、たどり着く前に床に倒れ込み、すぐにいびきをかき始めた。

朝倉は戸田を見下ろしながら溜め息を漏らした。叩き起こしたとしても、とても話ができる状態ではないだろう。

時計に目を向けると三時過ぎだった。三時間ほど眠らせてから話をしようと思い、ベッドから毛布を取ると戸田の上にかけた。

朝倉もこの二日間ろくに寝ていない。これからのことを考えると少しでも休んでおいたほうがいいだろうとベッドに向かいかけたが、写真立てが目に入って足を止めた。

梓と奈緒美と一緒に撮った最後の写真だ。仕事柄、梓と一緒に休日を過ごせることは少なかった。梓は遊園地に向かう車の中からはしゃいでいた。遊園地に着いてからも、家族で過ごすひさしぶりの時間を思う存分楽しもうと走り回り笑顔を振りまいていたが、花火が上がる頃には疲れ切ってしまったようで、朝倉が買ってやったぬいぐるみを胸に抱えて眠ってしまった。

朝倉は梓の寝顔を見つめながらまた来ようと心の中で思っていたが、そんな機会が訪れることは二度となくなった。

梓は今頃どんな状況に置かれているのだろう。

写真の中の梓の笑顔を見つめながら、胸に刺すような痛みが走った。

これから自分がしようとしていることは本当に正しいのだろうか。

奈緒美には警察に報せてはいけないと言ったが、梓の身を一番に思うのであれば、やはり県警に捜査を委ねるべきではないのか。相手がほしがっている情報さえ素直に与えてやれば、警察の威信にかけて誘拐犯を捕まえ、梓を保護してくれるのではないか。

そんな弱気が心に忍び込んできたが、そうすることが正しいとはどうしても思えないでいる。

警察組織が信用できないからだ。

やつらはまったく身に覚えのない罪をでっち上げて朝倉を逮捕した。いくら無実を訴えても聞き入れてもらえず、担当した本部の捜査員は容疑とはまったく関係のない交換条件をほのめかしてきた。情報源を明かせば、嫌疑不十分として釈放してもらえるよう検事に話をつけてやると。

その言葉で、どうして自分がはめられたのかを悟った。

きっかけは横浜市内で三年前に起きた交通事故だった。開発されたばかりのニュータウンにある保育園の近くで園児たちの列に車が突っ込み、五人の園児とふたりの保育士が亡くなり、四人の園児が重軽傷を負い、ひとりで車に乗っていた新井俊彦という二十五歳の男も亡くなった。警察発表では、運転していた新井が薬物を摂取していて錯乱状態に陥ったことが事故の原因だとされた。

管轄も職務も自分とは関係なかったが、その頃たまに使っていた春日という情報屋の言葉がきっかけで、その事故の捜査に首を突っ込むことになってしまった。

新井は警察に殺されたにちがいない――

情報屋は新井の知り合いから聞かされたという話を朝倉にした。

とても信じられるはずもない話だった。だが、情報屋の話を聞いているうちに、デマだと簡単に切って捨てられないものを感じた。

その人物の話によると、新井は十二歳のときに妹とともに、薬物中毒で錯乱した母親によって刃物で襲われたという。妹は亡くなり、新井も背中を刺されて重傷を負った。母親は逮捕されて刑務所に入り、新井は施設に預けられることになった。そんな経験をした新井が薬物に手を出すはずがないというのだ。

それにその人物は事故を起こす直前まで新井と接していて、薬物をやっている様子などまったくなかったと強く言っていたという。

新井が薬物をやっていなかったとすれば、警察は虚偽の発表をしていたということになる。

そんなことはありえないと思いながら新井の経歴を調べてみると、たしかに母親は薬物中毒の錯乱によってふたりの子供を襲ったという事実に行き当たった。

こんなことに首を突っ込むことになった一番の動機は、自分の脳裏にわずかでも芽生えてしまった警察への疑念を自らの手で払拭したいという思いだった。

朝倉は仕事の合間を縫って独自に事故の捜査を始めた。

新井は二十一歳のときに傷害の容疑で逮捕されたことがあるが、薬物に関してはやっている形跡は窺えなかった。新井は事故を起こす二ヶ月ほど前に住んでいた部屋を引き払い、地元でもまったく姿を見なくなったと、それまで付き合いのあった仲間が語っていた。

新井の交友関係を当たるうちに、県警の捜査員も新井の交友関係をいまだに調べ続けていることを知って違和感を抱いた。すでに新井には被疑者死亡のため不起訴という判断が下り、事故の捜査は終結していたからだ。

さらに事故現場で聞き込みをすると、目の前のマンションの住人から、激しい激突音の少し前に数回の破裂音が聞こえたという証言を得た。マンションの住人は警察にもその話をしたと言うが、署に戻って調べてみるとそれらの証言はどこにも残されていなかった。

その頃から、朝倉は上司から何の理由も告げられないまま捜査から外され、デスクワークを命じられた。

あきらかに不穏な空気を感じたが、だからといって自分が知り得た情報から目をそらすことができなかった。

朝倉は非番の日や終業後を使って新井の事故車を捜すためにスクラップ工場を回った。

ようやく事故車を捜しだすと不審な点がないかを確認した。右の後輪がパンクしていた。マンションの住人が言っていた破裂音というのはパンクの音だったのだろうか。だが、破裂音は数回あったという。車の前面は大破していて原形をとどめていないので、前輪がパンクしたのかどうかは今となってはわからない。連続していくつものタイヤがパンクするものだろうかと疑問に思いながら車を眺めていたとき、車の後部にあった円形の傷に気づいた。弾痕のようだと思った。

その翌日、署に出勤した朝倉は県警からやってきた捜査員に逮捕状を示されて拘束された。

容疑は違法カジノの経営者から金品を受け取り、見返りとして捜査情報を漏らしたという、まったく身に覚えのない話だった。

県警本部の一室に連れて行かれて取り調べを受けたが、担当した捜査員は収賄の話はほどほどに、誰からどんな話を聞いて新井が起こした事故について調べ始めたのかということをしきりに訊いてきた。

あの事件の背後には警察がどうしても握りつぶさなければならない闇がある――自分が逮捕されたことでそれを痛感させられた。

情報源を明かせば、その人物が危険にさらされるかもしれない。それどころかそこに近づこうとしていた自分の身も、ひいては大切な家族さえも巻き込んでしまう可能性だってある。

朝倉は捜査員のどんな懐柔にも屈せず、何も知らないと、捜査のきっかけになった情報源を隠し通した。

頑なに情報源を明かさなかった朝倉は無実の罪で起訴され、警察を辞めることになった。

だが、やつらは何も知らないという朝倉の言葉を信じきってはいないだろう。朝倉は逃げるように、生まれてから過ごしてきた神奈川を離れ、馴染みのない埼玉に移り住んだ。やつらからの取引の材料にされるのを恐れ、大切なものを持たない生活を心がけた。坂戸にある工場で働き始めたが、人と親しくなることを拒み、息をひそめるようにひっそりと生活してきた。

やつらはいまだに朝倉から情報を引き出す機会を窺っているのではないか。誘拐事件の捜査を県警の手に委ねれば、梓の父親である自分にどんな揺さぶりをかけてくるかわからない。

やはりやつらに頼ることはできないと、梓の笑顔を振り切ってベッドに向かった。

奈緒美はほとんど眠っていない朦朧とした状況で身代金の受け渡しをさせられるだろう。

そのときに冷静な判断ができるように、せめて自分の思考だけは冴えさせておかなければならない。

誘拐犯に監禁されて恐怖と不安の中にいる梓と、仕事でろくに眠れないであろう奈緒美に罪悪感を抱きながら、ベッドの上で目を閉じた。だが、目を閉じてもいっこうに眠りに落ちることはなかった。

無心になろうとすればするほど、想像したくもない絶望的な光景が脳裏にちらついてくる。

物音がして、朝倉は目を開けた。いつの間にか、窓から薄明かりが差し込んでいる。

台所のほうに目を向けると床で寝ていた戸田がいなかった。トイレに駆け込んだようだ。

朝倉は眠ることをあきらめてベッドから起き上がった。トイレに向かうと、閉じられたドアの中から嘔吐する音が漏れ聞こえてきた。

「大丈夫か？」朝倉はトイレのドアを叩きながら訊いた。

すぐに応答はなかったが、しばらく待っているとドアが開いて戸田が出てきた。

「どうして朝倉さんの家にいるんですか……昨日、一緒に飲みましたっけ？」戸田が気持ち悪そうに顔を歪めながら訊いた。

「電話してここに呼んだんだ。覚えてないのか？」

朝倉が訊くと、戸田が頷いた。

「コーヒーを淹れてやるよ」

「いいっすよ。気持ち悪くて飲めない。何時ですか？」

「六時過ぎだ」

「この調子じゃ今日の仕事は無理だな。もう少し寝かせてください」

ふらふらと毛布を置いたほうに行こうとする戸田の肩をつかんだ。

「頼みがあっておまえを呼んだ」

「まあ、いいっすけど、とりあえず寝かせてくださいよ」戸田がだるそうに顔を伏せた。

「時間がないんだ」

そう言って肩に置いた手に力を込めると、戸田がこちらに視線を向けた。

「何っすか、いったい……」戸田が面倒くさそうな口調で言った。

「おまえにひとつバイトを頼みたいんだ」

「バイト？」

「ああ。日給十万円のバイトだ」

その言葉に、戸田の眠気が少しばかり醒めたようだ。

朝倉は戸田の肩に添えていた手を放すと流しに向かった。やかんを火にかけて、インスタントコーヒーを淹れる準備をする。

「日給十万のバイトっていったい何なんですか？」戸田が怪訝（けげん）そうに訊いてきた。

「とりあえずコーヒーを飲んで酔いを醒ましてくれ」朝倉はマグカップに淹れたコーヒーを戸田に手渡した。

戸田がテーブルの前にあぐらをかいてカップに口をつける。胃がむかつくのか不味そうに口もとを歪めているが、話の続きが気になるようでコーヒーを流し込んだ。

「日給十万って……ヤバい仕事なんでしょう？」テーブルにカップを置くと戸田がこちらに目を向けた。

「別にヤバい仕事じゃない。実は、おれの知り合いの女が何者かに強請られていて困っててな」

朝倉が切り出すと、戸田は意味がわからないというように首をひねった。

「強請ってるやつを捕まえたい。協力してくれないか」

「協力って……」

「強請ってるやつは今日の正午までに金を用意しろと言ってきた」

「そんなの、警察に任せればいいじゃない。どうして朝倉さんがそんな……」

「公にされたくないことで強請られてるんだ。それでおれに相談してきた」

「つまりその女の後をつけて、強請ってるやつが金を受け取りに来たところをふたりで捕まえるってこと？」

「だいたいそんなところだ。もうひとり仲間がいる。それに捕まえなくていい」

「どういうこと？」

「金を受け取ったらそいつの後をバイクでつけてどこに住んでいるのかを突き止めてほしい。あとはおれがそいつと話をつける」

朝倉の話に戸惑っているのか、戸田が黙り込んでいる。

「どうだ、協力してくれないか？　ちょっとした小遣い稼ぎだ」

「朝倉さんにはひとつ借りがある。警察に捕まるようなことじゃなければ……」ためらいを感じさせながらも戸田が言った。

「約束する。おまえに変なことはさせない。女の後をつけて、金を渡した相手をさらに尾行してくれればいい。バイクはどこにある？」

「あの店の近くに置いてる」

「予備のヘルメットは持ってるか」

「家にある」

「九時までに川崎に行きたい。予備のヘルメットを持ってここに来てくれないか」

朝倉が言うと、戸田が頷いて立ち上がった。


岸谷の店に着くと、ドアに『CLOSE』の札が掛かっていた。

ノックをしたが応答がないのでドアを開けると、カウンターに座っていた岸谷が振り返った。

「どうだ」

朝倉は戸田を促して店に入ると岸谷に訊いた。

「一応、機材は用意した」

カウンターの上に置かれたいくつかの機材に目を向けた。マイクのようなものがついた携帯電話が一台と、リモコンと、百円ライターほどの大きさの箱と、小さなカメラがあった。

「そっちの坊やがあんたの言ってた当てかい」岸谷が戸田に視線を向けた。

「ああ。戸田だ。よろしく」

坊やと言われたのが気に入らなかったのか、戸田がふてくされたようにポケットに手を突っ込んだまま黙っている。

「ずいぶん酒臭いが大丈夫なのか？」

「ここまでバイクで一緒に来た。運転技術はなかなかのものだ」

「そうかい」岸谷が戸田から興味をなくしたというように機材に目を向けた。

「あまり時間がない。作戦会議を始めよう」

「まず、ふたりとも携帯を出してくれ」

岸谷が言うと、戸田が「何で」と反抗的な口調で返した。

「GPSのセットアップをする」岸谷がライターほどの大きさの箱をつまみ上げた。

「そいつがGPSか？」

朝倉が訊くと、岸谷が頷いた。

「携帯の地図でこいつの位置がわかる。金を入れる鞄か何かにこいつを仕掛けておくんだ」岸谷がそう言いながら朝倉にGPSを手渡した。

「わかった」

代わりに携帯を取り出して岸谷の前に置いた。戸田に目を向けると、ポケットの中から携帯を握った手を出した。

「この携帯電話は？」朝倉は訊いた。

「その女社長に持たせる。マイクを見えないように胸もとのあたりに貼りつけろ。強請っているやつから何らかの指示が出たらあんたの携帯に連絡させるんだ」

「恐喝犯に連絡を取っているところがばれるかもしれない」

「手もとのリモコンを押すだけであんたの携帯に通話と終了ができるようにしておく。あんたは女社長から次に行く場所を知らされたらラインに書き込むんだ」

「ライン？」

「あんた、ラインも知らないのか？」岸谷が呆れたように言った。

「何人もが同時に通信できるインスタントメッセンジャーだよ」

戸田が付け加えたが、それでもよくわからなかった。

「そこに書き込めば同時にメッセージを読めるってことか」

「そういうことだ。おれたちのやりとりはすべてラインでやる。どこもかしこも携帯を見ているやつばかりだから相手に怪しまれないだろう」

「こちらから女にメッセージを伝えるにはどうすればいい」

「携帯にイヤホンをつける手もあるが、やめておいたほうがいいだろう」

「相手はどこにひそんでいて女の様子を窺っているのかわからない。イヤホンをしているのがわかれば警察が動いていると警戒させてしまう」

「どうして？」

朝倉からのメッセージを奈緒美に伝えられないということに不安があった。

「あとはどういう陣形を取るかだな。坊やにはバイクで街中を流してもらうが、おれとあんたのどちらが女のそばについているか……」

「それはあんたに頼みたい。おれは女の知り合いだから、もしかしたら相手に顔が割れてしまっているかもしれない」

あそこまで家族のことを調べ上げているのだ。誘拐犯は朝倉のことも知っていると考えたほうがいい。

「だが、おれは腕っぷしに自信がねえから、強請っているやつが現れてもひとりで取り押さえることはできんよ」

「捕まえなくていい。女が金を渡したら何もしないでそのまま相手を泳がせるんだ。GPSでどこに行くのかを突き止める」

金を奪った人間を捕まえるだけでは何の解決にもならない。梓が監禁されている場所を突き止めなければならないのだ。

「女の家は戸塚にある。相手はそこに連絡してくるみたいだ。正午に戸塚駅の近くにいてくれ」

朝倉はふたりを交互に見ながら告げた。

6

事務所に入ると、机に向かっていた杉下が顔を上げた。

「安本さん、大丈夫？」杉下が表情を曇らせて訊いてきた。

そうとうひどい顔をしているようだ。

「ええ……昨日からちょっと体調を崩してしまったみたいで。申し訳ないんですが、今日はこのまま帰らせてもらいます」

「病院に行ったほうがいいわよ」

心配そうに声をかけてきた杉下に軽く会釈すると、奈緒美は更衣室に入った。

誘拐犯が指定した正午まであと二時間もない。極度の睡魔と精神的な疲労でどうにもからだに力は入らないが、何とか着替えをした。

施設から出ると、眩(まぶ)しい陽射しに立ちくらみを起こしそうになった。何とかこらえてぐらつきそうになる視点を定めた。通りを行く人たちが目に入り、思わずあたりに視線を向けた。

犯人はどこかで今の自分を見ているかもしれない。

さりげなさを装いながら周囲に視線を配ったが、奈緒美に注意を向けているような人物は見当たらない。

奈緒美はバッグから携帯を取り出して父に連絡した。

喫茶店に入ると、一番奥の席に父の姿を見つけて向かった。

奈緒美に気づいたようで父が顔を上げた。目が合うと、先ほどの杉下と同じように表情を曇らせた。

「どうした……顔色がひどいぞ」

「宿直明けはいつもこんなものよ」奈緒美は強がりを言って父の向かいの席に座った。

「いつもこんなものって……その顔色は普通じゃない」

「大丈夫だって。ちょっと休めばもとに戻る。それよりも……」

大事そうに胸に抱えた鞄に目を向けると、父が中から紙袋を取り出して奈緒美の前に置いた。

ウエイトレスが注文を聞きに現れて、慌てて自分のバッグにしまった。

「ごめんなさい。すぐに出なければならないんです」

奈緒美が言うと、ウエイトレスが立ち去っていった。

「ありがとう。これからすぐに友達に渡さなきゃいけないの」父に頭を下げると席を立った。

「わたしもこれから付き合おう。そんな顔色で大金を持たせるのは心配だ」

「大丈夫。お父さんと一緒だったら友達も恐縮するから」立ち上がった父に言った。

「わたしは外で待ってる」

「いいから！　わたしの言うことを聞いて！」

思わず声を荒らげてしまい、父が気圧されたように身を引いた。訝しそうに奈緒美を見つめる。

「ごめんなさい。本当に急いでいるの……ごめんなさい」

奈緒美はバッグを持つと、父の視線から逃れるように足早に出口に向かった。


暗証番号を押してオートロックのドアが開くと、奈緒美は急いで中に入った。

「奈緒美——」

その声にびくっとして振り返ると、目の前に帽子を目深にかぶった真志が立っていた。

「どうやって中に入ったの……」奈緒美はオートロックのドアに目を向けて訊いた。

「とりあえず部屋に行こう。話はそれからだ」

奈緒美は頷いてエレベーターに乗った。二階でエレベーターを降りると、真志が壁に隠れるように身を低くしながらついてくる。

「いったい何をしてるの」

「こっちを向くな。どこで誰が見てるかわからない」

奈緒美がドアを開けると、真志が滑り込むようにして中に入った。怪訝に思いながら真志に続いて部屋に入り、ドアを閉めた。

鍵をかけて真志の後についていく。リビングに入ると、真志が背負っていたデイパックを下ろした。中からコードがついた携帯電話とリモコンのようなものと小さな箱を取り出してテーブルの上に置いた。

「いったい何なの……」奈緒美はそれらのものを不審な思いで見つめながら訊いた。

真志が携帯とリモコンのようなものをつかんでこちらに差し出した。

「このコードの先がマイクになっている。服で隠すようにして胸もとに貼りつけてくれ」

「マイク……？」

真志の言っていることの意味がまったくわからない。

「そうだ。犯人はこれから何らかの形できみに指示を出してくるだろう。ここに行けとか、あそこに行けとか、あそこに身代金を置けとか。犯人から指示があったら、このリモコンの通話ボタンを押して十秒ほど経ったらマイクに向かって伝えるんだ。おれの携帯につながるようになってる。伝え終わったら終了のボタンを押すんだ。犯人はどこからきみを見ているかわからないから、くれぐれもまわりの人に悟られないように」

「どういうこと？」

真志は奈緒美の質問には答えずに、テーブルの上に置いた小さな箱をつかんで渡した。

「これはGPSだ。身代金を入れるバッグにこれを仕掛けてくれ。おれの携帯で位置がわかるようになってる」

真志は矢継ぎ早に説明するが、それらの言葉の意味を測りかねている。

「どうしてそんなことを……」

奈緒美が呟くと、真志がこちらを向いて視線を合わせた。

「おれが犯人を捕まえる」

「え？」

あまりにも意外な言葉に呆気にとられて言葉が出てこない。

「身代金を入れたバッグに仕掛けたＧＰＳときみからのメッセージで犯人を捕まえる。そして梓を救出して身代金を奪い返す」

その言葉の意味を理解すると同時に激しい怒りが湧き上がってきた。

「ふざけないでッ！　あなたひとりでどうやって犯人を捕まえるっていうの！」

「ひとりじゃない。他に仲間がいる」

「同じよ！　素人に何ができるっていうのよ。犯人にそんなことをしていると悟られてしまったら梓の身が危険にさらされるのよ！」

「絶対に悟らせない」真志が強い口調で言い返してきた。

「そんなの……そんなのあまりにも無謀よ」

真志は誘拐事件の捜査とは無縁の部署にいたから、それがどれほど困難なものなのかわからないのだろう。

「他に方法はないんだ」

「じゃあ、どうして最初から警察に通報しなかったのよ！」

固定電話の呼び出し音が鳴って、心臓が跳ね上がった。

奈緒美は渡されたものをテーブルに置いて電話機に向かっていくと、ちらっと真志を一瞥してから受話器を取った。

「もしもし……安本です」奈緒美は応答しながらスピーカーのボタンを押した。

「お金は用意していただけたでしょうか」

機械で加工された声が室内に響いた。

「はい……約束どおり用意しました。梓は……梓は無事なんでしょうね」

「ご安心ください。梓ちゃんは無事ですよ」

「声を、梓の声を聞かせてください」

「今ここにはおりませんのでそれは無理です。ただ、梓ちゃんが無事であることは後で証明しましょう」

「それはいつですか」

「すぐですよ」

「今すぐそれを証明してください。そうすればすべてあなたの言うとおりにします。お金だったらちゃんと用意しました」

「これからすぐに戸塚町公園に来てください。ご存じですよね」

「児童館の向かいにある公園ですか？」

「そうです。公園の外に公衆電話があります。台の下を触ってください」

「台の下？」

「今から二十分以内に来なければ残念ですが取引は終了です」

電話が切れた。受話器を下ろして真志に目を向けると、携帯で何やらメールを打っている。

こんな状況で何をやっているのかと殴りたい衝動に駆られたが、そんな時間はない。

バッグを手にしてリビングから出ようとすると、「待て」と真志に肩をつかまれた。

「何するのよ！」

真志の手を振り払って玄関に向かおうとするが、今度は手をつかまれた。

「マイクをつけてくれ。そうしなきゃおれは何もできない」

「まだそんなことを言ってるの！　そんな時間どこにあるのよ」

「今からじゃ警察には通報できない。金を奪ってもやつが梓を無事に返すという保証はない。梓にとっての命綱だ。頼む——」

奈緒美は真志を睨みつけながら携帯とリモコンを奪った。

洗面所に駆け込むと棚を漁って絆創膏の箱を取り出した。胸もとのあたりに絆創膏でマイクを貼りつける。

「受信できるか確かめたい。リモコンの通話ボタンを押して何かしゃべってくれ」

遠くから真志の声が聞こえて、奈緒美はリモコンの通話ボタンを押した。

「梓の身に何かあったら一生許さないから」

マイクに向けて言うと、奈緒美は洗面所から出た。

「大丈夫だ。ちゃんと聞こえてる」

リビングから出てきて言った真志を睨みつけた。

「これも持っていってくれ」

こちらをじっと見つめながら真志が差し出してきたGPSを奪い取ると、靴箱から走りやすいシューズを出して履いた。

「あと十二分だ」

真志の言葉に、奈緒美は腕時計に目を向けた。現在の時間を頭に刻み込むとドアを開けて外に出た。鍵をかけると階段を駆け下り、公園に向かって走った。

おれが犯人を捕まえる——

やはりあのときすぐに警察に通報するべきだったのだと、後悔が胸に押し寄せてくる。

何もわかっていない。

奈緒美は実際の誘拐の捜査に加わったことはないが、それらの捜査がどれほどの緻密さを要求されるのかは真志よりもはるかに理解している。婦警だったときに、誘拐事件が発生した際に捜査本部に派遣される指定捜査員として登録されていた。

誘拐捜査を受け持つ特殊班と合同で訓練したことがあるが、わずかなミスが人質の死に直結してしまうことを繰り返し叩き込まれた。

実際に誘拐事件が発生したとなれば何百人もの捜査員が動員され、徹底的に訓練された特殊班が主要な任務に当たるが、犯人を捕らえられずに悲惨な結末を迎えてしまうこともある。

ましてや素人である真志にいったい何ができるというのだ。

犯人に悟られてしまえば梓の身が危うくなるという真志の訴えに、警察に通報することをあきらめた。だが、自分で犯人を捕まえようという馬鹿なことを考えるなら、どうして真志は警察に通報することを拒んだのか。

公園が見えてくると時間を確認した。あと一分ある。何とか間に合いそうだ。

電話ボックスに入ると、台の下を手で探った。何かがテープで貼りつけられているようだ。テープを剝がして取り出してみると携帯だった。いきなり手の中で携帯が震えて背中が粟立った。

メールが届いている。『時間に間に合ったようですね』という件名を見て、奈緒美は電話ボックスの中からあたりを見回した。

おそらくどこかで自分のことを見ているのだろうが、それらしい気配は窺えない。

『これからこの携帯のメールで指示を送ります。わたしの指示に従えば写真のとおりにお嬢さんは元気なままでお返しします。次は一時三十分までに大森駅中央改札口の中にあるトイレの前に来てください』

奈緒美は携帯を操作して、添付データを開いた。

心細そうな眼差しでこちらを見つめる梓の写真を見て、涙があふれそうになった。

いつ撮られた写真だろうかと食い入るように見つめると、梓の後ろにテレビが映っているのに気づいた。拡大するとワイドショーを映し出しているようで、テロップに有名芸能人の名前と麻薬所持で逮捕と出ている。テレビの隅に十二時十六分と時間が出ていた。

そういえば、朝食のときに同僚と施設の入所者がこの事件の話をしていたのを思い出した。

それどころではなかったので話にはいっさい加わらなかったが、たしか昨日の深夜に逮捕されたと言っていた。この写真はつい先ほど撮ったものだろう。

奈緒美はポケットの中のリモコンの通話ボタンを押した。

「戸塚町公園の公衆電話に携帯が置いてあった。犯人は一時三十分までに大森駅中央改札口のトイレの前に来いとメールしてきた。梓は生きてる——」

奈緒美はマイクに向けて言うと、リモコンの終了ボタンを押して電話ボックスから出た。


大森駅で電車を降りると、奈緒美はホームの階段を駆け上って中央改札口に向かった。

トイレの前に来て時計に目を向けた。一時十七分だ。

不安を噛み締めながら連絡を待っていると、一時三十分ちょうどにメールが届いた。

『障害者用のトイレの洗面台の下を探ってください。コインロッカーの中にあるものにお金を入れて二時までに東京モノレール大井競馬場前駅の改札まで』

奈緒美は障害者用トイレに入った。洗面台の下を手で探るとテープで鍵がつけられている。

どこのものと指示がなかったから、トイレの向かいにあったコインロッカーなのだろう。トイレから出るとまっすぐコインロッカーに向かった。鍵についていた札と同じ番号のロッカーに差し込むとドアが開いた。中に黒いセカンドバッグが置いてある。

セカンドバッグを手にして改札口に向かおうとしたとき、頭上に備え付けられた防犯カメラに気づき、立ち止まった。

もし、警察に通報していれば、あのコインロッカーにセカンドバッグを入れた人物の映像が確認できただろう。

「東京モノレールの大井競馬場前駅の改札に二時までに来いと指示があった。コインロッカーの中にセカンドバッグがあってそれにお金を詰めろと……」奈緒美は通話ボタンを押して言いながら改札を抜けた。

犯人からのメールにはタクシーを使うなとは一言も書かれていない。駅の階段を駆け下りてロータリーに出るとタクシー乗り場を探した。ふと、交番が目に入って思わず立ち止まった。

コインロッカーの上にあった防犯カメラが脳裏をよぎった。

今からでも遅くないのではないか。警察に誘拐事件が発生していることを報せて、あの防犯カメラが捉えた映像を解析してもらえば、コインロッカーにセカンドバッグを入れた人物を割り出せるのではないか。

その人物は間違いなくこの誘拐事件に関わっているだろう。たとえ主犯でなかったとしても、梓を無事に救出するための有力な手がかりを得られるにちがいない。

まわりを行き交う人の気配に、交番に向けていた視線をちがうほうに向けた。

犯人はどこから自分のことを見ているかわからない。ここで交番に駆け込むのは梓の身を危うくするに等しい。それに交番で詳しい事情を話している時間などない。

奈緒美は思い直してタクシー乗り場に向かった。タクシーに乗り込むと、運転手に大井競馬場前駅と告げた。

ハンドバッグから一千万円を入れた紙袋を出した。セカンドバッグに入れようとファスナーを開けて、中にカードのようなものが入っているのに気づいた。

取り出してみるとIC乗車カードだった。無記名のタイプのものだ。

これを使って移動しろということだろうかと怪訝な思いでカードを見つめていたが、大切なことに気づいてセカンドバッグの中に投げ戻した。

犯人の指紋がついているかもしれない。

ハンカチを取り出すと、それでカードを包んでハンドバッグに入れた。一千万円を入れた紙袋をセカンドバッグに入れてファスナーを閉めようとしたときに、真志から渡されたものを思い出して手を止めた。

身代金を入れるバッグにGPSを仕掛けるよう真志は言ったが、そうするべきかと悩んだ。

もしＧＰＳを仕掛けていたことが犯人に知れたら、梓の身をさらに危うくするのではないか。

だが、真志が言うように、身代金を渡したとしても犯人が梓を返してくれるという保証はどこにもない。警察の捜査に頼れない今の状況を考えれば、このＧＰＳが犯人との接点をかろうじてつなぎとめる梓にとっての命綱なのだ。

こんな小さな箱に梓の運命を委ねなければならないと考えると不安でしかたないが、これをセカンドバッグに入れるしかない。

簡単に見つからないように表面の革と裏地の間に隠そうと、奈緒美は携帯用のソーイングセットを取り出した。

小さなはさみで裏地の縫い糸をほどいていった。裏地の中に綿が詰まっている。ＧＰＳを入れようとして綿をかき出していくと、硬い感触が指先に触れた。取り出してみると携帯電話だった。

どうしてこんな中に携帯を入れているのだろう——

携帯の画面を見ると通話中となっている。こちらの声が聞こえているということだ。

おそらく盗聴器とＧＰＳの代わりに犯人が仕掛けたのではないか。奈緒美がどこにいて、誰かと話をしていないかを把握するために。

「着きましたよ」

その声に我に返って、奈緒美は運転席に目を向けた。

「駅の反対側だけどそこの歩道橋を渡れば行けるから」

時間があれば携帯とGPSをセカンドバッグに入れて裏地を縫い直したいが、指定の時間まであと三分しかなかった。

奈緒美はかき出した綿と携帯とGPSを裏地の中に入れて代金を支払った。タクシーを降りると、急いで歩道橋の階段を駆け上った。

工場と運河しかない閑散とした景色を見やりながら歩道橋を走っていると、あることに思い至って心臓が跳ね上がった。

今まで自分はマイクに向かって犯人からの指示を真志に報せていた。犯人にその声を聞き取られていなかっただろうか。

大井競馬場前駅の改札にたどり着いて、時計に目を向けた。一時五十九分。ぎりぎり間に合った。

犯人に先ほどの声を聞き取られていなかったか不安に怯(おび)えながら、奈緒美は連絡を待った。

改札の前には奈緒美以外誰もいない。歩道橋から見えた景色から察するに、競馬が開催される日以外は人の利用が少ない駅なのだろう。

だが、犯人はどこかで自分のことを窺っているかもしれない。

一分という時間がこんなに長いものなのかとじりじりとした思いを噛み締めていたが、

時計を見てとっくに二時を過ぎていたと知った。二時五分だ。

どうして連絡が来ないのだろう。まさか、先ほどの声で警察の存在を感じ取ってしまい身代金の受け渡しを中止したのではないか。

握っていた携帯が震えた。急いでメールを確認する。

『二時三十分までに新橋駅日比谷口のＳＬ広場に来てください』

メールを見て、安堵のあまり膝から崩れそうになった。気を引き締め直して改札に入ると、浜松町方面行の案内板に目を向けた。

次の電車が二時九分というのを確認すると、自分の携帯を取り出してネットにつないだ。乗換案内で所要時間を調べる。二時九分の電車に乗れば二時二十五分に新橋に着く。次発の二時十三分の電車であっても新橋に着くのは二時二十九分だから犯人の指示にぎりぎり間に合う。

次発の電車であれば、すぐ近くにあるトイレの中でセカンドバッグにＧＰＳを仕掛けて裏地を縫い直すことができるだろうが、新橋に行く前にやらなければならないことがあったので先発の電車に乗ることにした。

だが、とりあえず真志に犯人からの次の指示を伝えなければならない。

奈緒美はトイレに入ると空いていた個室の中にセカンドバッグを置き、水を流すとリモコンの通話ボタンを押した。

「次の要求は二時三十分までに新橋駅日比谷口のＳＬ広場……犯人が金を詰めろと言って

いたセカンドバッグの裏地の中に携帯電話が隠されてた」奈緒美はマイクに向けて小声で告げた。

個室に置いたセカンドバッグを手にするとトイレを出てホームに向かった。ちょうどやってきたモノレールに飛び乗る。

車内をさりげなく見回しながら空いている席に腰を下ろした。いつ何時、セカンドバッグをどこかに置けと犯人からの要求があるかわからない。できるだけ早くGPSを仕掛けて裏地を縫い直さなければならないが、この車内にいる誰かが誘拐犯である可能性も否定できない。

奈緒美は車内の乗客の姿を一通り記憶に焼きつけると、窓の外に視線を向けた。だが、街や運河や道路の上を浮遊するような景色にさらに不安を煽(あお)られそうになって、すぐに窓から視線をそらした。

隣の車両に続くドアが開いたので何気なく目を向けた。

ニットキャップをかぶった中年の男がこちらのほうを向く形でドアの近くの席に座った。どこかで見た覚えがあるような気がして、目を合わせない程度にそちらに視線を向けていると、中年の男が鞄から新聞を取り出して顔の前で広げた。

奈緒美は男から窓のほうに視線を移して、頭の中で記憶を手繰り寄せた。

戸塚駅から大森駅に向かう車内で似たような人物がいたような気がする。だが、あんなニットキャップはかぶっていなかったし、上着なども記憶とちがっている。

モノレールが浜松町駅に到着して、奈緒美は立ち上がった。

7

『今どこにいる？』

携帯画面を見つめていると、岸谷からのメッセージが流れた。

『新橋の駅前だ』

朝倉はメッセージを打ち込んで送信した。

『ずいぶんと早いな』

『とりあえず今回は勘が当たった』

奈緒美から大井競馬場前駅に行くと連絡が入ったとき、朝倉は川崎から蒲田に向かう電車の中にいた。

犯人の次の指示が大井競馬場前から浜松町方面なのか、羽田方面なのか、はたまたそこからまったくちがう場所になるのか見当がつかなかったが、浜松町方面に行くのではないかと賭けに出て先回りをした。

『あんたはどこにいるんだ？』

朝倉はさりげなくあたりに視線を配りながらメッセージを打った。

ＳＬ広場はたくさんの人であふれかえっている。ほとんどがスーツを着た会社員と思しき人たちだ。

『浜松町駅のホームにいる。もうすぐ女社長と同じ電車に乗る。女社長は浜松町駅でディパックを買って、自分の上着と持っていたものを全部詰め込んだ』

犯人から自分の声を聞こえなくさせるためだろう。

セカンドバッグの中に携帯が入っていたと知らされたときにはいったいどういうことなのかと思ったが、岸谷とラインでやりとりをして盗聴器とGPSの代わりに仕掛けたのだろうと察した。犯人はこちらが想像している以上に手ごわい相手のようだ。

『浮気の現場を写真に撮られて脅迫されてるっていうからどんな間抜けかと思ってたが、意外と利口な女のようだ。それになかなかの美人じゃねえか。こりゃ、この後に楽しみが持てる』

岸谷からのメッセージを読んで、舌打ちしそうになった。

やはり今回の件が解決した後に何かをたくらんでいるようだ。

『格闘技の覚えがあるらしいからへたな真似はしないほうがいいぞ』

朝倉はメッセージを返した。

『嘘つけ。あんな華奢(きゃしゃ)な女が』

嘘ではない。奈緒美は学生時代に柔道で国体に出たことがある。警察官になってからは柔道だけではなく、個人的にキックボクシングのジムにも通っていた。

『それはともかく、今のところ女社長のまわりに怪しいやつは窺えない。しいていえば、おれがそう見えるかな』

朝倉も先ほどからあたりをチェックしているが、この周辺に犯人がひそんでいるのかどうかまったくわからない。犯人はいったいどこで、どうやって身代金を奪うつもりなのだ。

『坊やはどこにいる？』

岸谷からのメッセージに、朝倉はちらっと広場の向かいにある雑居ビルに目を向けた。その前に戸田がバイクを停めて待機している。

『近くにいる』

『ＯＫ。そろそろ駅に着く』

朝倉は携帯をポケットにしまうと、煙草を取り出しながら広場の喫煙所に近づいていった。煙草に火をつけて改札のほうに視線を向けたときに、奈緒美が出てくるのが見えた。足もとがふらふらしていて、表情に疲れを滲ませている。

あたりを見回しながらこちらに近づいてくる奈緒美と、サングラス越しに目が合った。マンションを出てから着ているものを替え、つけひげをしていたが朝倉と気づいたようだ。

奈緒美はひきつった表情をかすかに緩ませると、朝倉がいる喫煙所とはちがう場所に向かった。広場にある大きなＳＬの前で足を止めると、不安げにあたりをきょろきょろと窺っている。

しばらくすると奈緒美がジーンズのポケットから携帯を取り出した。メールを確認しているみたいだ。

イヤホンから着信音が聞こえて、朝倉はポケットに手を突っ込んだ。リモコンの通話ボタンを押した。

「東京ドームの近くにある場外馬券売場に三時……」

奈緒美の声が聞こえたのと同時に、朝倉は携帯を取り出した。

ラインでメッセージを送って奈緒美のほうに目を向けた。奈緒美は駅の改札ではなく、タクシー乗り場のほうに歩いていく。

車だと渋滞に巻き込まれてしまう可能性があるのでやめておいたほうがいいと思ったが、それを伝えることもできない。

奈緒美が乗り込むとタクシーが走り出した。だが、すぐに駅前の信号でつかまって停車した。

朝倉は渋滞に巻き込まれないことを願いながら、バイクにまたがって地図を確認している戸田に近づいていった。バイクにひっかけた予備のヘルメットをかぶってタンデムシートにまたがる。

「東京ドームの近くの場外馬券売場だ。急ごう」朝倉は戸田を急かした。

「ちょっと待ってくれ。こっちの地理に詳しくないから確認してる」

しかたがないことだが苛立ちがこみ上げてくる。ようやく道を確認したのか戸田が地図をバッグにしまってエンジンをかけた。

走り出したバイクは右に左に車線変更を繰り返しながら、前方の車を次々に抜き去っていく。

前方に赤信号が見えて、車が列をなしている。徐行しながら車の脇を進んでいくと、少し先に奈緒美が乗ったのと同じタクシーが停まっていた。

ガラス越しに見える後部座席の後ろ姿を見て、奈緒美だと確認した。

自分たちよりもかなり先に出発したはずだが、まだこんなところにいるのかと不安になった。

「あのタクシーの横で停めてくれ」朝倉は戸田の肩を軽く叩いて言った。

バイクがタクシーのすぐ横で停まると、朝倉は車内に目を向けた。

奈緒美がうつむいて視線を一点に据えている。少し身を乗り出すと、奈緒美の手もとが見えた。裁縫をしている。

こんなときにいったい何をしているのかと思ったが、縫い合わせているのがセカンドバッグだと気づいてすぐにその理由を察した。

朝倉が渡したGPSを発見されづらくするために、セカンドバッグの裏地の中に隠すつもりなのだろう。同時に、奈緒美が電車ではなくタクシーに乗ったことも納得した。電車の中ではどこで犯人が見ているかわからない。

気配を感じたのか奈緒美がこちらのほうを向いた。朝倉と目が合って驚いたように少し口を開いたが、すぐに唇を引き結んだ。

奈緒美は脇に置いたデイパックの中を漁った。携帯を取り出して操作をするとガラス越しにこちらに向けた。

よく見えなくてサングラスを外すと、携帯画面に女の子の姿が映し出されているのがわかった。その女の子が誰であるかに気づき、胸が締め上げられるように苦しくなった。

最後に梓を見たのは小学校二年生のときだった。

そのとき梓とどんな話をしたのかも覚えていない。たしか学校の話をしていたようだが、朝倉は梓の言葉を右から左に聞き流して、新聞を読みながら適当に相槌（あいづち）を打っていたのだ。そしてその日、職場に出勤してから梓に会うことはなくなった。

現在の梓の姿を見て、三年の月日の重さというものをひしひしと思い知らされる。

信号が青に変わりバイクが走りだした。

「あの女社長、携帯をこちらに見せてたみたいっすけど、何だったんすか」戸田が叫ぶように訊いた。

「たいしたことじゃない」

朝倉はそう言いながら、心の中では激しい感情をたぎらせていた。

どんなことがあっても、いや、どんなことをしてでも梓を救い出すのだ。

8

信号が青になると真志を乗せたバイクは走り去って見えなくなった。奈緒美を乗せたタクシーは次の信号まで進んでは停まり、また次の信号まで進んでは停まるを繰り返していて、なかなか流れに乗れないでいる。

時計に目を向けると二時四十五分だった。

「三時までに東京ドームに着きますか？」奈緒美は焦燥感に駆られながら運転手に訊いた。

「どうだろうねえ……どこかで工事でもしているのかわからないけど、今日はいつもよりも混んでるね」

「このあたりで一番近い駅はどこですか」

「一番近いのは半蔵門線の大手町だね。だけど近いといっても歩いていくとなればそれなりに時間がかかるし、電車の乗り換えもあるから、タクシーを降りちゃったら確実にその時間には着かないよ」

運転手の話を聞いて不安に苛まれたが、自分にはどうすることもできない。

奈緒美は自分にできることをするしかないと腹を括って、膝の上に置いたセカンドバッグに目を向けた。犯人が携帯を仕掛けていた裏地はすでに縫ってある。あとは真志から渡されたＧＰＳを隠した反対側の裏地を縫わなければならない。奈緒美は意識を集中させて針を布に通した。

それにしても、真志が乗っていたバイクを運転していた人物は何者だろう。

犯人を捕まえるために他に仲間がいると真志は言っていたが、見たところ二十歳そこそこに思えた。あんな若者に犯人を捕まえることと、梓の命を託さなければならないことに、どうしようもなく不安が募る。

あんな若者に頼ってまで、どうして真志は警察に通報することを拒んだのか――

ひとつだけ考えられることがあるとすれば、真志は自分が犯した罪によって、警察がきちんと誘拐の捜査をしてくれるかどうか不安を抱いたのではないかということだ。

真志は三年前に警察に逮捕された。容疑は暴力団関係者に捜査情報を漏らし、その見返りとして金品を受け取っていたという収賄の容疑だ。

当時、真志は組織犯罪対策課の刑事として、薬物犯罪や違法カジノの摘発に携わっていた。

すでに逮捕されていた違法カジノの経営者が、真志からたびたび警察の手入れの時期の情報などを得ていたと証言したことでそれが発覚した。

警察と検察での取り調べに真志は容疑を否認していたが、裁判では一転してその罪を認めた。

裁判で罪を認めるまで、奈緒美と父はたとえまわりからどんな誹謗中傷を受けようと、真志のことを信じ続けていた。

特に警察署長をしていた父は、義理の息子が逮捕されたことによって肩身の狭い思いを強いられただろう。それでも、組織犯罪対策課の刑事であれば、何らかの形で暴力団関係者と接触しなければならないこともあり、それによって何らかの誤解を受けてしまっただけではないかと、真志をあくまでも擁護していた。だからこそ、裁判で真志が罪を認めたことによって、奈緒美も父も失望感に打ちひしがれたのだ。

奈緒美は判決が出てしばらくしてからも、その事実を現実のものとして受け入れられなかった。その事実を受け入れるのは、自分が真志に対して抱いてきた想いをすべて覆されるに等しいことなのだ。

真志の仕事ぶりを直接見ていたわけではない。同じ警察官であっても奈緒美と真志は働いている警察署がちがっていた。ふたりが出会ったきっかけは、父が自分の部下であった真志を家に招いたことだった。

父はノンキャリアながら叩き上げで当時組織犯罪対策課の課長を務めていた。奈緒美はそんな父を尊敬して警察官になることを志した。その父が最も信頼できる部下だという真志に少なからず興味を抱いた。

武骨な人というのが真志に抱いた第一印象だ。ただ、ぶっきらぼうではあるが人一倍正義感が強く、警察官という犯罪から人を守る仕事に何よりも誇りを持った人だというのは、父から聞いた話だけでなく、自分の実感でもあった。

結婚して梓が生まれるとさらにその思いを強くした。守るべきものが増えたことによって、世の中から少しでも犯罪をなくしていき、子供たちにとって住みやすい社会にすることをより強く望むようになったと感じていた。それだけに、真志が自分の利益や欲望のために暴力団関係者と結託していたという事実に、ただ愕然とするしかなかった。

真志には懲役二年六ヶ月、執行猶予四年の有罪判決が下った。

判決後も家に戻らずどこかを転々としていた真志と一度だけ会った。

喫茶店で奈緒美と向き合うと、真志は自分の署名と捺印をした離婚届を目の前に置いて「出しておいてくれ」とだけ言った。

そのまま立ち去ろうとした真志の手をつかんで、どうしてあんな罪を犯したのかと問い詰めると、真志が「金のために決まっているだろう」とさらりと言った。

その後に吐いた真志の言葉は今でも一字一句忘れられない。

命を張って仕事をしてもそれに見合うだけの給料などもらえない。しかも女房と子供という厄介なものまでいれば、こんなことに手を染めないかぎり楽しめないだろう。おれにとって家族なんかずっと邪魔な存在でしかなかった。新しい仕事を探さなきゃいけないのはちょっと面倒だけど、これでおれもようやく自由になれる。

その言葉に放心している間に真志は奈緒美の前から姿を消した。

それから一昨日まで会うこともなかったし、真志がどこで何をしているのかも知らなかった。

真志は家庭を捨てた。それだけでなく仕事と、人として最も大切な誇りを捨てたのだ。

自分が守るべき市民を裏切り、自分の仲間であるはずのすべての警察官を侮辱し、警察の信頼を大きく失墜させた。

真志はすべての警察官から憎まれていることを自覚していて、たとえ娘が誘拐されたとなっても、警察を頼る気持ちになれないのではないか。それ以外に、警察に通報することを頑なに拒み、あんな若者を引き連れて犯人を捕まえようという無謀な行為に出る理由が見つからない。

そうであったなら、真志の考えは間違っていると断言できる。たとえ自分たちの信頼を大きく失墜させた男の子供であったとしても、警察が捜査の手を抜くなどありえない。

何かを叩きつける音に、奈緒美はびくっとして横を向いた。

信号待ちで停まったタクシーの窓をバイクに乗った男が叩いている。先ほど真志を乗せていた若い男だ。

男が手で窓を開けるように合図する。さらにセカンドバッグを指さしながら何かジェスチャーをしている。

「いったい何だろうねえ」運転手が怪訝そうな顔をこちらに向けて言った。

男が自分の口もとを押さえたので、何を言おうとしているのかわかった。

奈緒美は携帯が入ったセカンドバッグを上着で包んでデイパックの中に入れた。

「開けさせてもらいますね」

運転手に一応断って窓を開けると、バイクの男が手を差し入れてきた。

「セカンドバッグを」

男の言葉に、奈緒美は首をひねった。

「朝倉さんに頼まれた。このままじゃ間に合わないかもしれない。先にバッグだけ持っていく」

「そんなことをしても……」

犯人が次の現場を見ていれば奈緒美が来なかったことはわかる。この光景だって犯人から見られていないともかぎらない。

「賭けだと言ってた。早くしろ——！」

男が急かしたが、真志の知り合いだといっても一千万円を入れたセカンドバッグを渡すことには抵抗がある。

奈緒美はデイパックからセカンドバッグを取り出すと、縫い直したばかりの糸をふたたびほどいて携帯を取り出した。携帯を渡して「行って」と目で合図したが、男は走りださずに背負っていたデイパックを降ろし上着と手袋を脱いだ。

何をしているのだろうと苛立ったが、携帯を手袋の中に入れてさらに上着で包んだのを見て、バイクの音を犯人に聞かれないようにするためだと察した。

男は手袋と上着で包んだ携帯をデイパックに入れると、バイクを徐行させて前に行った。

信号が青に変わると猛スピードで走っていく。

「だいぶ空いてきましたよ」

運転手の言葉どおり、車の流れがスムーズになってきた。

これからはあまりタクシーを使うべきではない。最後になるかもしれない密室空間で、少しでも何かをしておかなければならないと、今の自分にできることを考えた。

奈緒美はあることを思いついて、上着から犯人に渡された携帯を取り出した。

きっと犯人は自分の身元につながるかもしれないこの携帯を、受け渡しの最後にセカンドバッグに入れさせて回収しようとするはずだ。

奈緒美は携帯を操作してこの電話の番号を調べた。メモに書き留めると今度はふたを外してSIMカードの番号を確認した。

場外馬券売場から一番近いところでタクシーを停めてもらった。余分にお金を置くとそのまま駆けだし、腕時計に目を向ける。二時五十八分。間に合いそうだ。

場外馬券売場の前に着くとあたりを見回した。平日の昼間だというのにかなりの人がいてモニターを見ている。

少し離れたところに真志の姿を見つけた。競馬新聞に目を向けながらさりげなくあたりの様子を窺っているようだ。さらにハンバーガーショップの前で立ち食いしている茶髪の若い男が目に留まった。ヘルメットをしていたので顔はわからないが、格好が同じだからおそらくバイクの男　だろう。

ポケットの携帯が震えたので取り出した。

『秋津駅の南口改札に四時までに来てください。プレゼントしたIC乗車カードには一万円分のチャージがありますからどうぞお使いください』

セカンドバッグに入っていた携帯をバイクの男に渡したことは気づかれていないようだ。

「秋津駅の南口改札に四時……」

リモコンの通話ボタンを押して言うと、真志が競馬新聞をとじて歩きだした。

「アレは」

さらに言ったが、真志は何の反応も示さずに歩いていった。

バイクの男がハンバーガーの包みを紙袋に入れてこちらに近づいてきた。奈緒美の近くにあったごみ箱に入れようとしたが、中には入らず地面に落ちた。男はそのまま歩き去っていく。

奈緒美は地面に放ったままの紙袋に近づいた。まわりの人から悟られないようにごみを捨てるふりをしながら袋の中を確認した。携帯が入っている。それを素早くポケットに入れるとごみを捨てて歩きだした。

池袋駅の改札を抜けて案内板を見ると、もうすぐ発車の時間だった。

奈緒美はホームへの階段を駆け上った。足がもつれてその場に倒れた。すぐに立ち上がったが足首に激痛が走った。

発車のベルが聞こえ、足を引きずりながら階段を上りドアが閉まる直前に電車に飛び込んだ。

変なひねりかたをしてしまったみたいで足首がじんじん痛むが、空いている席が見当たらない。ちがう車両を確認しに行く気力もなく、手すりをつかんでドアに背中を預けた。

かれこれ三時間以上、あちこちと走り回らされている。警察がまわりに張っていないかを確認するためなのか、奈緒美を心身ともに疲弊させて隙を作らせるためなのか。

携帯を手に取り犯人から送られてきた梓の写真を映し出した。梓の姿を見つめながら、折れそうになる気力を必死に奮い立たせた。

秋津駅で電車を降りると、足を引きずりながら改札に向かった。あたりを見回したが真志もバイクの男もいなかった。

それほど大きな駅ではないが制服姿の学生や多くの人が行き交っていた。近くに学校があるのだろうかと案内板に目を向けると、ここから歩いて五分ほどのところにJRの新秋津駅があったので、乗り換えに使われているようだと察した。

今度はJRの駅からどこかに行かされるのかもしれないと思い、地図に近づいて駅の場所を確認していると携帯が震えた。

『五時に池袋駅構内にあるルーベンという喫茶店で待機しろ』

メールの文面を見ながら腹立たしさに唇を嚙み締めた。

調子づいているのか急に命令口調になっている。しかも、急いでここまでやって来させながら、すぐに池袋に戻れとは何ともふざけた指示だ。

「五時に池袋……駅構内にあるルーベンという喫茶店で待機しろと……」

奈緒美は真志に連絡を入れると、ふたたび改札の中に入った。

四時半過ぎに池袋駅に着くと、奈緒美はトイレに入った。タクシーの中で糸をほどいてしまったセカンドバッグを補修してから喫茶店を探した。

ルーベンは東武デパートの地下入り口の近くにあった。五時までにはまだ時間があったが、奈緒美は喫茶店に入ることにした。

窓際の席に着くとコーヒーを頼んで外に目を向けた。まだ帰宅ラッシュの前だが駅の構内は多くの人であふれている。

この中に梓を誘拐した犯人がいるのだろうか。

行き交う人の流れを見つめているうちに、奈緒美は息を呑んだ。

眼鏡をかけ大きなバッグを抱えた白髪交じりの中年男がちらっとこちらに目を向けて歩き去っていった。

格好はちがうが、戸塚から大森に向かう途中に車内で見かけた人物だ。モノレールで気になった男にも雰囲気がよく似ている。

ポケットの中の携帯が震えて、我に返って取り出した。

『東武東上線北改札口を出てすぐ右手にあるコインロッカーに行き、ＩＣ乗車カードで荷物を預けろ』

奈緒美は画面を見つめながら首をひねった。

荷物というのは身代金のことだろう。だが、大勢の人が行き交うこんな場所にあるコインロッカーに預けろというのが理解できない。犯人はどうやって身代金を奪うつもりなのだ。

「東武東上線北改札口を出てすぐ右手にあるコインロッカーに預けろと言ってきた……」

真志にそのことを告げたときにコーヒーが運ばれてきた。

奈緒美はコーヒーに口をつけずに伝票をつかむと立ち上がった。会計を済ませて店を出ると東武東上線の北改札口を探した。

たしかに北改札口のすぐそばにIC乗車カードで利用できるコインロッカーがあった。

犯人がセカンドバッグにカードを入れていたのはこのためだったのか。

コインロッカーに近づいていくと、ふたたび携帯が震えた。

『コインロッカーのすぐ横にフリーペーパーや広告が入れられた棚がある。その中に袋に入った分譲マンションの広告がある。その袋の中に見えないようにカードを入れて一番奥に置け。そうしたらすぐに山手線（やまのて）に乗って田町（たまち）まで行き、駅の表示板を写真に撮ってこのメールアドレスに送れ。山手線を二周している間に場所を教える』

メールに具体的な指示が書かれているが、理解できないことばかりで頭の中が混乱した。

山手線に乗って田町まで行き、駅の表示板の写真を撮ってメールを送れというところまではかろうじて理解できる。

奈緒美がこの近くにいないということが確認できたら、コインロッカーに預けた身代金を取りに来るつもりなのだろう。だが、この近くに警察が張っている可能性をまったく考えていないのだろうか。

奈緒美のこれまでの行動をどこかで監視していて、警察がいないと確信したということなのか。

この周辺には防犯カメラがないようだが、たとえそうであったとしても、この受け渡しの方法には理解に苦しむものがある。

もしかしたら、犯人は自分たちが恐れているような用意周到で計算高い人物などではなく、行き当たりばったりの間の抜けた人間なのではないか。

さりげなく周囲に視線を配ったが真志たちの姿は見当たらなかった。

9

「指示されたとおりに荷物を預けた……」

岸谷と携帯式のモニターを見ていると、イヤホンから奈緒美の声が聞こえてきた。

「ロッカーのすぐ横にある分譲マンションの広告の中にカードを入れて一番奥に置けと」

ロッカーが見通せる公衆電話の台の下に岸谷が用意した小型カメラを仕掛けているから、そこまではモニターで確認した。

「それから山手線に乗って田町まで行ったら駅の表示板を写真に撮ってメールしろ、山手線を二周している間に場所を知らせると……」

奈緒美の声を聞いて、朝倉は首をひねった。

犯人は身代金を取りに来るつもりなのだろうか。警察が張っているかもしれないというのに。

「わたし……これから警察に報せようかと思っている」

その言葉に反応して、朝倉は岸谷に目を向けた。

岸谷が「どうした?」と目で訴えかけてきた。

「あそこにお金を置いたということは必ず取りに来るということ。わたしがこの近くにいないとわかったら取りにくる。そこを捕まえてもらえば……絶対にそのほうがいい」

そこで通話が切れた。

「ちょっとすまない」

朝倉はそう言って岸谷のもとを離れると、奈緒美の携帯に電話をかけた。

留守電になった。電話を切ってさらにかける。また留守電になった。さらにかけたがつながらない。

ホームを捜しに行こうと改札に向かう間に携帯が震えた。奈緒美からの着信だ。

「今どこにいる」朝倉は電話に出るとすぐに訊いた。

「交番を探してる」

「警察に報せてはだめだ。コインロッカーに預けた身代金を犯人が取りに来ると思うか?おれたちは試されてるんだ」

「試されてるってどういうことよ」

「きみはこの後も犯人から監視されるかもしれない。警察に通報する様子がないかどうかいか。仮にあの金を取りに来る人間がいるとしたらそれはダミーだ」

を確かめるために。そして警察に通報する様子がなければ新たな指示を出すつもりじゃな

「ダミー?」

「そうだ。闇サイトか何かで雇った使い捨ての駒だ。捕まえても犯人の正体を知らないやつだろう。犯人はダミーが警察に捕まるかどうかを試すつもりだ。梓のことが心配で焦る気持ちはわかるが、あくまでもこのまま犯人に言われたとおりに動くんだ。おれたちが打つ手を間違えたら、犯人はきっと取引を中止する。一生後悔することになるんだ」

「だけど、ダミーだとしてもお金を取りに来たらどうするのよ。捕まえなければ身代金を奪われるのよ」

「大丈夫だ。コインロッカーの近くにカメラを仕掛けて監視している。金を取りに来たやつがいたら尾行して梓を誘拐した犯人を調べ上げる。おれを信じてくれ」

「どうやったらあなたのことを信じられるっていうのよ……梓やわたしのことを邪魔な存在だと吐き捨てた人をどうして信じられるっていうの」

奈緒美の言葉に、胸がかきむしられそうになった。

「とにかく、梓の身が大切なら言うとおりにするんだ。わかったな」

朝倉はそうとしか言えずに電話を切ると、岸谷のもとに戻った。

「どこに行ってたんだよ」岸谷が訊いた。

「トイレだ。恐喝犯は女社長に田町まで行って駅の表示板を写真に撮ってメールで送れと

指示したそうだ」

「その間にあの金を取りに来るつもりか」

朝倉は曖昧に頷いた。

あの金を取りに来ることはないだろう。不倫の証拠をネタにしている恐喝犯ならいざ知らず、相手は誘拐犯だ。

おそらく警察に通報する様子がないと確認したら、奈緒美をふたたびここに来させて身代金をちがう場所に運ばせるつもりだろう。

モニターの中で、片手にヘルメットを持った男が広告を置いた棚の前で立ち止まった。この角度では棚の前で何をしているのかはわからないが、しばらくするとその場を離れて隣のコインロッカーに向かった。カードをかざして先ほど奈緒美が預けたロッカーの扉を開けた。

「行こう」

岸谷に言われて、朝倉は怪訝な思いに囚われたままロッカーに向かった。

ロッカーの前に着くと男の姿はすでになかった。そのまま駅構内を歩いていると、行き交う人波の中に男の背中を見つけた。黒いメッセンジャーバッグを肩にかけ、右手にヘルメットと、左手に身代金が入ったセカンドバッグを持っている。

相手に気づかれないように適度な距離をとりながら、岸谷とともに男についていく。

東口出口のほうに向かっていた男がトイレに入るのを見て、岸谷に目を向けた。

朝倉の意図を察して岸谷がそのままトイレに向かっていった。

トイレに入っていく岸谷を見届けると、朝倉はズボンのポケットから携帯を取り出した。メッセージを書き込むのがもどかしく直接戸田の携帯に電話した。

「今どこにいる?」

戸田が電話に出ると、朝倉は訊いた。

「西口公園の目の前。コインロッカーの金を取りに来たのか?」

「ああ。ヘルメットを持っているからどうやらバイクで移動するようだ。東口に出る可能性が高いからこっちに来てくれ」

「東口のどこらへん?」

あたりを見回すと、少し先にパルコの入り口が見える。

「とりあえずパルコの前あたりに来てくれ。コインロッカーに来た男は黒と白のハーレーの革ジャンを着て、シルバーのヘルメットを持ってる」

「そいつの後をつけるのか?」

「今トイレに入ってる。他に仲間がいてセカンドバッグを渡す可能性があるから、少し待ってくれ。とりあえずパルコの前で待機だ。また連絡する」

「ラジャー」

朝倉は電話を切ると、近くにあった棚からフリーペーパーを手に取った。それを眺めるふりをしながらトイレの入り口を窺(うかが)った。

しばらくすると男がトイレから出てきた。セカンドバッグは持っていない。肩にかけたメッセンジャーバッグにしまったのか、それともトイレの中に仲間がいて渡したのか。

携帯のラインの画面に目を向けながらこれからどうするべきか考えていると、岸谷からメッセージが届いた。

『セカンドバッグはヘルメットの男が持ったままだ』

朝倉は『わかった』とメッセージを返して歩きだした。

男は階段を上って池袋駅を出ると横断歩道に向かっていった。すぐそばに停めた大型バイクにまたがると携帯を取り出して耳に当てた。

朝倉は男の姿を横目で見ながら戸田の姿を捜した。男がいるところから少し先の路肩にバイクを停めた戸田を見つけて向かった。

「五十メートルほど後ろ。バイクにまたがって携帯をかけてる男だ」

朝倉がタンデムシートにまたがりながら言うと、戸田がバックミラーに目を向けた。

「相手に絶対に気づかれたくない。無理しすぎないでくれ」

戸田が頷いてヘルメットをかぶった。朝倉もヘルメットをかぶると携帯の地図を表示させた。

エンジンをかけるのと同時に、男のバイクが横を走り抜けていった。戸田もバイクを走らせて男の後を追尾する。

あの男は誘拐犯の仲間ではないだろう。

コインロッカーから金を持ち出したあの男に、まわりを警戒する様子はほとんど窺えなかった。今も右に左に車線変更をして追跡をまこうということもなく、一定の速度でバイクを走らせている。やはり闇サイトか何かで荷物を取りに行くのを頼まれただけのダミーだろう。

だが、車を一台挟んでいるとはいえ、何度も男と同じ方向に右折左折を繰り返しているというのに、このバイクの存在をまったく気にも留めない男の無警戒ぶりがかえって朝倉を不安にさせる。誘拐犯はこれからどうやってあの身代金を受け取るつもりなのだろう。

携帯の地図に目を向けると本郷とあった。先ほどやってきた東京ドームの近くだ。

相手はこの周辺に土地勘があるのではないかと、朝倉はふと考えた。

警察さえも想定していないような場所に身代金を運ばせ、誰も想像していないような形でそれを奪う手段を考えているのではないか。

男のバイクが交差点で右折車線に入った。朝倉たちの前にいた車が直進していったので、男のバイクの真後ろにつく形になった。

交差点を右折するとすぐに橋が架かっていて、その先に御茶ノ水駅がある。

右折信号が灯り、男がバイクを走らせた。戸田のバイクもそれに続く。右折するとすぐにハザードランプが点滅して、橋の真ん中あたりで男のバイクが停まった。

「どうする？」戸田が訊いてきた。

「とりあえず抜き去って、少し先の信号を越えたあたりで停めてくれ」

駅前の交差点を通り過ぎてしばらく行ったところで戸田がバイクを停めた。

朝倉はバイクから降りるとすぐにヘルメットを脱いでシートに置き、交差点のほうに歩きだした。交差点の手前から男がバイクを停めた橋のあたりに目を向ける。だが、駅前の交差点のあたりは人があふれていて、ここからでは男の姿が確認できない。

交差点を渡って駅前に行き、さりげなく橋のほうを見た。橋の向こう側にも地下鉄の駅があるようで、相互を行き来する大勢の人の流れがあった。その隙間から男の姿が見えた。

男はヘルメットをかぶったまま停車させたバイクにまたがっている。ヘルメットのシールドを上げて、あたりを行き交う人たちに注意を払っているようだ。

もしかして、朝倉たちの存在に気づいて様子を窺っているのだろうか。

人波に隠れるようにしながら見張っていると、橋の向こうからやってきた人波の中からひとりの男がバイクの横で立ち止まった。

ダーク系のスーツに眼鏡をかけた男がバイクの男に話しかけた。バイクの男はメッセンジャーバッグからセカンドバッグを取り出すとスーツの男に渡した。スーツの男は内ポケットから封筒を取り出してバイクの男に差し出した。スーツの男はセカンドバッグをビジネスバッグにしまうと、こちらに向かって歩きだした。

朝倉はとっさに腕時計に目を向けて、人を待っているふりをした。

男の姿があらわになってすぐに視線をそらしたが、特徴はしっかりと目に焼きつけた。

身長は百八十センチで三十代後半といったところだろうか。髪をオールバックに整え、一見するとできるビジネスマン風ではあるが、スーツに隠れた屈強そうな肩幅と胸板、そして眼鏡の奥の鋭い眼光から、堅気とは思えない殺気のようなものを感じ取った。

スーツの男は朝倉の脇をすり抜けると改札の中に入っていった。一、二番線のホームの階段を下りていく。

朝倉も改札に入ると、ホームに向かいながらメッセージを打ち込んだ。

『セカンドバッグを渡された男が御茶ノ水駅に入った。おれはこのまま尾行する』

しばらくすると戸田から『おれはどうすればいい?』とメッセージがあった。

『次の指示があるまでそこにいてくれ』

ホームを進みながらスーツの男を捜すと、一番線の中央線の列に並んでいる。

朝倉はスーツの男がいるふたつ隣の列に並んだ。やってきた中央線に乗り込むと、『男は中央線で新宿(しんじゅく)方面に向かってる』とラインに書き込んだ。

『おれは池袋にいる。とりあえず新宿に行ったほうがよさそうだな』と岸谷からメッセージがあった。

『そうしてくれ』

朝倉は携帯をしまうと中吊り(なかづ)広告に目を向けながら、スーツの男を視界の端に捉(とら)えた。

スーツの男は右手に吊革を握り、もう一方の手でビジネスバッグを持ち窓の外に視線を向けている。

先ほどのバイクの男と同様に、まわりを警戒している様子は窺えない。誘拐の身代金である一千万円を持っているというのに、ふてぶてしさを感じさせるほどに堂々としている。

新宿駅で電車が停まるとスーツの男が降りた。階段を下りて別のホームに上がるとやってきた山手線に乗った。

スーツの男は新宿からふたつ目の高田馬場駅で降りると、階段を下りてすぐのところにあるトイレに入った。朝倉は男に続いてトイレに入ろうか迷ったが、そのまま改札のほうに進んだ。改札の手前で立ち止まって広告に目を向ける。

「替わろう」

ふいに背後から声が聞こえ、朝倉はびくっとして振り返った。

岸谷が立っている。GPSの位置を確認してここにやってきたのだろう。

「トイレの中か？」岸谷が訊いてきた。

「ああ」

「男の特徴は？」

「ダーク系のスーツに身長が百八十センチ。眼鏡をかけていて髪はオールバックだ。見ればあんたの嗅覚にも引っかかる」

「わかった。とりあえずどこかで着替えをして待機だ」

岸谷の言葉に頷くと、朝倉は改札を出た。

駅前の繁華街に目を向けて手早く着替えができるところを探した。すぐ近くにハンバーガーショップを見つけて入った。注文しないまま二階に上がってトイレに駆け込んだ。

背負っていたデイパックを下ろして中から服を取り出した。上着とシャツを脱いで新しいものに着替える。眼鏡を外して、代わりにキャップをかぶるとトイレから出た。携帯を確認すると、ラインに岸谷からメッセージが入っている。

『男は西武新宿線の戸山口改札の外にあるコインロッカーにセカンドバッグを預けた。その鍵を隣の自販機の下に隠したみたいだ。おれは男の後をつける』

朝倉は携帯の地図を表示させると、それを頼りに戸山口に向かった。たしかに戸山口改札の外にコインロッカーと自販機が見えた。

コインロッカーの向かい側の少し手前にあるコンビニに入った。雑誌コーナーに行くと、適当に手に取って広げながら斜め向かいにあるコインロッカーのほうに意識を向けた。

GPSが指し示している場所はたしかにあそこだ。またちがう人間が身代金を取りに来るということだろうか。

ここを離れるわけにはいかない。だが、ひとりではこれからの事態に対応するのは難しいかもしれない。それに犯人がこの近くにひそんで様子を窺っているとしたら、ここに留まるのはまずいだろう。

朝倉はコンビニから出ると、身をひそめられそうな場所を探した。

近くのビルの二階にある喫茶店が目に入った。あそこの窓際の席からならコインロッカーを見通せるのではないかと考えたが、角度的に難しいだろうと思い直した。それに闇夜の中で煌々と照らされた店内にいてはかえって目立ってしまうだろう。

喫茶店があるビルの非常階段が目に留まった。あそこの四階ぐらいからならコインロッカーを見通せるのではないか。あたりは真っ暗だし、壁に身をひそめればまわりからまず見つかることもないだろう。

朝倉はビルに入るとエレベーターで四階に向かった。エレベーターを降りると廊下を歩いて非常階段のドアのノブに手をかけた。鍵はかかっていない。ドアを開けると身を低くしながら非常階段に出た。

朝倉は壁に身を隠しながらディパックを下ろすと中を漁った。岸谷から渡されていた携帯型の双眼鏡を取り出して覗き込んだ。コインロッカーと隣の自販機がはっきりと見えた。双眼鏡を通して見ると近くに感じるが、コインロッカーに預けたセカンドバッグを取りに来た人間を確認しても、階段を駆け下りて近くに行くまでに一分以上はかかりそうだ。

朝倉は携帯を取り出すと、ラインに現在いる場所を書き込んで戸田に来るよう指示した。

三十分ほどその場で様子を窺っていると、背後からドアが開く音がした。振り向くと戸田が非常階段に出てきた。

「あそこのコインロッカーだ」

朝倉と同じように身を屈めた戸田に視線で知らせた。

「他のやつがまた取りに来るんですかね」

戸田がそう言って自分のディパックから、岸谷に渡された双眼鏡を取り出した。コインロッカーのほうを向き双眼鏡を覗き込む。

「おそらくそうだろう」朝倉はそう言って同じように双眼鏡を覗き込んだ。

10

「次は上野、上野――」

じりじりとした思いを噛み締めながら窓外の闇に目を向けていると、握っていた携帯が震えた。

奈緒美はすぐにメールを確認した。

『たしかに約束のものは受け取った。西武新宿線高田馬場駅の戸山口改札の外にあるコインロッカーに求めているものは保管してある。コインロッカーの隣にある自販機の底に鍵を貼りつけてある』

奈緒美はその文面を見つめながら首をひねった。

コインロッカーに保管してあるとはどういう意味だろう。梓を監禁している場所を記したメモか何かを残したということだろうか。

奈緒美は座席から立ち上がると乗客が少ない場所に移動して、リモコンの通話ボタンを押した。

「今、犯人からメールが届いた。求めているものは西武新宿線高田馬場駅の戸山口改札の外にあるコインロッカーに保管してあると。コインロッカーの隣にある自販機の底に鍵が貼りつけてある……」

マイクに向けて告げると、終了ボタンを押して空いている席に座った。落ち着かない思いで車窓の外の漆黒の闇を見つめた。

高田馬場駅でドアが開くと、奈緒美はホームで待っている人を押しのけて電車を降りた。そのまま痛む足を引きずりながら、ホームの一番端にある改札に向かって走った。

「西武新宿線の戸山口はどこですか！」奈緒美は改札にいた駅員に訊いた。

「そこを出て左手のほうに行ったところです」

礼を言う余裕もないまま、駅員が指し示したほうに向かって走った。

少し先にコインロッカーが見えてきた瞬間、緊張と安堵がない交ぜになって胸の中に押し寄せてきた。今までに感じたことのない息苦しさに襲われ、どうにも我慢ができず、コインロッカーのすぐ手前で足を止めた。

奈緒美はその場で何度か深呼吸をすると、一歩ずつ足を踏み出しながらコインロッカーの隣にある自販機の前に立った。

あたりに目を向けて近くに人がいないのを確認すると、その場にしゃがんで自販機の底を手で探った。テープで貼りつけられた鍵を引き抜いた。『15』という札がついている。

コインロッカーの扉を開けるとセカンドバッグが入っていた。池袋のコインロッカーに入れたのと同じものだ。

この中に梓の居場所を記したものが入っているのかと手を伸ばしたとき、ポケットの中で振動があった。犯人から渡された携帯だ。

あまりのタイミングにあたりを窺いながら携帯を取った。振動は一度で終わらず断続的に手の中で続いている。メールではなく電話だ。

奈緒美はリモコンの通話ボタンを押してから電話に出た。

「一日おつかれさまでした」

機械で加工された声が耳に響いた。

「この中に……セカンドバッグの中に梓の居場所を記した何かが入っているんですか」

「残念ながらそんなものはありません」

相手の言葉に、奈緒美は愕然とした。

「どういうことですか？　お金は受け取ったでしょう。梓を返してください！」奈緒美は叫んだ。

「いつかはお返しします」

「わたしは警察に報せていません。いや、梓を無事に返してくださるのなら、これからも警察には行きません。お渡ししたお金は自由にしてくださって……」

「まだ取引は終わっていません」奈緒美の言葉を遮るように言った。

「取引が終わっていないってどういうことです⁉　さらに身代金を払えということですか」

「そうではありません。ただ、梓ちゃんはもうしばらく預からせていただきます」

「そんな……」

奈緒美は膝から崩れそうになってコインロッカーに手をついた。

「安心してください。わたしの言うことを聞けば約束どおりに梓ちゃんは無事にお返しします。ただ、彼女の元気な姿をふたたび見るために、あなたにいくつか忠告しておきたいことがあります」

奈緒美はどうにも耳障りな声を聞きながら唇を噛み締めた。

「ひとつ目はこれまでどおり警察には通報しないことです。これは非常に大切なことです。もし、あなたが警察に通報するようなことがあれば、梓ちゃんの成長をこれからも見届けることは極めて困難になるでしょう」

「ふたつ目は……」

「ご主人……いや、失礼しました。元ご主人のことを信頼して待っていることです」

予想していなかった言葉に、奈緒美は首をひねった。

どういう意味なのかよくわからない。まだ取引は終わっていないと言っていたが、これから真志に何かをさせようというのだろうか。

「最後は梓ちゃんが無事に戻ってくるまで元ご主人と連絡を取り合わないことです。元ご主人の持ち物に盗聴器が仕掛けてあります。あなたや、あなたの意思を伝えようとする人物が連絡すればわたしは把握できます。その時点で取引は終了です。この三つのことを守っていただけますか」

「わかりました……」奈緒美はうなだれながら答えた。

「あなたは移動中、誰かに連絡をしていましたね」

その言葉に、奈緒美は身を強張らせた。

やはり気づかれていたのか。

「おおかた胸もとにマイクを仕込んで、携帯でわたしからの指示を伝えていたのでしょう。警察ですか？」

「ちがいます……」

「では、誰ですか？」

奈緒美は答えられなかった。

「元ご主人ですね」

答えに窮していると、「やはりそうですか」と不敵な笑い声が耳に響いた。

「元ご主人との連絡に使った携帯とマイクをロッカーに入れてください。へたな小細工はしないように」

奈緒美がシャツの第一ボタンを外し、絆創膏とともにマイクを剝がした。携帯と一緒にロッカーの中に入れた。

「入れましたか？」

「ええ」奈緒美は答えた。

「次にあなたが使っている携帯も入れてください」

奈緒美はデイパックの中から自分の携帯を取り出すとロッカーに入れた。

「最後の指示です。今話している携帯をコインロッカーに入れて鍵をかけたら、鍵を自販機の下に隠して、その場から立ち去ってください。まっすぐ家に帰って普段どおりの生活をするのです。お嬢さんの身を思うなら、くれぐれも先にした三つの約束を守るように」

「お願いです！　必ず梓を返してください！」

奈緒美が叫ぶと同時に、電話が切れた。

11

コインロッカーの前で誰かと話をしている奈緒美を見つめながら、朝倉は苛立ち(いらだ)を噛み締めた。

いったい犯人とどんなやりとりをしているのだろう。

かろうじて奈緒美が叫んだ「取引が終わっていないってどういうことです⁉」という言葉を聞き取ったが、それはどういう意味だろう。

奈緒美がシャツのボタンを外して胸もとに貼りつけたマイクと携帯を取ってロッカーの中に入れた。

自分たちに連絡していたことを犯人に悟られたと察して、朝倉は舌打ちした。

奈緒美がデイパックから携帯を取り出してそれもロッカーに入れた。

「お願いです！　必ず梓を返してください！」

奈緒美の叫び声が聞こえた次の瞬間、耳からイヤホンが引き抜かれ、戸田に目を向けた。

「梓を……梓を返して……」

戸田がつかんだイヤホンから奈緒美の嗚咽が漏れ聞こえてくる。

「梓を返してくださいって……どういうことだよ」戸田がこちらに視線を据えて訊いてきた。

イヤホンから声が漏れ聞こえていたようだ。

朝倉は答えず、双眼鏡を覗いてコインロッカーのほうに向けた。

奈緒美はロッカーの鍵をかけると隣の自販機の前に行ってしゃがみ込んだ。立ち上がると早稲田口のほうに向かって歩きだした。

奈緒美はロッカーにあるはずのセカンドバッグを手にしていない。いったいどういうことだろうか。

「なあ……梓って誰なんだよ！」

戸田に肩をつかまれ、顔を向かされた。

「さっきからずっと気になってたけど……あの女社長は朝倉さんの前の奥さんなんだろう」

朝倉は何も言えないまま、戸田を見つめ返した。

「タクシーにいる女社長からセカンドバッグをもらいに行ったとき、どっかで見たような気がしたんだよ。すぐには思い出せなかったけど、朝倉さんの部屋にあった写真の人だろう。梓っていったい誰なんだ？」

「おれの娘だ」

朝倉が答えると、戸田が首をひねった。

「一昨日、おれの娘が誘拐された」

戸田が目を見開いた。

「彼女は恐喝されて金を運んでいるんじゃなく、娘の身代金の受け渡しだ」

「つまり……おれたちは誘拐犯を捕まえるために手伝わされていたってことか？」

「そうだ」

「あんた、どうかしてるんじゃねえのか……」戸田が天を仰ぐようにして言った。

「はたから見ればどうかしていると思われてとうぜんだろう」

「おれたちにこんなことをさせてるってことは、警察には……」

「報せてない」

「どうして？」

「信用できないからだ」

「おれやあのおっさんなら信用できるっていうのか？　あのおっさんとどういう関係かは知らないが、おれは一晩飲んだだけの相手だぞ」戸田が鼻で笑った。

「警察よりは信用できると思ったから頼んだ」

「どうして最初から誘拐犯を捕まえるためだと言わなかった」

「そう言ったら協力してくれたか？」

朝倉が言うと、戸田が押し黙った。

「残念ながらおれが頼れる人間はごくわずかだ。前科者の岸谷と、バイクの運転はうまいが酔っぱらって無鉄砲に喧嘩を吹っかける若造だけだ。だけど、娘の命を救うためにどうしても助けがほしかった」

「あの一千万はあんたのなのか？」

「彼女のお父さんが用意したものだ」

「日給十万の仕事なんてずいぶんと奮発してくれるものだと思っていたが、ずいぶん安く買い叩かれてたってわけか」

「たしかにな。今まで騙していてすまなかった。ここで抜けると言われても文句は言えない」

「抜けてほしいのか？」

朝倉は戸田の目をじっと見つめて首を横に振った。

「条件がふたつある」

「何だ」朝倉は訊いた。

「報酬は五十万だ。それだけあればあのくそったれな工場を辞めて新しい仕事を探せる」

「いいだろう。もうひとつは？」

「娘さんの身がどうなってもおれのことを恨むなよ」

朝倉は頷いた。万が一にも梓の身に何かあって恨むのは自分だけだ。

「次の指示は何なんだ？」

戸田に訊かれ、朝倉はわからないと首を横に振ってロッカーのほうに視線を移した。

奈緒美は朝倉との連絡に使っていた携帯をロッカーに入れた。犯人からの次の指示を知る術がない。

犯人は警察が奈緒美のまわりにいるのではないかと警戒して取引を中止したのだろうか。

だが、あのロッカーの中には身代金が残されたままだ。誘拐犯はみすみす身代金をあきらめるつもりなのか。

「おっさんからメッセージが入ってる」

朝倉は戸田に目を向けた。戸田が持った携帯画面を覗き込むと、ラインに『スーツの男は大久保にあるビルに入っていった』とメッセージがあった。メッセージの下に住所とビルの名前が記されている。

「どうする？」

戸田に訊かれて、朝倉は考えた。

犯人は警察を警戒して身代金を取りに来るかどうかわからないが、あのスーツの男は誘拐犯の一味であることに間違いないだろう。

「おれは岸谷のところに行ってくる。ここからあのロッカーを張っていてくれないか」

「わかった」

「動きがあったらすぐに連絡してくれ」


大久保通りから一本路地を入った寂しい通りを進むと、コインパーキングの前で煙草を吸っている岸谷を見つけた。

朝倉が近づいていくと、岸谷が「あそこだ」と斜め向かいのビルに顎を向けた。

六階建ての雑居ビルで、各階にスナックや飲食店などが一軒ずつ入っている。

「スーツの男は四階にある韓国風マッサージの店に入っていった。息抜きでもしていくのだろうと思ったが、近所のやつらに訊いたらあの店は開店休業の状態らしい」

「開店休業？」朝倉は岸谷に訊き返した。

「ああ。今は女の子がいないとのことで、入店を断られるらしい」

「だけど、そんなことをしていたら経営が成り立たないだろう」

「そうだなあ……あのマッサージ店を隠れ蓑にしてちがうビジネスをしているのか」

そういう状況であれば、梓を監禁する場所として使うことも可能だろう。

朝倉は少し先に見えるビルの四階のあたりに目を向けた。

「ところで、ロッカーに入れた金はどうなった？」

「今のところ取りに来ていない。恐喝犯は女社長をあの場所に行かせた」

「どういうことだ？」

朝倉はあのときの状況を岸谷に話した。

「おれたちが張っていたことがばれちまったってわけか。手ごわい相手だな。どうする？」

朝倉は携帯を取り出すとネットにつないだ。

「何してんだ？」岸谷が訊いた。

「ここから一番近いレンタカー会社を探す」


スーツの男がビルから出てくるのが見えた。

朝倉はあたりに注意を払いながらゆっくりと男の背中に近づいていく。

「ちょっと、落とし物ですよ」

近くに人がいないのを確認すると、朝倉は声をかけた。

男が振り返った瞬間、顎のあたりに拳を叩きつけた。失神して膝から崩れそうになった男のからだを抱くようにして支えた。

「大丈夫ですか。ちょっと飲み過ぎですよ」

近くに停めてあった黒いバンが走ってきて朝倉の横で停まった。男を後部座席に引きずり入れると朝倉も隣に乗ってドアを閉めた。

すぐに運転席の岸谷がバンを走らせた。

朝倉は男の両手をガムテープでぐるぐる巻きにした。口と目のあたりもガムテープで貼りつける。

「そこらへんで停まってくれ」

朝倉が言うと、岸谷が車を停めた。

「あんたはここで降りてくれ」

「何だよ、おれには拷問ショーに立ち会わせないつもりか」岸谷が不満そうに言った。

「あんたには他にやってもらいたいことがある。あの店の中にこいつの仲間がどれぐらいいるのか知りたい。エレベーターが見えるところにカメラを仕掛けて調べてくれないか」

朝倉はそこまで言うとドアを開けて車を降りた。運転席から出てきた岸谷が鞄(かばん)から何かを取って朝倉に差し出した。スタンガンだ。

「こいつを貸してやるよ。楽しみな」

朝倉はスタンガンを受け取ると、運転席に乗り込み車を出した。

車を走らせながら人気のない場所を探していると、少し先に信用金庫の看板が目に入った。

信用金庫の駐車場に車を入れた。この時間とあってか車も人の気配もない。

道路や歩道からではまず見えない奥のほうに車を停めると、朝倉は運転席から降りて後部座席に移った。失神している男の隣に座ると、上着やズボンのポケットを漁って、財布と二台の携帯を取り出した。ルームライトをつけて、財布の中に入っていた免許証の名前を確認する。

工藤隆次――昭和五十年生まれの三十八歳。

朝倉は携帯の送信メールを確認した。

『たしかに約束のものは受け取った。西武新宿線高田馬場駅の戸山口改札の外にあるコインロッカーに求めているものは保管してある。コインロッカーの隣にある自販機の底に鍵を貼りつけてある』

一番新しい送信メールを読むと、その前のメールを確認した。

『コインロッカーのすぐ横にフリーペーパーや広告が入れられた棚がある。その中に袋に入った分譲マンションの広告がある。その袋の中に見えないようにカードを入れて一番奥に置け。そうしたらすぐに山手線に乗って田町まで行き、駅の表示板を写真に撮ってこのメールアドレスに送れ。山手線を二周している間に場所を教える』

奈緒美に送ったメールで間違いない。

男の呻き声に、朝倉は目を向けた。目を覚ました男がからだを揺すりながらこちらに向けて足を蹴り上げてくる。朝倉は男の顎を鷲づかみにしてドアに押しつけた。

「手荒な真似はしたくない。だが、こちらの質問にきちんと答えないと痛い思いをすることになる。わかったか？」

朝倉がスタンガンを押しつけて言うと、工藤が頷いた。

「梓はどこにいる」

工藤の口に貼ったガムテープを剝がして訊いた。

「梓？　どこの女だ？」

「とぼけるな。安本梓。小学校五年生の女の子だ」

「おれはロリじゃねえよ。そんなガキに興味はねえ。金を積まれたらやらねえでもねえけどな」

朝倉は工藤の首もとに押しつけたスタンガンのスイッチを入れた。首もとに青白い閃光が走り、工藤が悶絶してドアにもたれながら気を失った。すかさず工藤の両頰を叩いて目を覚まさせる。

「おまえが誘拐した女の子だ。もしそんなことをしてたら、殺してくださいと懇願するぐらいの苦しみを与えてやる。もちろん最後は願いどおりに殺してやるけど、楽に死なせてやらないからな。正直に言えッ！　梓はどこにいる！」

「知らねえよッ！」

叫んだ口もとにスタンガンを押しつけスイッチを入れた。工藤が絶叫してがくっとうなだれた。

「寝るのはまだ早い」

工藤の顔を持ち上げるとふたたび両頰を叩いて目を覚まさせた。工藤は苦悶の表情を滲ませながら口もとが麻痺したようによだれを垂らしている。

「梓はどこにいる！　あのマッサージ店に監禁してるのか！　おまえらの仲間は何人い

る！」

「知らねえよ。本当にそんな女なんて知らねえよ。いったい何なんだよ、誘拐って……そんなことはしてねえよ」

朝倉は工藤の目のあたりに貼ったガムテープを剝がして携帯画面を向けた。

「じゃあ、このメールは何だ。女の子の母親に送ったメールだ。一千万円の身代金の受け渡し場所を指定するメールだ」

工藤は不安に怯えて視線を泳がせていたが、メールを見て少しばかり焦点が合ってきた。

「あんた大きな勘違いをしてるよ」工藤がこちらに視線を向けて言った。

「どういうことだ？」

「たしかにおれはこのメールを送った相手から一千万を受け取った。あるものの代金としてな」

「あるものって何だ」

朝倉が訊くと、工藤が視線をそらした。

「品物は約束どおりコインロッカーに入れておいた。くそッ！　何でおれがこんな目に遭わされなきゃならねえんだ！」

「ヤクか」

工藤は黙っている。

「その取引を持ちかけてきたのはどんな人物だ」朝倉は訊いた。

「知らねえよ。互いに顔も素性もさらさないのがおれたちのやりかただ」

「一千万の取引だというのに相手の顔も知らないというのか」

「そうだよ。もっとも初めての取引でそんな量は回さない。前に取引したときには今回の十分の一だったが、こちらの言い値の二割増しの金額を置いていった。これからも懇意にしてほしいというメモを添えてな」

工藤の言葉を聞きながら、頭の中が混乱している。

朝倉は工藤の携帯を手に取るとふたたび送信メールを確認していった。

たしかに『五時に池袋駅構内にあるルーベンという喫茶店で待機しろ』というメールまでは残されている。

奈緒美が秋津駅にいたときに受け取ったメールだ。だが、それ以前に犯人が指示したメールはなかった。

秋津駅に行ったときに受け取ったメールから送信者が替わっていたということか。

梓を誘拐した犯人はいったいどうしてそんなことをしたというのだ。そんなことをすれば、犯人は身代金を受け取ることができないというのに。

「どうした……」

その声に我に返って、朝倉は工藤に目を向けた。

工藤がこちらを見つめながら薄笑いを浮かべている。

「あんた、蒼ざめてるよ。さっきまでの威勢はどうしたのかね。あんたの顔を見ちゃったからおれのこと殺したほうがいいよ」

そんなことできるはずもないだろうとあざ笑うような口ぶりだ。

「じゃなきゃ、こちらがあんたを殺してくれと懇願するまでいたぶるよ。いつかね……」

憎悪のこもった視線に怯(ひる)んで、工藤の首もとに手刀を入れて眠らせた。


コンビニの手前で車を停めると、朝倉は運転席から降りてコインロッカーのほうへ向かった。自販機の前で立ち止まると屈(かが)み込んで下を手で探った。テープで貼りつけられていた鍵を取り出して、隣のロッカーを開けた。セカンドバッグと三台の携帯があった。その中のひとつが震えだした。

朝倉は震えている携帯を手に取ってボタンを押すと耳に当てた。

「はじめまして。朝倉真志さん」

機械で加工された声が耳に響いた。

「おまえが……」

梓を誘拐した犯人——

「そうです。本当の取引の始まりです」

不快な声を聞きながら、その言葉の意味を考えた。

誘拐犯はこれからいったい何を要求しようというのだ。

朝倉は携帯を耳に当てながら、もう一方の手をコインロッカーの中に入れた。セカンドバッグのファスナーを開けて中に入っているものを手で探った。ビニールの感触があった。握りしめると、中に何かの粉末が入っていると察しがついた。

朝倉は爪の先でビニールをひっかき、指先を舐めてすぐに唾を吐いた。

「からだに毒ですからそんなことはしないほうがいいですよ」

その声に、朝倉はあたりに視線を巡らせた。相手の気配は窺えない。

「いくら捜しても無駄ですよ。あなたにはわたしは見えない。わたしからはあなたの姿がはっきりと見えますがね」

「本当の取引の始まりとはどういうことだ」朝倉は訊いた。

「そんな目立つところで立ち話も何ですから場所を移動してもらえますか。そうですねえ、コインロッカーにある荷物をすべて持ち出して、車に行ってください。また連絡します」

電話が切れた。

朝倉は三台の携帯をポケットに入れてセカンドバッグを手にすると、ロッカーの扉を閉めて車に戻った。すぐに携帯が振動して、電話に出る。

「これでゆっくりとお話ができますね」

機械で加工された声が耳に響いた。

「ずっとおれのことを見てたのか」

「ずっとではありません。あなたの姿を最初に確認したのは池袋駅の構内です。覚醒剤の売人からのメールはまずわたしのところに届き、少し時間を置いてから奥様、いや、失礼……元奥様が持っている携帯に転送したんです。売人からコインロッカーに金を入れろと指示があってすぐに、その近くに小型カメラを仕掛けました。あなたたちがカメラを仕掛ける少し前です」

もしかしたら今の自分の姿も、どこかに仕掛けたカメラの映像で観ているのかもしれない。

「どうして金をこんなものに換えた?」朝倉は訊いた。

「あなたならおわかりでしょう」

「おれたちが警察に通報していないか試したというわけか」

「そのとおりです」

そういうことか。先ほどまで不可解に思えていた誘拐犯の行動の意味が少しわかりかけてきた。

誘拐犯にとってもっとも難しいのはどうやって身代金を受け取るかということだ。

警察に通報されている可能性を考えて、それを確かめる囮(おとり)にするために、覚醒剤の売人に一千万円の取引を持ちかけたのだろう。

誘拐犯は今日の夕方頃に覚醒剤の受け渡しをする段取りをつけて、奈緒美にメールで指示を出しながらあちこちへと移動させていた。だが、誘拐犯はそんなことをしながらも、その時点で身代金を奪うつもりはなかったのだろう。工藤から受け渡しの方法の連絡が来ると、奈緒美にメッセージを転送して、コインロッカーの近くにカメラを仕掛けてその後の様子をどこかで窺っていたのだ。

仮に警察に通報されていたとしても、捕まるのは金を取りに来た覚醒剤の売人だ。だが、売人は警察に捕まることなく、セカンドバッグの金と覚醒剤とを入れ換えてあそこのコインロッカーに入れた。

覚醒剤の場所は工藤からの連絡でもわかるし、セカンドバッグに仕掛けた携帯でも確認できる。警察が張っていなければ一千万円の価値に相当する覚醒剤が手に入る。

誘拐犯はすでに百万円の取引をしていると工藤が言っていたから、覚醒剤を換金できる立場にいる人物なのだろう。そして、恐ろしいほど用意周到なやつだ。

だが、ひとつだけわからないことがあった。

「どうして覚醒剤を取りにこないんだ」

朝倉は言ったが、相手は言葉を返してこない。

「これを手に入れれば取引は終わりだろう。警察はどこにもいない。これをコインロッカーに戻しておれは立ち去るから、早く梓を解放してくれ」

「そんなものに興味はありません」

朝倉は首をひねった。

「どういうことだ」

「わたしは一千万円にも、そんな白い粉にも興味はありません」

「じゃあ、どうして……」

「わたしはあなたが警察に通報するかどうかを確かめたかっただけです」朝倉の言葉を遮るように言った。

どういう意味だろうかと考えているうちに、胸の中がざわつきだした。

「大切なお嬢さんが誘拐されたというのに、あなたたちはどうして警察に通報しなかったんでしょうか。わたしは最初の電話でも、二度目の電話でも、警察に通報するなとは一言も言っていません。おふたりは元警察官で、しかも元奥様は指定捜査員として誘拐捜査に携わっていた。どうして昔の仲間を頼らなかったのか不思議でなりません」

朝倉は何も言葉を返せなかった。

「警察に通報しなかったのは元奥様の意思ではなく、あなたの意思だったのでしょう。ちがいますか？」

その問いかけが、自分の嫌な想像を加速させていく。

まさか、誘拐犯は――

「梓の身が危うくなると思ったから警察に通報しなかったんだ。子供の親であればとうぜんの選択だろう」

朝倉が気を取り直して言うと、耳障りな音が聞こえた。笑ったようだ。

「お嬢さんの身が危うくなると思ったから警察に報せなかったというのに、あなたは警察の真似事をして自分でわたしを捕まえようとしたんですか？　何とも無謀なことを考えたものですね。元奥様をつけているあなたたちの存在はすぐにわかりましたよ。おそらくどんな鈍感な誘拐犯であっても気づいたでしょう。その時点でお嬢さんの命はない。浅はかな父親のせいでね」

その言葉に胸が締めつけられた。

「まさか、梓を……」朝倉は携帯に向かって叫んだ。

「お嬢さんはまだ生きていますよ」

それを聞いて安堵の溜め息を漏らしたが、それでも胸の中に充満する息苦しさは変わらない。

「ただ、安心するのはまだ早いですよ。あなたと本当の取引ができるとわかったから生かしているだけで、そうでないのならすぐに処分します。先ほども言ったように、わたしはお金のためにお嬢さんを誘拐したわけではありませんから」

「本当の取引って……いったいおれに何をさせようというんだ」

「簡単なことです。あなたが持っている情報を洗いざらい差し出してください」

「情報？」

「三年前、あなたが新井俊彦を調べるきっかけになった情報源ですよ」

その名前を聞いて、心臓が跳ね上がりそうになった。

「お嬢さんの命はその情報と引き換えです」

身代金を奪うためではなく、朝倉がその情報を知っているかどうかを確かめるために、梓を誘拐して自分たちの行動を監視していたというのか。

「新井俊彦……そいつはいったい誰だ？」

あのときのようにシラを切りとおすしかない。

「自分の人生を百八十度変えた人間の名前を忘れたというんですか」

「言っている意味がよくわからない。何か勘違いをしてるんじゃないか」

「横浜市内で七人を車で撥ね飛ばして死なせ、自らも事故死した当時二十五歳の男ですよ。警察の捜査の結果、新井が薬物を摂取したことにより錯乱状態に陥ったことが事故の原因だと発表されました。だけどあなたは警察の捜査が終結したというのに、単独でその事故について調べ始めた。あなたの職務とはまったく関係がないというのに。それはどうしてでしょうか？　誰かにあの事故には裏があると密告されたからではないですか？」

「そういえばそんな事故があったな。だけど、おまえが言っているようなそんな情報源はない。おれは薬物がらみの仕事をしていた。その関係で事故のことを調べていただけだ」

「警察に捕まったときもそう言ってごまかしたんですか」

「本当の話だ。あの事故にはおまえが言っているような裏なんか何もない。違法な薬物をやって錯乱した男が車を暴走させたというだけだ。大勢の人が亡くなった不幸な事故ではあるが、おれには何の関係もない。どうしてそんなもののために梓が誘拐されなきゃならないんだ！」

「では、どうしてお嬢さんが誘拐されたというのに警察に通報しなかったんですか？　その理由はひとつで、あなたは警察に頼るわけにはいかなかったからだ。警察に捜査を委ねれば、三年前に捕まえられたときと同じように、あなたが握っているものと引き換えにされると恐れたからでしょう」

「とんだ見当違いだ」

「三年前は自ら無実の罪をかぶることによってそのことを伏せられたんでしょうが、誘拐の捜査となればそういうわけにはいかない。捜査員ひとりのミスによってお嬢さんの命は奪われてしまうかもしれない。その無言の圧力に屈して情報源を漏らしてしまうことを恐れ、自分の力で誘拐犯を捕まえようとしたのでしょう」

確かにそのとおりだ。朝倉が情報源を明かせば、その人物が危険にさらされてしまうかもしれない。それに朝倉があの事故に隠されたものの一端を知っているとわかれば、自分の身さえ危うくなるかもしれないと思った。絶対にそのことは認めるわけにはいかない。

「おれは罪を犯したから捕まった。ただそれだけだ。警察に通報しなかったのは、県警の威信を失墜させたおれの娘の事件をどれだけ真剣に捜査してくれるか心配だっただけだ」

「そうですか、わかりました……」

沈黙が流れた。

相手が朝倉の話を信じてくれたことを願っていると、ポケットの中が振動した。震えている自分の携帯を取り出して着信画面に目を向け、息を呑んだ。着信画面に『梓』と表示されている。

「もしもし……梓か」

朝倉が携帯を耳に当てて呼びかけると、か細い声で「お父さん？」と聞こえた。

「そうだ。元気か……怪我はしてないか？」

「うん。だけど手を縛られて目隠しをされていて何も見えない……お父さん、わたし誘拐されたんだよね。殺されちゃうのかな……」

梓の声を聞いて、涙があふれそうになった。

「そんなことはない。すぐに帰れる。大丈夫だ」

「そうでしょうかね」

もう一方の手に握った携帯から声が聞こえ、朝倉は耳に当てた。

「あなたが何も知らないというなら彼女は用無しですね」

「てめえは畜生か！」朝倉は怒気を込めて吐き捨てた。

「お父さん……？」

梓の動揺した声が聞こえて、朝倉は慌てて携帯の送話口を指でふさいだ。

「そうかもしれません。試してみますか？」

「地獄に落ちるぞ」

「そんなものを恐れている人間はこんなことしませんよ。十秒だけ考える時間をあげます。それを過ぎたらお嬢さんのそばにいる人間に連絡します。お嬢さんの断末魔の叫びを聞かせてあげましょう。十……九……八……七……六……五……四……三……」

「わかった！　たしかにおまえの言うとおりだ」

朝倉が観念して言うとカウントが止まった。

「あなたはどんな情報を手に入れたんですか」

満足そうな口調で訊いてきたが、それを言葉にするのはやはりためらわれた。

「どうしたんです」

「新井は殺されたにちがいない……そういう話を耳にした」朝倉はしかたなく言った。

「殺された？　誰に殺されたというんですか？」

「それは聞いてない。いや、相手もそこまで言うのはためらったようだ」

嘘だった。

「警察が殺したということでしょう」

何も答えなかった。

「それであなたは新井や事故のことについて調べることにしたんですね」

「まったく信憑性のない話だと思ったが、気になった」

そんなことに首を突っ込まなければ、無実の罪を着せられることも、大切な家族と離れて暮らすことも、さらには梓が誘拐されることもなかったのだと、後悔の念が押し寄せてくる。

「今のあなたはどう考えていますか。新井は誰かに殺されたのだと思っていますか？」

「わからない。新井のことを調べ始めてすぐに警察に捕まったからな」

だが、少なくとも薬物の錯乱状態で事故を起こしたのではないと確信していた。

「誰があなたにその話をしたんですか」

「おれが使っていた情報屋のひとりだ」

「その情報屋は新井と親しかったんですか」

「新井とは面識はない。その話はちがう人物が言っていたそうだ」

「名前は」

「聞いてない」

「では、その情報屋の名前は？」

春日という男だ。

「言うわけにはいかない」

「あなたはまだご自身の立場をわかっていないようですね」

「勘違いするな。今は言うわけにはいかないという意味だ。ここでそれを話したとしても、おまえが梓を無事に返してくれるという保証はどこにもない」

「なるほど、わかりました。あなたに四十八時間あげましょう。明後日の同じ時間にこの携帯に連絡します」

朝倉は腕時計に目を向けた。十一時を少し過ぎたところだ。

「それまでにその情報屋を見つけて、新井は殺されたと言った人物を聞き出して見つけてください」

「その人物と引き換えに梓を返すというのか」朝倉は訊いた。

「それからのことはまた追ってお話ししますよ」

あざ笑うような声が聞こえた。

「これだけは言っておく」

「何でしょうか」

「もし、梓に少しでも手を出したら、おまえたちを必ず見つけ出して殺してやるからな」

「何とも勇ましいことです。あなたのやる気が出るようにプレゼントを用意しておきました」

「プレゼント?」

「先ほど鍵を隠していた自販機の隣にインスタント写真機があったでしょう。あの下にも鍵を隠しています。これから孤立無援でわたしとの取引を果たさなければならないあなたへのささやかな贈り物です。お嬢さんがそばにいると思ってがんばってください」

電話が切れると、もう一方の手に握っていた携帯に目を向けた。まだ通話が続いているようだ。

「もしもし……お父さんだ。聞こえるか?」

朝倉が問いかけると、「うん……」と梓の弱々しい声が漏れ聞こえてきた。

「何も心配することはない。必ず助けてやる。待ってろ……」

そこで電話が切られた。

朝倉は携帯を耳から離したがすぐにまた耳に当てた。そうやっていると少しでも梓の息遣いを感じられるのではないかと期待したが、聞こえてくるのは自分自身の激しい歯ぎしりの音だけだ。

朝倉は携帯を耳から離してポケットに入れると、車から降りてコインロッカーに向かった。

インスタント写真機の前まで来て屈むと下を手で探った。『8』と札の掛かった鍵が隠してあった。

ロッカーの扉を開けた瞬間、息が詰まりそうになった。

昔、梓に買ってやったものと同じうさぎのキャラクターのぬいぐるみが自分を見つめている。

これがここにあるということは、誘拐されたときに梓が持っていたのだろうか。

三年間、梓のために何もしてやらなかったというのに。

朝倉はぬいぐるみをつかむとバンに向かって歩きだした。ふと、足を止め、コインロッカーに引き返して食い入るように眺めた。隣の自販機にも目を向けたがカメラは見つからなかった。

あたりを見回すとコインロッカーの斜め前に先ほど入ったコンビニが目に留まった。コンビニの外に置いてあるごみ箱を確認したが、カメラは取りつけられていない。

ごみ箱の隣にある公衆電話の台の下を手で探ると、テープで何かが貼りつけられている感触があった。台の下を覗き込んでみると、自分たちが使ったような小型カメラがテープで貼りつけられている。

小型カメラを剝がし取ろうとしたが、あることに考えが至り思い留まった。

車に戻ってドアに手をかけたときに、「何やってるんだよ──」と声が聞こえた。目を向けると、戸田がこちらに向かって駆けてくる。

「スーツの男はどうなったんだ?」

「話は後だ。とりあえず車に乗ってくれ」朝倉は近くに停めたバンに目を向けて歩きだした。

運転席に乗り込んでダッシュボードにぬいぐるみを置くと、戸田が助手席に入った。後部座席で失神している男を見て、びくっと身を引いた。

「こいつは?」戸田が訊いた。

「そこのコインロッカーにセカンドバッグを預けた男だ」

「ということはこいつが誘拐犯……」

「ちがう」

こちらに顔を向けた戸田が首をひねった。

「ヤクの売人だ。誘拐犯はこいつとヤクの取引をしていて、一千万の身代金は覚醒剤に換わってそこのコインロッカーに入れられてた」

戸田がダッシュボードに置いたセカンドバッグに目を向けた。

「どうしてそんなことを……」

「おれたちが警察に通報していないかを探るためだ」

「じゃあ、これからこの覚醒剤を誘拐犯に届けるのか？」

朝倉は首を横に振って車を出した。しばらく行ったところにあった人気のない公園の前で車を停めた。

「手伝ってくれ」

朝倉は車から降りて後部座席のドアを開けた。工藤の手に巻いたガムテープを剝がして戸田とふたりでバンから降ろした。

車に戻ってセカンドバッグを取ると路上に目を向けた。排水路につながる格子状の溝蓋を見つけて近づいていく。

セカンドバッグを開けて裏地を引きちぎり、携帯とGPSを取り出した。GPSをポケットに入れ、携帯を地面に投げつけて、思いっきり踏みつけた。

さらに袋を取り出して破ると、溝蓋の上にしゃがみ込んで覚醒剤の粉を排水路に捨てる。

朝倉は車に戻ると、戸田のデイパックを手に取った。中から岸谷に預かった双眼鏡を取り出すと、デイパックを戸田に投げ渡した。

「ここでお別れだ」

朝倉が言うと、戸田が首をひねった。

「すまないが、おまえに報酬を払うことはできなくなった。いつになるかわからないが借りは必ず返すつもりでいるが、少なくとも当分は無理だ」

「どういうこと?」戸田が理解できないというように訊いてきた。

「このまま家に帰るんだ」

「娘さんが誘拐されてんだろう。解決したのかよ」

「ああ」朝倉は戸田から視線をそらした。

「嘘つけよ。数日の付き合いだったとしても今の嘘は見抜ける。朝倉さん、真っ青な顔してるよ。犯人の次の要求はいったい何だよ。さっきの電話は犯人からだったんだろう」

「いいから早く行ってくれ!」朝倉は戸田に目を向けて語気を荒らげた。

「急にどうしちまったんだよ……あんたの言ってることがよくわかんねえよ。さっきまでは助けてほしいって顔してたくせにさ」

「大きな声を出して悪かった。だけどもう終わりだ」

梓を人質に取っているのは金がほしいというただの誘拐犯ではない。朝倉の想像が当たっているとすれば、相手はとてつもなく巨大な権力なのだ。戸田をそんな危険な状況に巻き込むわけにはいかない。

朝倉はポケットから財布を取り出して一万円札を一枚抜いた。

「ガソリン代にしかならないが、せめてもの、だ……」

そう言いながら戸田に差し出したが、「いらねえよッ!」と手を叩かれた。

朝倉は運転席に乗り込むと、戸田を見ないようにしながら車を走らせた。

先ほどまでいた非常階段のビルの前で車を停めた。携帯の岸谷のアドレスを呼び出し、連絡しようとしてためらった。

　岸谷を危険にさらしてしまうことになるかもしれない。それに用意周到な犯人が朝倉の想像するような行動をとるとは思えない。だが、どんなに頼りない手がかりであったとしてもそれにすがりつくしか今の自分にはないのだ。

　朝倉は迷った末に岸谷に電話をかけた。

「もしもし、おれだ……合流したいんだがこっちに来てくれないか」

　ビルの住所と名前を告げて電話を切ると、ぬいぐるみとセカンドバッグをデイパックの中に入れた。

　三十分ほどするとバンの前にタクシーが停まった。岸谷が出てきてこちらに向かってくる。

「坊やは？」助手席に乗り込んできた岸谷が訊いた。

「もう用はないから帰ってもらった」

「ってことは、万事解決したってわけだな」

「いや、まだだ」

「どういうことだ」意味がわからないというように岸谷が首をひねった。

「さっきのスーツの男を締め上げたが、ただのパシリだったようだ。自分は闇サイトの掲示板で仕事を頼まれただけだと。スーツの男は電車に乗った時点でちがう男に金を渡したそうだ」

「そばにいて気づかなかったのか?」

「混んでたし、少し離れた場所にいたから……迂闊だった」

「だが、スーツの男はコインロッカーにセカンドバッグを預けたぞ」

「セカンドバッグの中にさらに金を要求する手紙が入っていたと、女社長が言ってた」

朝倉が言うと、岸谷が大仰に溜め息をついた。

「まったく……一千万をふんだくられたうえに、恐喝のネタも返してもらえず、さらに金を要求されたってわけか。ついてないねえ」

「おれのミスで責任を感じてる。それ以前に、そいつを捕まえなければおれたちの実入りにもならない。もう少しの間、協力してくれないか」朝倉は罪悪感を嚙み締めながら訴えた。

「次の受け渡しのときに再チャレンジするってわけか」

「いや、そこまでは待っていられない。ひとつだけ手がかりがある」

「何だ」岸谷が身を乗り出しながら訊いた。

「そこのコインロッカーの斜め向かいにコンビニがあっただろう。その前の公衆電話の台の底におれたちが使ったような小型カメラが仕掛けられていた」

「何のためにそんなものを仕掛けたっていうんだ」岸谷が怪訝そうに言った。

「わからない。女社長が手紙を見て愕然とする姿でも眺めたかったんじゃないか。何とも悪趣味なやつだが……いずれにしても恐喝してる人間が仕掛けたとしか思えない」

「カメラを回収しに来たときに押さえるってことだな」

「相手はどんな危険なやつかわからない。それにおれたちの姿は映像に捉えられている。深入りしないでいい。ただ、どんなことでも手がかりがほしい。頼めるか？」

「三百万だ」

朝倉は苦々しい思いで頷いた。

「悪いが、おれはこれから女社長に会わなきゃいけない」

「わかった。何かあったら連絡するよ」岸谷がバンから降りた。

ドアを閉めようとした岸谷を呼び止めた。

「くれぐれも深追いしないでくれ」

岸谷は頷くと、ドアを閉めてコンビニのほうに向かって歩きだした。

12

目を開けると、梓がこちらに向かって微笑みかけている。

おかえり——

奈緒美は弾かれたようにからだを起こしたが、その姿が写真だと気づき現実に叩き落とされた。

同時に激しい耳鳴りだと思っていたのが、何度も鳴らされるチャイムの音だと気づいた。

真志が梓を連れて戻ってきたのではないか。そんな希望にすがりながら重いからだを持ち上げてソファから立った。足をもつれさせながらインターフォンに向かい受話器を取った。

「わたしだ――」

父の声が聞こえて、その場に膝をつきそうになった。

「どうした……奈緒美なのか？　それとも梓か？」

切迫した声で問いかけてくる。

「わたし……奈緒美。どうしたの？」奈緒美は言葉を絞り出した。

「何度も携帯や自宅に連絡したが出ないんで心配になって来た」

その言葉に固定電話に目を向けた。留守電のランプが点滅している。

「外出中に携帯の充電が切れちゃって、さっき戻ってきたばかりなの」

「中に入れてくれないか」

奈緒美の異変を感じ取ってしまうかもしれないから会いたくなかったが、このまま帰してしまえばさらに怪しまれるだろう。

奈緒美はオートロックのドアを開けた。玄関に向かいながら早く帰ってもらう言い訳を考える。ドアを開けるとすでに父が立っていた。

「こんな夜中に訪ねて梓を起こしてしまうんじゃないかと思ったが、昼間のおまえの様子が何だか変だったから気になってな」

まっすぐこちらに据えた父の眼差しに、奈緒美は思わず視線をそらした。

「ちょっと疲れてるだけだから。ごめんなさい、今日は……」

「すぐに帰るつもりだ」

奈緒美の次の言葉を聞かないうちに、父が靴を脱いで玄関を上がった。

父はリビングに入るとソファの前のローテーブルに視線を留めた。いつもはリビングボードに置いてある写真立てがそこにあるのを不思議に思ったみたいだ。

「梓はいないのか？」父が訊いた。

「ええ……友達の家に泊まってるわ」

「昨日も泊まっていたんだろう」

「仲のいい友達なのよ」

父のそばにいるのが辛くて、奈緒美は台所に向かった。

「何もいらない。ちょっと話がしたいからこっちに来てくれないか」

父にソファへと促され、奈緒美はしかたなく隣に座った。

「家のほうはどうなった」

「ええ……無事に頭金を渡せたわ。会社のほうも何とかなりそうだと友達も喜んでた」

「そうか。いつぐらいに入居できるんだろうか」

「そうねえ、すぐにでも入居できるけど、あそこの部屋には和室がないじゃない。お父さん、和室のほうが落ち着くでしょう？　思い切ってリフォームしようかなって思っているから少し時間がかかるかも」

「奈緒美……苦手なことはやめておきなさい」

父の言葉の意味がわからず、奈緒美は首をかしげた。

「おまえは嘘がうまくない」

「えっ、嘘って……」

それ以上の言葉が出てこなかった。

「今日のおまえの様子があまりにもおかしかったからどうにも気になってしまってね、喫茶店から出た後に戸塚の不動産屋を回ってあの物件を探してみたんだよ」

父はそれ以上のことは言わなかったが、奈緒美が嘘をついて一千万円を用意させたことを知ったのだろう。だが、父の表情は少しも奈緒美を責めるわけではなく、穏やかだった。

「怒らないの？」

奈緒美が訊くと、父が頷いた。

「ただ、心配なだけだ。もし、何かほしいものがあってお金を必要としていたのならそれはそれでいい。だけど、おまえは自分がほしいもののために嘘をつくような、ましてや一番大切な梓を出しに使うような人間じゃないことをわたしは一番よくわかっている。だから心配だった」

その言葉に涙がこみ上げてきそうになったが、奈緒美は必死にこらえた。

「正直に話してくれないか」

奈緒美が首を横に振ると、父が立ち上がった。

ローテーブルの上の写真立てを手に取り、こちらに向ける。

「わたし以上にきっと梓が心配しているよ」

梓の姿が視界に映り、こらえきれなくなって涙があふれだしてきた。

「わたしは……わたしは自分がほしいもののためにお父さんを騙したの……どうしても守らなければならなかったから」

手で顔を覆い泣きじゃくっていると、肩に温かい感触がした。奈緒美はすがりつくように肩に添えられた父の手を握って顔を上げた。

「梓を……梓を守らなければならなかったから」

滲んだ視界の中でも父の表情が一変したのがわかった。

「梓を守らなければならないって……いったいどういうことなんだ」

父の鋭い声が耳に響いた。

「梓は……梓は誘拐されてしまったの」

父は奈緒美の手を放し、すぐに両手で肩をがっしりとつかんできた。

「どういうことなのかきちんと話しなさい」奈緒美に視線を合わせて父が強い口調で言った。

「一昨日の夕方……仕事が終わって帰る途中にあの人から連絡があったの」

「あの人？」

「真志さん。梓の携帯から電話があったけどすぐに切れて、それで心配になってわたしにかけてきたって。梓は友達とディズニーランドに行ってるはずだから心配ないと言って切ったけど、気になって同伴している友達のお母さんに連絡してみたら、梓から体調を崩したから行けないとメールがあったと。家に帰ったけど梓はいなくて、真志さんとふたりであちこち捜して家に戻ってきたら、梓を誘拐したっていう電話がかかってきた」

「どんな電話だったんだ」

「今日の正午までに一千万円を用意しろと。お父さんが鶴見の家を売ったことも、わたしの仕事のスケジュールも犯人は知ってた」

「警察に通報していないのか」

奈緒美は頷いた。

「どうして」父の口調が激しくなった。

「真志さんが警察に報せてはいけないって。梓の身が危うくなるから、何とか犯人の要求どおりに一千万円を用意してくれないかって……それで……」

「何てことだ」父が嘆息を漏らした。

「だけど、今日になって自分で犯人を捕まえるからって、身代金に仕掛けるためのGPSと、犯人からの指示が伝えられるように小型マイクと携帯を用意してきた」

「それで犯人から次の電話はあったのか？」

奈緒美は頷くと、正午に犯人の電話があってからのことを詳しく話した。

「梓の身を思うなら、くれぐれも先にした三つの約束を守れと言って犯人は電話を切った。わたしはどうにもできないまま家に帰るしかなかった」

「朝倉のことを信頼して待っていろと犯人は言ったんだな。それから朝倉に連絡するなということと、警察に通報するなと」

奈緒美が頷くと、父がポケットから携帯を取り出した。

「どこに電話するの」はっとして奈緒美は訊いた。

「警察に決まっているだろう」

「だめっ！」

奈緒美は父の手から携帯を奪い取った。

「そんなことしたら梓が……」

「このままでどうするんだ。犯人はおまえに三つの約束をさせて他の要求をせずに帰した。それはどうしてだ？」

「わからない……でも、真志さんを信頼して待っているようにっていうことは、あの人に何かをさせようとしているのかも。わたしの代わりに身代金を運ばされているのかもしれない」

奈緒美が言うと、父が表情を歪めた。

「やはり警察に通報するべきだ。電話を返してくれ」

「だめ」

「梓の身を思うならそうすることが一番だ。おまえにだってわかっているはずだ」

父が携帯を奪おうと手を伸ばした。渡すまいと抵抗しているうちに、足もとが床に沈み込んでいく感覚に襲われた。目の前にいる父の姿がかすんでいく。

携帯を強引に奪われて、父がその場から離れた。追いかけていこうとしたが、頭の中がぐるぐると回ってそのままソファに倒れ込んだ。

朦朧とする意識の中で父の声が聞こえた。警察に通報しているようだ。

「特殊班捜査係の係長に事情を説明した。おまえと話がしたいそうだ」

父の声が近くに聞こえたが、視界はぼんやりとしたままだった。

「奈緒美？　どうした？」

父が心配そうに呼びかけてくる。

「大丈夫……」

「救急車を呼ぼうか？」

「だめ——絶対に呼ばないで！」

自分の身辺に変わったことがあれば、警察に通報したのではないかと犯人に疑われてしまう。

その判断だけかろうじてすると、視界が真っ暗になった。

13

朝倉はハンドルを握りしめながら奈緒美のことを考えていた。今どこでどうしているのかずっと気になっている。

高田馬場のコインロッカーを離れてから家に戻ったのか、もしくは犯人から何らかの指示があったのか。

犯人が三年前の事件のことを奈緒美に話したとは思えない。とうぜん、朝倉が突きつけられた新しい取引も知らないだろう。身代金を奪われたうえに理由もわからないまま梓が解放されないことに、奈緒美は不安を募らせているにちがいない。

朝倉が犯人の要求を満たせば梓は無事に戻ってくる。せめてそのことだけでも伝えてやりたいが、奈緒美の携帯は自分が持っているし、彼女の自宅の電話番号も知らないので連絡を取ることができない。

奈緒美の携帯のアドレス帳を調べてみたが、自宅の電話番号もパソコンのメールアドレスも登録されていなかった。何人かの連絡先があったので奈緒美の自宅の番号を訊ねることはできるが、こんな夜中に見ず知らずの人間から電話がかかってきたら怪しまれるだけだろう。

家に戻っているかもしれないから、春日に会いに行く前に戸塚にある奈緒美の家に寄っってしまう。

時計に目を向けると午前二時十五分を過ぎている。微妙な時間だ。

春日は関内駅近くの歓楽街で小さな診療所を開いている。今はどうかわからないが、三年前までの診察時間はたしか夜の八時から夜中の三時頃までだった。自宅の場所は知らないから、診察が終わって帰った後なら、明日の夜まで春日をつかまえることができなくなってしまう。

春日に会って新井のことを話していた人物について訊いたとしても、簡単に答えてくれるかどうかわからない。春日は警戒心の強い男だ。それは自分の身を守る以上に、他人の身を守るということにおいてだ。

春日と知り合ったのは八年ほど前だ。きっかけは飲み屋で起きた傷害事件だった。暴力団の組員が店で飲んでいた他の客と喧嘩になり、酒のボトルで頭を殴られて重傷を負った。怪我を負わせて逃走した若い男は一見客で、店の従業員も他の客も身元を知らなかったが、顔の雰囲気とイントネーションから日本人ではないだろうとのことだった。

その男も相手の暴力団員から刃物で斬りつけられて深い傷を負っていたという証言から、近隣の病院を当たるうちに春日の診療所にたどり着いた。

看板も掲げられていない目立たない診療所だが、怪我を負ったことを警察に報されては困る者や、保険証を持たない不法入国者など、他の病院には行けない事情を抱えた者たちを裏で診察していると噂があった。

事件直後に、腕から大量の血を滴らせた容疑者らしき男が近くにいたという情報をつかんで、朝倉は診療所を訪ねることにした。

狭い待合室には多くの外国人が診察の順番を待っていた。ただちに不法入国者だとは言えないが、職質をかければ何人かは引っかかるだろうと確信が持てる光景だった。

早く話を聞きたかったが警察だと告げるのもためらわれるほど、自分と同世代に思えるひげ面の男がひとりで慌ただしそうに診察と受付をこなしていた。けっきょく普通に順番を待ち、二時間ほどしてからようやく医師である春日と話をすることができた。

春日は容疑者にはまったく心当たりがないと言った。

朝倉は春日が嘘をついていると思い、警察に来てもらって詳しく取り調べることもできるが、そうなれば違法な診療をしていることが明るみに出て仕事を失うことになるだろうと、揺さぶりをかけた。

春日は黙ったままじっと朝倉を見つめていた。

ただ、容疑者について知っていることを教えれば違法な診療については目をつぶってやると、朝倉は交換条件をちらつかせた。

「刑事さんが違法なことに目をつぶるっていうのかい」春日が探るような眼差しで言った。

「あんたがいなくなれば困る人がいるのもたしかだ。だが、人を傷つけた人間を野放しにしておくことはできない。それに容疑者が傷つけたのは暴力団の組員だから見つかったら報復されるだろう。この街から死体を出したくない」

朝倉がそう言うと、春日が考え込むように唸った。

「その容疑者のことは知らないが、そいつにとってベストな方法は何だと思う」

春日に訊かれ、「不法入国者なら警察に捕まってそのまま故郷に戻るのが一番だろう。この国で殺される前に」と朝倉は答えた。

「少し待ってみたらどうだい」

そう言った春日の眼差しを信用して、朝倉はとりあえず署に戻ることにした。翌日、容疑者が警察署に自首してきた。

そのことがきっかけになり、朝倉はたびたび春日から情報を得るようになった。

春日は朝倉の情報屋のひとりではあるが、ほしい情報を何でも差し出してくれるわけではない。おそらく自分の倫理観や正義感に従って、朝倉に報せるべきだと思えるときだけ情報を提供していたのだろう。

他の情報屋とちがい、春日は金や自分の利益のために動いているのではなかった。たしかに違法な診療を見逃してもらっているという意味では自分の利益のためと言えなくもないが、朝倉に協力してくれるのは見返りを求める以上に何らかのシンパシーがあってのことだろう。

朝倉が逮捕されてから三年、春日とは会っていない。春日は朝倉がどうしても得なければならない情報を与えてくれるだろうか。

診療所から少し離れたコインパーキングに車を停めた。ここに来るまで誰かにつけられている気配は窺えなかったが、それでも用心したほうがいい。犯人に春日の存在を知られるわけにはいかない。

朝倉はまわりに注意を払いながらネオンがぎらつく街を歩いた。細い路地を曲がりくねってわざと遠回りをしながら診療所のほうに向かっていく。自分をつけている気配がないと確信すると、診療所があるビルに入った。

四階建てのビルにはエレベーターがない。診療所は三階だ。ひっそりとした階段を上っていくうちに、嫌な予感を抱き始めた。踊り場のすぐ横にある診療所のドアからは明かりが漏れていない。

朝倉は階段を駆け上った。ドアに目を向けて呆然となった。『テナント募集中』という紙が貼られている。

朝倉はすぐに階段を駆け下りた。ビルの一階にある居酒屋に入っていく。

「いらっしゃい――」

朝倉はカウンターの中にいた店主に近づいた。何度か店に来たことがあったが、店主は朝倉を覚えていないようだ。

「このビルの三階に診療所がありましたよね？」朝倉は店主に訊いた。

「診療所？　三階は雀荘じゃなかったかな」

「いや、三年前はたしかにあったんですよ。目立った看板は出してなかったけど」

「ああ。そういえばあったね。それが雀荘に変わったんだよ」

「いつですか」

「はっきりとは覚えてないけど三年ぐらい前だったかなあ」

朝倉が警察に捕まった頃だろうか。

「その診療所……どこに移ったかわかりますか？」

「さあ、わからないねえ」

首を横に振る店主を見つめながら、朝倉は激しい焦燥感を噛み締めた。

14

「安本さん――」

奈緒美が振り返ると、施設長の遠藤が立っていた。

「少しいいかな？」遠藤が深刻そうな表情で事務所のほうに指を向けた。

「はい……」

警察から連絡があったのだろうと察して、奈緒美は身を強張らせながら遠藤とともに事務所に向かった。

朝、目が覚めるとベッドの上にいた。起き上がってリビングに行くと、父がすぐに警察に連絡をして奈緒美に替わった。

特殊班の係長にこれから仕事があることを伝えると、捜査員を職場に向かわせると言った。警察のほうから施設に連絡を入れるからそれまで事件について何も話さないよう口止めされ、七時に出勤してから二時間近く重苦しい緊張感を嚙み締めていた。

事務所のドアを開けると、ケアマネージャーの杉下と同僚の木村がいた。杉下は机に向かって書類を作成していて、木村はソファに座って休憩をとっている。

「申し訳ないけど、これから来客があるからちょっと出てもらえるかな」

遠藤が言うと、ふたりとも「わかりました」と言って立ち上がった。

「杉下くん、もうすぐ清掃業者のかたがいらっしゃるんだけど、契約の話をしたいからここに通してもらえるかな」遠藤が出ていこうとした杉下に言った。

「清掃業者ですか？　一昨日、来てもらったばかりですけど」

「ちょっと手抜きがあったのでやり直してもらうことにしたんだ。ほら、脱衣所の床が汚れたままだっただろう」

「そうですか？」

「とにかくここに通してください。お願いします」

杉下と木村が出ていくと、遠藤がソファを勧めた。

「あの……」

奈緒美が言葉を発すると遠藤が手で制した。すぐに上着のポケットからメモ帳を取り出してこちらに向けた。

『先ほど警察から連絡があって事情を聞きました。もうすぐここに来るそうです。どこかに盗聴器が仕掛けられている可能性もあるので、警察が来るまでそのことについて何も話さないようにとのことです』

奈緒美は頷いてポケットからペンを取り出した。

『ご迷惑をおかけして申し訳ありません』

そう書いてメモ帳を差し出すと、向かいに座った遠藤が首を横に振った。すぐにメモ帳に書き留めて奈緒美に向ける。

『いろいろと心配だと思うけど、お嬢さんは絶対に無事だから』

その文字を見ながらあふれそうになる涙を必死にこらえた。

ノックの音がして、奈緒美は弾かれたように振り返った。

「清掃業者のかたがいらっしゃいました」

外から杉下の声が聞こえて、奈緒美と遠藤は同時に立ち上がった。

ドアが開くと、杉下と作業服を着た三人の男性が立っているのが見えた。

「どうぞ、お入りください」

遠藤が声をかけると、杉下以外の三人が部屋に入ってきた。

最初に入ってきた唐木と目が合った。続いて入ってきたふたりのことは知らないが、唐木とは奈緒美が警察官だったときに何度か顔を合わせている。指定捜査員として特殊班と合同で訓練を受けたときだ。

知っている顔を見て、今まで張りつめていた緊張感が少しだけほぐれた。

唐木も奈緒美を覚えていたようだ。眼差しだけで挨拶すると、すぐに男性のひとりに顔を向けて頷きかけた。

男性が鞄から携帯ラジオのようなものを取り出した。おそらく盗聴器発見器だろう。男性はそれをかざしながら事務所の中を歩き回った。しばらく盗聴器発見器の反応を見ていた男性が顔を上げて唐木に頷いた。

「どうやら盗聴器はないようですね」唐木が声を発した。

「当たり前ですよ。ここで働いている人間が誘拐事件なんかに関係しているわけがありません」遠藤が少し不満げな口調で言った。

「申し訳ありませんでした。こちらで働いてらっしゃるかたを疑うつもりはまったくないのですが、万にひとつの可能性があっては困りますので。なにぶん子供の命がかかっていますから」

唐木がちらっと奈緒美に目を向けた。すぐに遠藤に視線を戻す。

「あらためまして、神奈川県警特殊班第一係の唐木と申します。こちらのふたりは武藤と大原です」

盗聴器発見器を持っていたのが武藤で、もうひとりの眼鏡をかけたのが大原だ。

唐木は作業服の上からでもわかるほど頑強なからだつきをしているが、武藤と大原も負けず劣らず大柄だった。

「施設長をしています遠藤です」

「遠藤さんにも後でいくつかお願いさせていただきたいのですが、とりあえず安本さんとお話しさせてください」

「わかりました」

ソファから離れてドアに向かう遠藤を唐木が呼び止めた。

「安本さんから話を聞く間、この部屋にいてもらえますか。清掃作業員とここの職員がふたりきりでいるのはおかしいですから。ただ、大変申し訳ないのですが、いろいろとプライベートな話をさせてもらうことになるのでこれをつけていてください」唐木が鞄からイヤホン付きの音楽プレーヤーを取り出した。

「どういう音楽が好みかはわかりませんが、一応演歌からクラシックまでいろいろと入れてあります」

遠藤は音楽プレーヤーを受け取ると机に向かって座り、イヤホンを耳につけた。かすかな音が漏れ聞こえてくると、唐木が武藤と大原に目を向けた。

「ふたりは施設の掃除をしてくれ。さっきはああ言ったが、犯人一味もしくは犯人に情報を漏らしている人間が近くにいるかもしれない。そうですよね？」唐木が奈緒美を見た。犯人が奈緒美の勤務スケジュールを知っていたことを父から聞いたのだろう。

「ここにいる人がそうだとは思いたくないんですが……ただ、犯人はわたしの勤務スケジュールを知っていました」奈緒美は遠藤を気にしながら言った。

「怪しまれない程度に観察してくれ」

「わかりました」

武藤と大原が事務所を出ていくと唐木がソファに座った。奈緒美も唐木の向かいに腰を下ろす。

「ご無沙汰しています。まさかこんな形で再会するとは思っていませんでしたが」唐木がそう言って、鞄の中からペンとノートと地図を取り出してテーブルの上に置いた。

「わたしもです」

「時間がないのでさっそく伺います。まずお嬢さんの行方がわからなくなってから、犯人の電話がかかってくるまでのことをできるだけ詳しく聞かせてください」唐木が奈緒美に視線を据えて言った。

「三日前の日曜日……ここの勤務を終えたときに前の主人から電話があったんです」

「朝倉さんですね」唐木が少し口もとを歪めた。

真志と唐木は警察学校の同期だそうだ。真志と付き合っているときに指定捜査員の合同訓練の話になり唐木の名前を出すと、警察学校の同期だと言った。警察学校の成績はトップで、父と兄も警察官だというぐらいの話しかしなかったから、それほど親しかったわけではないのだろう。

「三年間まったく連絡を取り合っていなかったので何の用かと思いましたけど……あの人のもとに知らない番号から着信があって娘の声が聞こえたような気がしてすぐに切れてしまい、気になってわたしに電話をかけたと。番号を聞くとたしかに娘の携帯からでした。

娘はその日友達とディズニーランドに遊びに行く予定になっていました。それで同伴している友達のお母さんに電話をかけたんです。そしたら朝、娘から体調を崩して行けなくなったとメールが来たと……」

「何というかたですか」

「野崎さんというかた、お子さんが小学校で娘と同じクラスなんです」

唐木がノートに野崎の名前と小学校の同じクラスということを書き留めた。

「ディズニーランドにはどうやって行ったんでしょうか。どこかで待ち合わせて電車ですか」

「いえ、野崎さんの家から車で行く予定だと聞きました」

「野崎さんのお宅はどちらでしょう」

唐木が地図を広げた。すでに奈緒美が住んでいるマンションのあたりに赤ペンで印がつけられている。

「このあたりです」

奈緒美が地図を指し示すと、そのあたりを赤丸で囲った。

「ちょっと失礼」

唐木が携帯を取り出して電話をかけた。今まで奈緒美が話したことと、野崎の家の住所を告げると電話を切った。

「続けましょう」唐木が奈緒美に視線を戻す。

「家に帰っても娘がいなかったので心配になって、あの人と連絡を取り合って家の周辺を手分けして捜しました。それでも見つからず、とりあえず家に帰ってきたときに犯人から電話があったんです」

「そのときは朝倉さんも一緒だったんですか？」

「いいえ。あの人はもう少し周辺を捜してみるけど、家の電話に何らかの連絡があるかもしれないから戻ったほうがいいと言われてそうしました」

「犯人からは何と？」

「娘を預かっているから明後日の正午までに一千万円を用意しろと。ボイスチェンジャーで加工した声だったのでどういう人物かはわかりません。一千万円なんて用意できないと言うと、父が二ヶ月前に家を売ったことを知っていました。わたしはあの人に連絡して家に来てもらい、携帯に録音していた犯人の話を聞かせました」

「お父さんからお聞きしたんですが、朝倉さんが警察に通報するのを反対したそうですね。それはどうしてだと思われますか？」

それが一番訊きたいことだというように、奈緒美を見つめながら唐木が少し前のめりになった。

「犯人は誘拐のプロではないかと思えるから、おとなしく身代金を渡せば無事に返してくれるのではないかと……自分は犯人が捕まろうが何だろうがそんなことはどうでもかまわない。ただ、梓が無事に帰ってきてくれさえすればそれでいいと。後で返済するから父に頼んで何とかお金を工面できないかって」

「およそ警察官……いや、元警察官らしからぬ言葉ですね」

唐木の口調には皮肉が混じっている。

「そうかもしれませんが……」奈緒美は少し顔を伏せた。

「でも、朝倉さんは自分の手で犯人を捕まえると言い出した」

奈緒美は頷いた。

「朝倉さんの仲間を見たとのことですが、どんな人物でしたか」

「二十代前半ぐらいの男性です。茶髪でバイクに乗っていました」

「ナンバーなどは覚えていますか」

「覚えていません。そんな余裕はなかったので……」

それから昨日の正午に犯人から電話があった後のことを、思い出せるかぎり詳しく話した。

奈緒美の話を聞きながら、犯人の手がかりにつながりそうなことを唐木がノートに書き込んでいく。

「指示されたとおりに山手線に乗っているときに、犯人からメールがありました。たしかに約束のものは受け取った。高田馬場駅の戸山口改札の外にあるコインロッカーに求めているものは保管してあると」

「保管？」唐木が訊き返した。

「ええ、そう書いてありました。梓が監禁されている場所でも知らせる紙が入っているのかと思って、コインロッカーを開けたら池袋で預けたものと同じセカンドバッグが入っていました。その直後に犯人から電話がかかってきて、まだ取引は終わっていないから梓をもう少し預からせてもらうと……」

「まだ取引が終わっていないとはどういうことですか」唐木がこちらに身を乗り出して訊いた。

「わかりません。そのことについては何も言いませんでした。ただ、警察に通報するなということと、あの人を信頼して待っていることと、あの人に連絡しないことを守れば梓を無事に返すと言いました。あの人の持ち物に盗聴器を仕掛けているから、わたしやわたしの意思を伝えようとする人物が連絡すれば把握できると」

「朝倉さんを信頼して待っていろとはどういう意味なんですかね。犯人はこれから朝倉さんに何かをさせるつもりなのか」

唐木が顎に手を当てて考え込んだ。今まで話をしていた中で一番険しい表情になっている。

「連絡を取ることができないので何ともわかりません」奈緒美はふたたび顔を伏せた。

「朝倉さんと話ができれば簡単なんだが……盗聴器を仕掛けているなんてはったりだと思いますが」

唐木の言葉に動揺して顔を上げた。

「やめてください！　もし本当に盗聴器が仕掛けられていたら娘の命が……」

「わかっています。ただ、早く朝倉さんを見つけることは必要でしょう」

奈緒美は不安な思いで唐木を見つめた。

「安心してください。お嬢さんを無事に保護することが我々の一番の仕事です。お互いに訓練のときにそう叩き込まれたでしょう」

唐木がそれを守ってくれることを切に願いながら、奈緒美は頷いた。

「ところで、ロッカーに入っていたセカンドバッグの中は見ましたか？」

「見ませんでした。犯人から指示されて、犯人のとわたしのと真志さんから預かった三台の携帯を入れてそのまま鍵を閉めると、隣にある自販機の下に鍵を隠してその場から立ち去りました」

「どうして池袋に預けたセカンドバッグが高田馬場にあったのかわかりませんが、おそらくすでに回収されているでしょうね」

口にはしないが、警察に通報していれば取り出しに来た犯人を捕まえられたのにと、唐木の目が語っている。

「事件のことはだいたいわかりましたので、これからの話をしましょう。ここに来る前にあなたのマンションに行ってみました。廊下側もベランダ側も周辺から丸見えだから、あなたの部屋を前線本部にするわけにはいかないでしょう。あなたのマンションに空きがなかったので、近くのマンションの部屋を前線本部にすることにしました」

「わかりました」

「家に帰ったらいくつかやってほしいことがあります」

 唐木がそう言いながら鞄から箱を取り出してテーブルの上に置いた。

「まず家の固定電話に自動録音機を取りつけてください。ボタンを押せばあなたと相手の声を録音すると同時に、無線でわたしたちがいる前線本部と戸塚署に設置している指揮本部に送られます。わたしたちが行って取りつけるわけにはいかないので、説明書を見てご自身で取りつけてください」

奈緒美は頷いた。

「あなたの家にパソコンはありますか？」

「ええ。ノートパソコンですが」

「カメラはついていますか」

「使ったことはありませんが、たしかついていました」

「ひとりで部屋にいるのは不安でしょうから、パソコンを使って前線本部とやりとりできるようにしましょう。サイトにアクセスして登録すれば、お互いの映像を観ながら話をすることができます。テレビ電話のようなものです。箱の中に自動録音機とインカムとそれらの説明書が入っています」

「おそらくないと思いますが、もしここに犯人からの連絡があったらどうすればいいでしょうか？」

「それは考えています。あなたはお父さんが家を売ったことをここの同僚や入所者に話したことがありますか？」

「ええ、何人かに世間話として話したことがあります」

唐木は頷くと、腕時計に目を向けた。立ち上がって遠藤のもとに向かうと肩を叩いてイヤホンを外すよう手で示した。

「施設長さんにひとつお願いがあるんです」唐木がイヤホンを外した遠藤に言った。

「何でしょう」

「これから高橋（たかはし）という女性捜査員がやってきます。彼女を今日からここで雇うということにしてもらえませんか」

「捜査員のかたを雇うとは？」

「もちろん給料なんかいりません。今日からここで働くことになった新人ということで、安本さんを教育係としてつけてください。勤務時間も安本さんと同じに」

「ですが、どうしてそんな……」遠藤が戸惑うように言った。

「犯人はどこからどうやって安本さんに接触してくるかわかりません。もし、ここに犯人からの連絡があった場合、敏速に対応するためにそうする必要があるんです」

「まあ、そういうことであれば……」

「もちろんこのことは誰にも話さないでください」

ノックの音がして、三人が一斉にドアに目を向けた。

「高橋さんというかたがお見えですけど」

杉下の声が聞こえて、唐木が遠藤に目配せした。

「入ってくれ」

ドアが開いて杉下に続き、茶髪のショートカットの女性が入ってきた。

特殊班の捜査員ということでどこか頑強なイメージを抱いていたが、奈緒美よりもはるかに小柄で華奢(きゃしゃ)だった。年齢は三十代前半ぐらいに思える。

「それでは施設長さん、わたしはこれで……今後このようなことのないように注意しますので、どうかこれからもよろしくお願いします」

唐木はそう言って深々と頭を下げると、ふたりと入れ替わるように事務所から出ていった。

「ああ……ふ、ふたりに紹介しておこう。今日からここで働いてもらうことになった……高橋さんだ」たどたどしい口調で遠藤が言った。

「高橋千春(ちはる)です。どうかよろしくお願いします」

そう言って軽く会釈した女性と目が合った。ほんの一瞬であったが、自分に何かを訴えかけるような強い眼差しが引っかかった。

「ワタシ、わからないね。そんなとこいったことナイ」

男が片言の日本語で言いながら大仰に手を振った。

「もし、関内駅近くにあった『サクラ診療所』というのを知ってる仲間がいたら、この番号に連絡してくれないだろうか。礼はするから」朝倉は携帯番号を書いたメモを男に渡した。

「レイってマニー?」

「ああ。よろしく」

朝倉は男に頷きかけて出口に向かって歩きだした。公園から出ると我慢していた溜め息が漏れた。

15

明け方から春日の診療所の移転先を調べているが、何も手がかりが得られていない。

携帯のネットで『サクラ診療所』を検索しても、関内にあったときの情報はいくつか発見できたが、それ以降のものについてはまったく見当たらなかった。

半日近く歩き回ってひとりだけ、診療所に行ったことがあるというブラジル系の男から話を聞くことができた。彼の話によると、診療所は三年前に何の予告もなしになくなってしまったという。

時期的に、診療所がいきなりなくなった理由は三年前の事件の影響ではないかと感じる。時計に目を向けると、午後四時を過ぎようとしている。明日の午後十一時までに春日を捜しださなければならない。

ポケットの中で振動があった。もしかしたら奈緒美からではないかと思って携帯を取り出したが、着信は岸谷からだった。

「いったいどういうことなんだよ！」

電話に出るなり岸谷の怒鳴り声が聞こえた。

「どういうことだって……どういうことだ」朝倉はわけがわからず訊き返した。

「あの女社長、警察に頼ることにしたのかよ。おれの今までの稼ぎはどうなるんだ」

「いったい何の話だ」

「高田馬場のコインロッカーの前のコンビニに刑事が来たぞ」

「刑事？」朝倉は信じられない思いで訊き返した。

「ああ。今はどこでやってるのかわかんねえけど、恐喝事件のときに世話になったひとりがあのコンビニに入っていったんだよ」

どういうことだ。考えられるとすれば奈緒美が警察に通報したということか。

「コンビニで何をしていたんだ」朝倉は訊いた。

「そこまではわかんねえよ。ただ、コンビニから出てきたとき、おれがカメラを仕掛けたコインロッカーのほうをじろじろ見てたな。それに公衆電話の下もさりげなく手で探ってた。女社長が警察に頼ることにしたってことだろう」

誘拐事件の捜査をしているのであれば、防犯カメラの映像も取り寄せるにちがいない。どの範囲を映されているかわからないが、もしロッカーから荷物を取り出した映像が確認されれば、朝倉は行方を追われることになるのではないか。

今、警察に捕まるわけにはいかない。

いや――

必ずしも警察から追われることになるとはかぎらない。梓を誘拐した犯人がもし警察の上層部に関係しているのであれば、新井と親しかった人物を調べさせるために、今すぐ朝倉を捕らえようとはしないはずだ。現場がどういう捜査をしているのかまったくわからないが、朝倉を自由にさせるために圧力をかけるのではないか。

「女社長は警察には報せてない」

「本当か？」岸谷が疑わしそうな声で言った。

「間違いない。おれたちの契約は続いてる。それよりもあんたに訊きたいことがあるんだ」

「何だ」

「三年前まで関内にあった『サクラ診療所』というのを知らないか？　不法入国者や暴力団関係なんかの訳ありの人間を裏で診察していると噂があったんだが」

「知らねえな。それがどうした」

「いや……あんたの知り合いにそういう病院を頼ったことのある人間はいないか？　不法入国者や、普通の病院に行けない事情を抱えたやつらが」

「おれのまわりはそういうやつらだらけだよ」

「これから合流してくれ」

「何だよ、いったい……そいつらとこの恐喝がどう関係あるんだよ」

いきなりこんな話題を持ち出して、さぞや怪訝に思われているのだろう。

しばらく頭の中で考えていたが、今は岸谷を納得させられるだけの言い訳が思いつかない。

「説明は後だ。これからあんたの店に行くから来てくれ」

「これからおれの店にって……カメラはどうするんだ？」岸谷が訊いた。

「あんたは今どこにいる」

「近くのビジネスホテルに部屋を取って、そこでコンビニの前の映像を観てる」

「録画はできるのか？」

「ああ」

「じゃあ、録画して店に来てくれ」

たぶん誘拐犯はあのカメラを回収にはこないだろう。だが、コンビニに来たという刑事たちの動きを少しでも知りたい。

朝倉は電話を切ると、川崎にある岸谷の店に向かった。

足音が聞こえて、朝倉は階段に顔を向けた。

手すりをつかみながらゆっくりと階段を上ってきた岸谷と目が合った。顔中に疲労の色を滲ませている。

「呼び出して悪かったな」

朝倉は声をかけたが、岸谷はそれには答えず店の鍵を開けた。岸谷とともに店に入っていくと、そのままカウンターに座った。岸谷がカウンターの中に入って冷蔵庫を開ける。

「あんたも飲むか？」岸谷が缶ビールを掲げて訊いた。

「ああ」

朝倉は財布から一万円札を取り出してカウンターの上に置いた。

「今日はいらねえよ」岸谷が札をこちらに突き返した。

朝倉は遠慮なくプルタブを開けてビールを喉に流し込んだ。

「それにしてもあんた、ひでえ顔してるな。寝てねえのか？」

岸谷に訊かれ、朝倉は苦笑を返した。

「ここに来るまでずっと考えていたが、どうにも腑に落ちねえ」

「何が？」朝倉は岸谷に視線を向けた。

「どうして高田馬場のコンビニに神奈川県警の刑事がいたのかってことだよ。女社長の恐喝事件について調べているとしか思えねえじゃねえか」

「さっきも言ったように女社長は警察に報せて……」

「あんた、おれに隠し事をしてねえか？」朝倉の言葉を遮るように、岸谷が言った。

「隠してることなんかない」

「おれを訪ねてくる前からずっと寝てねえんだろう。顔を見りゃわかるよ。女社長はただの客だとあんたは言ってたよな。ただの客のために何日も寝ずに恐喝犯を捕まえる策を練ってるってわけか？」岸谷がじっと視線を据えてくる。

「金のためだ」

「じゃあ、これから女社長に会わせてくれ」

「どういうことだ」

「あんたの話がいまいち信じられねえってことだ。おれに協力してもらいたいのなら女社長を連れてきて話をさせるか、おれの目の前に現金を積むかだ」

「あんたに払おうとしていた金は恐喝犯に奪われてしまった。だけど、何とか金の工面はすると女社長は言ってる」

「じゃあ、とりあえず女社長をここに呼び出せ。絶対に金を払うと直接約束させる。簡単なことだろう」

いつまでも騙し通せるとは思っていなかったが、春日の手がかりを得なければならないこの状況で岸谷の協力を取りつけられなくなるのは厳しい。

だが、この関係も潮時なのかもしれないとも感じている。梓を誘拐した犯人が自分の想像しているような相手であったとすれば、協力させている岸谷の身にも危険が及ぶかもしれない。

子供が誘拐されたことへの同情で動くような男だとはとても思えないが、最後に何とか春日に関する手がかりだけでも与えてくれないだろうか。

「あんたの言うとおり……おれは隠し事をしていた」

「話を聞かせてもらおうか」岸谷が両肘をカウンターに乗せてこちらを見つめた。

「娘が誘拐された」

「は？」呆けたような声を発し、岸谷が眉根を寄せた。

「恐喝犯に脅されているというのは嘘だ。娘が誘拐され、犯人から一千万円の身代金の要求があった」

岸谷が目を剝いた。

「じゃあ……おれたちが後を追っていたあの女社長は……」

「おれの元女房だ」

「あんたはおれたちに誘拐犯を捕まえさせようとしたっていうのか？」

「そうだ」

「どうして警察に……」

「頼れない事情があった。おれは警察が隠したいと思っていることの一端を握っている。そいつを吐かせるために、おれは無実の罪で逮捕され、その情報を差し出すのと引き換えに穏便にことを済ませてやると交換条件をほのめかされた」

「だが、あんたはそれを拒否したせいで有罪にされたってわけか？」

岸谷の言葉に、朝倉は頷いた。

「娘の捜査を警察に託せばふたたび同じような要求をされるのではないかと恐れた。今度は娘の命と引き換えにされて……」

「警察が隠したいと思っているものっていったい何なんだ」

「知らないほうがいい」

「教えろよ」岸谷が興味津々の眼差しで訊いてくる。

「あんたにも火の粉が降りかかってくることになるかもしれないぞ」

「かまうもんか」

「おれとはもう関わらないほうがいい。だが、最後にひとつだけ頼みを聞いてほしい。難しくない頼みだ。それを話したら聞いてもらえるか？」

「内容次第だな」

「三年前に横浜市内で保育園児たちの列に車が突っ込んだ事故を覚えているか？」

「ああ。たしか園児と保育士の何人かが死んで、運転していた男も事故死したってやつだろう」

「そうだ。運転していたのは新井という二十五歳の男だった。警察の発表では新井は違法な薬物を摂取していて、それがもとで事故を引き起こしたとされている。だが、新井は違法な薬物などやっていないはずだという情報をある人物から知らされて、おれは独自に事故を捜査していた。事故車を捜しだして調べてみると、後部に弾痕のようなものがあった」

「つまり、あの事故は拳銃を持った人間によって引き起こされ、警察はそれを隠すために嘘の発表をしたってことか」

「あくまでおれの想像でしかない。だが、おれはその直後に警察に身に覚えのない容疑で逮捕され、どうして事故の捜査をすることになったのかを追及された。そして、娘を誘拐した犯人も同じことを要求している」

「ちょっと待て……娘を誘拐した犯人も同じことって、どういうことだ？」岸谷が首をひねった。

「娘を誘拐した犯人の目的は身代金じゃない。あれはフェイクだ」

「フェイク？」

「おれが警察に通報するかどうかを試すためだ。おれが新井につながる情報を握っているのであれば、取引を持ちかけられるのを恐れて警察に通報しないだろうと踏んだんだ」

「池袋駅のコインロッカーから身代金を持ち出したやつらはいったい何なんだ？　誘拐犯じゃないのか？」

「ヤクの売人だ。誘拐犯はあらかじめヤクの売人と取引をしていて、池袋と高田馬場のコインロッカーを売買の場所にしていた。高田馬場のコインロッカーの中に覚醒剤が入ったセカンドバッグがあった」

「覚醒剤って一千万円分の？」

「そうだろうな」

「そいつはどこにあるんだ！」岸谷が身を乗り出して訊いた。

「捨てた」

「もったいない……」

「クスリには興味ないだろう。スーツの男を締め上げてヤクの売人だったとわかった後、犯人から連絡があって本当の要求を持ち出された」

「あんたが三年前に事故の捜査をするようになったきっかけか」

「そうだ」朝倉は頷いた。

「ということは……あんたの娘を誘拐した犯人は警察関係者ってことか？」岸谷が眉をひそめた。

「おそらくそうだろう」

「おれはあんたに騙されてとんでもなく危険なことをさせられてたってわけか」

「恐喝犯を捕まえるためだと騙したのは悪かった。だが、犯人から本当の要求があるまで、そんな相手だとは思ってなかった。あんたへの報酬も何とか捻出するつもりだった。もちろん今でもそう思ってる。あんたに渡すはずだった身代金は覚醒剤に換わりドブに捨ててしまったから、金を作るのに時間がかかるだろうが……」

「さっき電話で言ってた『サクラ診療所』っていったい何なんだ」

「おれの情報屋だった男がやっていた診療所だ」

「三年前の事故の情報を流したというやつか?」

春日のことを話すのはためらわれたが、ここまで話してしまった以上認めざるを得ない。

「そうだ。その人物は新井とは面識はないが、新井の知り合いから警察の発表がちがうと聞かされたそうだ。犯人からの要求で明日の午後十一時までに、新井の知り合いを捜しださなければならない。最後の頼みだ。仲間に心当たりを訊いてくれないか?」

岸谷が腕を組みながら思案するように朝倉を見ている。

「娘を無事に助け出せたらあんたの下で働いてもいい。使い捨ての運び屋でも何でもやってやる」朝倉は岸谷を見つめながら訴えかけた。

16

「いつからこのお仕事をされているんですか?」

その声に、奈緒美は顔を向けた。更衣室から出てきた千春がこちらをじっと見つめている。

「二年半ほど前からです」奈緒美は答えた。

「正直、こんなに疲れる仕事だとは思いませんでした。特別手当をもらいたいぐらい」

千春を紹介されてから五時間ほど、入所者の入浴やベッドからの移動などの仕事を実際にやってもらっていた。

千春は奈緒美と行動を共にするだけでなく、施設にいる者の中に誘拐犯の協力者がいるかどうかを探ることも託されているみたいだ。仕事を始める前に、父が家を売ったことを施設にいる誰に話したかを千春に訊かれた。千春は新人の職員としてその人たちに積極的に近づいていき、話をしながら様子を窺っているようだった。

「いくら前の仕事で鍛えられていたといっても辛いでしょう」

奈緒美が警察官だったことを知っているような口ぶりだ。

「ええ。わたしも前の仕事よりも厳しい仕事なんてそうはないだろうと思っていたけど、やってみるとかなり大変な仕事だと痛感しました」

「だけど、お子さんのこれからを考えると、お母さんとしては何か手に職をつけなければならなかったというわけですか。四十歳を過ぎて専業主婦だった人を求める仕事なんて、そんなに多くはないでしょうからね」

千春のあけすけな物言いに若干の苦手意識を感じながら、奈緒美は小さく頷いた。

「どうしてご主人と別れちゃったんですか？」

「三年前の事件をご存じないんでしょうか」奈緒美は千春を見つめ返して言った。

「もちろん知ってますよ」

「それならば……そのことが原因です」

「配偶者が警察に捕まっても別れない夫婦だってたくさんいるんじゃないですか？」千春がこちらに視線を据えて言った。

初めて対面したときにも感じていたが、何か物言いたげな眼差しに思えた。

「そうね……でも、あの人が求めたことだから」

「そうなんですか。意外ですね」

千春の言葉に、奈緒美は首をひねった。

「鬱陶しくなるぐらい、あなたやお嬢さんの話を聞かされましたよ。携帯に保存した写真を見せながらね」

「あの人と面識があるんですか？」奈緒美は驚いて訊いた。

「同じ課でした」

「同じ課って……組織犯罪対策課に？」

信じられない思いで訊き返すと、千春が頷いた。

奈緒美よりもはるかに華奢で小柄な女性が、暴力団がらみの事件や銃器や薬物などの捜査をする課で働いていたことがあまりにも意外だった。

「英語と中国語と韓国語ができるんです。他にも何か国語か、日常会話程度なら話せます」

そういうことかと、奈緒美は納得した。組織犯罪対策課は外国人が起こす犯罪も担当している。

「もっとも組織犯罪対策課の捜査員とはいっても、ほとんどの同僚は通訳か雑用係ぐらいにしか見てなかったでしょうけど。朝倉さんだけでした。わたしのことをひとりの捜査員として認めてくれていたのは」

「そうだったんですか。いつから特殊班に？」

「三ヶ月前です。念願が叶いました」

「念願？」

「今の部署は女を重宝してくれるので」

たしかに誘拐事件などの捜査をする特殊班であれば、被害者の母親に代わって身代金の受け渡しをすることや張り込み要員など、女性が必要とされる局面はより多くなるだろう。

「ずっと素敵な奥様にお目にかかりたいと思っていたんです。まさかこんな形でお会いするとは夢にも思っていませんでしたけど」

挑発的にも思える千春の眼差しに、もしかしたら真志に対して一同僚というだけではない感情を抱いていたのではないかと勘繰らずにはいられなくなった。

「あの……わたしはもう帰ってもいいんでしょうか」奈緒美は事務所のドアに視線をそらしながら訊いた。

「ええ。途中まで一緒に帰りますか？　わたしが住んでいることになってる部屋……まあ、前線本部ですけど、安本さんのお宅から五軒隣の白い六階建てのマンションにあります」

「もし、犯人に見られていたとしたら不審に思われるかもしれないので……ひとりで帰ります」

それだけが理由ではなかったが、奈緒美はバッグを手に取ってドアに向かった。

「大事なものをお忘れですよ」

その声に振り返ると、千春がソファの前のテーブルを指さしていた。

テーブルの上に紙袋が置いてある。唐木から渡された箱が入れてあった。

奈緒美はテーブルに近づいて紙袋をバッグに押し込むと、千春に会釈をして事務所を出た。


パソコンの画面に唐木の姿が映し出された。

「ずいぶんご苦労されたようですね」

インカムをつけると唐木の声が聞こえた。

奈緒美は家に戻ってすぐに唐木から言われたことの準備を始めた。だが、固定電話に自動録音機をつけるのは簡単にできたが、パソコンをテレビ電話として使うための設定をするのに思いのほか時間がかかってしまった。

「パソコンに詳しくないので……」奈緒美は画面に映る唐木を観ながら答えた。

「無線の調子を確認したいのでこれからお宅に電話をかけます」

画面の中の唐木が携帯を取り出した。しばらくすると固定電話が鳴ったので、奈緒美はインカムを外して立ち上がった。

「もしもし、唐木です……何か話してもらえますか」

電話に出ると唐木の声が聞こえた。

「何を話せばいいでしょうか？」いきなりそんなことを言われて戸惑った。

「そうですね……今度の休日は梓ちゃんとどこに遊びに行きますか」

「どこでもいいです。梓が行きたいところであればどこでも……」

離婚してから奈緒美は仕事に追われていたので、梓にはずいぶんと寂しい思いをさせてきた。

「じゃあ、こうしませんか？　うちの子供たちと一緒にディズニーランドに行くというのは。わたしはぐるぐる回る乗り物が苦手でしてね、一緒に来ていただけると助かります」

「ええ……」

唐木にも妻がいるだろうからそんなつもりは端からないのだろうが、奈緒美を勇気づけるためにそういう話をしてくれているのだと察して純粋にうれしかった。

奈緒美は受話器を握りながらリビングテーブルの上に置いたパソコンに目を向けた。画面の中の唐木が振り返って、後ろに見える武藤に確認を取っているようだ。

「無事、無線はつながっています。電話を切りますのでパソコンに戻ってもらえますか」

奈緒美は受話器を下ろすとパソコンの前に座りインカムをつけた。

「さっそくですが、これからいくつかわかったことをご報告します」

先ほどまでとは打って変わり、硬い声音だった。

「はい」奈緒美はからだが強張るのを感じながら頷いた。

「まず、あなたが犯人から渡されたという携帯の名義人がわかりました」

「本当ですか？」奈緒美は身を乗り出した。

「その二十三歳の男は、携帯を契約したときに書いたアパートから二ヶ月前に家賃滞納で追い出されています。近隣住民に話を聞くと多額の借金を抱えていたみたいで、取り立ての男たちが頻繁にやってきていたそうです」

「その男が犯人なのでしょうか？」

「現在、男の行方を捜していますが……正直なところ、誘拐犯である可能性は低いのではないかと考えられます」

「どうしてですか」

「その男は金に困っているというのに同時期に何台もの携帯を契約していたんです」

「借金のかたに携帯を契約させられていたのではないかということですか？」

奈緒美が問いかけると、画面の中の唐木が頷いた。

「いわゆる、とばしの携帯ではないかと……そもそも誘拐犯であるならば、自分名義の携帯をあなたに渡すようなことをするとは思えませんしね。あなたの話を聞いているかぎり、誘拐犯はかなり用意周到に計画をしていると考えられます」

たしかに、最終的には回収しているとはいえ、元警察官である奈緒美に自分名義の携帯を一時であっても渡すようなリスクを冒すだろうかと思える。

「仮にとばしであったとしても、誰に携帯を譲ったのかがわかればそこから犯人につながる可能性がありますから、全力でその男を捜しています」

カメラを通して奈緒美が大きく落胆しているのがわかったのか、唐木が力強い口調で言った。

「次に大森駅の防犯カメラから、ロッカーにセカンドバッグを預けた人物が確認できました」

「本当ですか？」

「帽子と眼鏡とマスクをしていたので人相まではっきりわかりません。ただ、身長百七十センチから百七十五センチぐらいの……おそらく男性のように思われます」

「その人物の身元を特定できそうでしょうか」

奈緒美が訊くと、唐木が表情を歪めた。難しいと思っているみたいだ。

「それから、高田馬場のコインロッカーですが、15番のロッカーの荷物はすでに持ち出されていました」唐木がさらに口もとを歪めて少し顔をそらした。

唐木のしぐさに嫌な胸騒ぎがした。

「どうしたんですか？」

奈緒美が問いかけると、イヤホン越しに小さな溜め息が漏れ聞こえた。すぐに唐木がこちらに顔を戻した。

「コインロッカーの斜め前にコンビニがありましたよね」

奈緒美は「ええ」と頷いた。

「そのコンビニの防犯カメラの映像を取り寄せて観たところ、午後十一時にある人物の姿が映し出されていました」

「どんな人物なんですか？」

「その写真をパソコンのメールに送りますので確認していただけますか」

唐木の意味ありげな表情に不安を煽られている。

「わかりました」

ウインドウを切り替えてメール画面を呼び出した。すぐにメールが届いた。数枚の写真が添付されている。

一枚目の画像を開いた奈緒美は、そこに映し出されている人物を見て眉根を寄せた。

真志だ――

片手にセカンドバッグのようなものを持っている。

「朝倉さんだと思われますがいかがでしょうか？」

唐木の声が聞こえて、奈緒美は頷いた。

「ええ。あの人です」

この部屋に来たときや場外馬券売場で見かけたときと身なりはちがっていたが、間違いなく真志だった。

画像を拡大して真志が持っているセカンドバッグを食い入るように見つめた。犯人から渡されたのとまったく同じタイプのバッグだ。

どうして真志があのセカンドバッグを持っているのだ――

「朝倉さんが持っているセカンドバッグをご覧になりましたか」

唐木の声に我に返った。

「はい」

「一千万円を入れたバッグでしょうか」

「同じタイプのものです」

「そうですか。画面をカメラに切り替えてもらえますか」

唐木に言われたが、そうすることをためらった。

今の自分はどれほど悲愴な表情をしているだろうかと不安だった。

奈緒美は唇を嚙み締めながらマウスを動かして画面を切り替えた。

「コインロッカーを映し出した映像はないんでしょうか？」

身代金を入れたセカンドバッグにちがいないと思いながらも、そうではない可能性を探したかった。

「残念ですが、防犯カメラが設置された角度からコインロッカーは映されていません」

「そうですか……」

「朝倉さんはそれよりも前にもコンビニの防犯カメラに映っています。店内に入り、雑誌売場からコインロッカーがあるほうを窺っているように見える映像です。もうひとつ、あなたに確認していただきたい写真があるんです」

今度は画面の中で、唐木が男性の顔写真をこちらに示した。

「ご覧になれるでしょうか？　見えづらいようでしたらメールしますが」

「いえ、大丈夫です」奈緒美は画面に顔を近づけた。

五十代後半と思える男性の写真だ。

「あなたが言っていたバイクの男とは年齢的にちがいますが、この男に見覚えはありませんか？」

たしかにどこかで見かけたような気がする。だが、それがどこだったか思い出せない。

「どうですか？」

写真を見つめているうちに、その記憶に行き当たった。髪形などはかなりちがっているが、身代金を運んでいるときに見かけた男に顔が似ていた。

「この人はいったい誰なんですか？」

奈緒美が問いかけると、カメラに近づけていた写真を引いて唐木の顔が見えた。

「岸谷勇治と言って、七年前に恐喝の容疑で逮捕されています。立証できたのは恐喝だけでしたが、他にもコンピューターのハッキングやパスポートや免許証の偽造など、さまざまな違法行為をしていると思われていた人物です」

「身代金の受け渡しであちこちと移動させられているときに、似た人物を三度見かけました」

「そうですか。実は元横須賀署の刑事が一昨日の早朝に飲み屋で朝倉さんと会ったそうです」

一昨日の早朝ということは、誘拐犯から最初の電話がかかってきた翌朝だ。梓が誘拐されたと知った後に飲みに行っていたというのが信じられなかった。

「そのとき、朝倉さんは岸谷の行方を捜していたそうです」

警察に通報するのを頑なに拒みながら、前科のある人間に誘拐犯を捕まえる協力をさせていたというのか。

「さらにコンビニの前にある公衆電話の台の下に小型カメラが仕掛けられていました」

「小型カメラ？」奈緒美は怪訝な思いで訊き返した。

「ええ。回収はしていませんが、仕掛けられた位置からコインロッカーを撮っていたものと思われます。警察が張っていないかどうかを確認するために犯人が仕掛けたものでしょう。岸谷は逮捕されるまで表向きは興信所を経営していて、尾行などに用いる機材に精通しています」

池袋駅のコインロッカーにセカンドバッグを預けた後の真志との会話を思い出した。

あのとき、警察に通報しようとした奈緒美を真志は必死に止めようとしていた。

コインロッカーの近くにカメラを仕掛けて監視していて、金を取りに来た人物がいたら尾行して梓を誘拐した犯人を調べ上げるから、自分のことを信じてくれと。

「岸谷がコンビニの前にカメラを仕掛けたと？」

「コンビニの防犯ヵメラには公衆電話は映っていないので、そこまでは断言できませんが……いずれにしてもこれだけの材料が揃っている以上、朝倉さんから話を聞かなければならないでしょう」

唐木の声を聞きながら、奈緒美は暗然として言葉を失った。

17

肩を揺すられて、朝倉は目を開けた。

顔を上げるとすぐそばに誰かが立っている。それが岸谷だとわかると、慌ててからだを起こした。

「今何時だ?」朝倉は訊いた。

「朝の七時だ」

「どうして起こしてくれなかった」

「ずいぶんと疲れてるみたいでガーガー寝てたからな」

朝倉は思わず舌打ちをした。

犯人から電話がかかってくるまで、あと十六時間しかない。少しの時間も無駄にするわけにはいかないのに。

「安心しろ。寝てる間にあちこちと連絡して手がかりはつかんである」

「本当か?」朝倉は身を乗り出した。

「『サクラ診療所』で世話になったというやつがいた。訳ありの者でも裏で診療してくれるから重宝していたらしいが三年前からちがう場所に移ったそうだ。遠くなって不便だと嘆いてた」

「どこだ?」

「千葉の市川だ。看板を掲げずにビルの一室で開業しているそうだ。もっとも開業といっても、許可を取っていないもぐりの診療所に変わったらしいが」岸谷がメモを差し出した。

「ありがとう」

朝倉はメモをつかんだが、岸谷は放さなかった。

「おれの下で使い捨ての運び屋をやってもいいと言ってたな」

「ああ。忘れてない」

「次に捕まったら実刑だろう」

「別にかまわない。どうせひとり者だ」

朝倉がそう返すと、岸谷がメモから手を放した。メモをポケットに入れると立ち上がった。

「三年前のことを黙っていたからそうなったのか?」

朝倉は頷いた。

「ということは、あんたの元女房は誘拐犯の本当の要求を知らないってことか」

「ああ。彼女は何も知らない。三年前の事故のことも、おれが捕まった理由も……」

「あんたの女房が警察に通報したんだろうな。犯人の指示どおりに身代金を置いてきたのにいっこうに娘が解放されないから」

「おそらくそうだろう。コインロッカーの中に彼女の携帯が残されていた。連絡を取りたいが自宅の番号がわからない」

「何とかして連絡したほうがいいな。コインロッカーの近くにあったコンビニの防犯カメラにおれたちの姿が残っているはずだ。おれたちが誘拐犯だと思われかねない」

「携帯に職場らしい番号があったから後で連絡してみる」朝倉はドアに向かった。

「おい――」

岸谷に呼び止められて振り返った。

「おれはこれからちょっと寝るが、そいつから情報を仕入れたらおれのところに連絡しろ」

「どういうことだ」朝倉は訊いた。

「これからも手伝ってやる」

朝倉は訝しい思いで岸谷を見つめた。

「そんな目で見るなよ。たまには人のために尽くすのもいいかなと思っただけだ」

そんな言葉を信用できるはずもない。

「何が狙いだ」

朝倉が訊くと、岸谷が肩をすくめた。

「どうやらおれはよほど信頼されてないみたいだな。たしかに人のために尽くすなんていう言葉はあまりにも嘘くさいか。あんたの言うことが本当ならとんでもない金脈を掘り当てられそうだってだけだ」

「金脈？」

「そうさ。警察が重大事件を揉み消して、しかも子供を誘拐したっていうんだ。その証拠を押さえたら、これ以上ない恐喝のネタになる。一千万や二千万の話じゃない。おれにさんざん屈辱を味わわせてくれた警察を脅しながら一生左うちわで生活できるかもしれないなんて、これ以上おもしろい話はねえだろう」

「殺されるぞ」

「こっちはこっちでうまくやるさ。あんたは娘が無事に戻ってくればそれでいいんだろう。どうだ、組まねえか？」

朝倉は岸谷を見つめながら悩んだ。

岸谷と行動することで、梓の身をより危険にさらすことにならないだろうか。

「あんたひとりでそんなやつらに太刀打ちできるのかね」

たしかに岸谷が言うとおりだ。

「ひとつ条件がある」

「何だ」

「勝手な真似はしないでくれ。娘を助け出すことが何よりも優先だ」

「わかってるよ」岸谷が薄笑いを浮かべた。

「後で連絡する」

朝倉はそう言うとドアを開けて店を出た。

18

「安本さん、お電話が入っています――」

館内アナウンスが聞こえて、奈緒美は千春と顔を見合わせた。

千春とともに事務所に向かった。ドアを開けると、机に座っていた杉下がこちらに顔を向けた。

「森下（もりした）さんというかたからお電話」杉下が受話器を差し出した。

覚えのない名前に、全身が一気に強張（こわば）った。隣にいる千春からも張りつめた空気が漂ってくる。

「はい……安本ですが」奈緒美は受話器を受け取って電話に出た。

「奈緒美か？」

すぐに真志だとわかった。

「はい」

ふたりがいる事務所ではそうとしか答えられない。

「誰もいないところで話がしたいんだが」

「ちょっと今はわからないので、後で調べてそちらにかけ直します。電話番号をお聞きしてもよろしいですか」

真志が告げた番号をメモして電話を切った。

「どなた？」杉下が訊いてきた。

「以前こちらに見学にいらしたかたです。わたしが担当したものですから……個室のクローゼットの奥行きが何センチかと訊かれたので」

「さすがにそこまでは把握してないわよね。どうしてそんなことを訊きたいのかしら」

「わかりませんけど。ちょっと調べてきますね」

奈緒美は机の引き出しからメジャーを手に取って事務所を出た。個室ではなく玄関に向かい靴を履く。施設から出ると公衆電話を探した。近くに電話ボックスを見つけて入ると、メモした番号にかけた。

「もしもし……」

真志の声が聞こえた。

「今どこにいるの？」奈緒美は訊いた。

「千葉にいる」

「どうして千葉に？」

沈黙があった。

「警察に報せたのか？」奈緒美の質問には答えずに、真志が訊いた。

「ええ」

「きみの家や職場は警察の監視下に置かれてるってことか」

「そう」

「この電話は？」

「今は大丈夫」

「おれは警察から疑われているのか？」

「高田馬場のコインロッカーに池袋で預けたセカンドバッグが入ってた。あなたが持っていったの？」

　真志は何も言わない。

「コンビニの防犯カメラの映像にセカンドバッグを持ったあなたの姿が映ってる。あなたが身代金を持ってるの？」

「身代金はもうない」

「どういうこと？」

「犯人から要求があった。犯人の狙いは金じゃない」

「どんな要求なの」

　真志は答えない。

「ねえ、警察に行って事情を説明して。そうじゃなきゃ、あなたが犯人だと疑われてしまう」

「それはできない」

「どうして！　もしかして、三年前のことで警察は味方になってくれないんじゃないかと思ってるの？　そんなことあるはずがない。現場の指揮を執ってるのは唐木さんよ」

「唐木？」

「そう、あなたの同期の。きちんと話を聞いてくださるわ」

「とにかく、必ず梓を救い出す。今はそれしか言えない」

「どうしてきちんと話してくれないのよ」

「すべてが終わったら……いや、一生話すことはないと思う。おれたちは三年前を境にかかり合ってはいけない関係になったんだ。だけどひとつだけ言えることがあるとすれば、警察を信用するな」

「どういうことよ」奈緒美は意味がわからず叫んだ。

「そういうことだ。これからは警察でも、父親でも、元夫でもなく、自分の感覚だけを信じて行動するんだ」

　そこで電話が切れた。

　奈緒美は何も理解できないまま、ただ受話器を見つめているしかなかった。

　何とか冷静さを取り戻すと受話器を下ろして施設に戻った。敷地に入ると玄関の前で千春が立っていた。

「朝倉さんからですか？」千春が奈緒美を見つめながら訊いた。

「ええ……」

「どんな話をしていたんですか」

警察を信用するな――

「何年も連れ添ってきたというのにこれっぽっちもわかり合えない話よ」奈緒美は千春の脇をすり抜けて建物に入った。

19

電話ボックスから出ると、朝倉は重い溜め息をついた。

警察からも、奈緒美からも、朝倉が犯人ではないかと疑われているようだ。自分に疑いの目が向けられているということは、携帯の電源を入れたままでは危険かもしれない。

犯人が警察の上層部であるとすれば、朝倉を追うなと現場に圧力がかかるかもしれないが、いずれにしても自分の居場所を特定されないに越したことはない。

コインロッカーに入れられていた犯人の携帯の電源だけを入れておけばいいだろう。

唐木が誘拐捜査の現場指揮を執っている。ずいぶん昔に特殊班にいることを奈緒美から聞いたが、この事件の捜査を指揮していると知り、胸に苦々しいものが広がった。

唐木とは警察学校で同じ時間を過ごし、同期の中で最大のライバルだと思う関係だった。朝倉と唐木は大学を卒業してすぐに警察学校に入った。年齢は同じだが、家庭環境や警察官を志望した動機はそれぞれちがっていた。

唐木は祖父の代からの警察一家だった。祖父はすでに引退していたが、父親と兄はそのとき現役の警察官で、しかもかなりのエリートだった。

一方の朝倉は普通のサラリーマン家庭で育った。そんな自分がどうして警察官を志望したのか今となってははっきりと覚えていない。おそらく茫然自失の中で日々を過ごしているうちに、気がついたらどこにも就職先が見つからず、警察官を志望したということだったかもしれない。

朝倉が大学四年生になったばかりのときに、両親は交通事故で亡くなった。居眠り運転のトラックが反対車線に飛び出してきて、両親が乗っていた車と正面衝突したのだ。兄弟もなくひとり寂しい時間を過ごしているうちに、疑似家庭のようなものを求めて警察学校に入ったのかもしれない。

朝倉と同じ部屋になった唐木は同期の中でも目立つ存在だった。学校で習う一般教養や警察実務ではつねにトップの成績を収めていて、武術に関しても大学時代まで柔道をやっていたとのことで秀でていた。朝倉は一般教養や警察実務に関しては中の上といったところだっただろうか。だが、武術に関してだけは唐木や他の同期に負けたことはなかった。

その頃から完璧を求める唐木にとって朝倉の存在はうとましいものだっただろう。それでも同じ警察官を志し、同じ釜の飯を食う仲間として、お互いに切磋琢磨する間柄であった。

唐木に触発されたように、警察学校を卒業する頃には武術以外の成績でも唐木のすぐ下に並ぶぐらいまで朝倉も成長していた。

教官の目を盗んでは同期とよくカードゲームをやった。たいしたものを賭けていたわけではないが、唐木とふたりでポーカーをやるときは互いに真剣になった。

学校を卒業してお互いにちがう所轄署に配属されると会うこともなくなったが、五年後に意外な形で唐木と再会した。

満員電車に乗っているときに、朝倉は痴漢を目撃した。五十代と思える男が若い女性のスカートの中に手を突っ込んでいたのだ。管轄ではなかったが、朝倉はその場で男を取り押さえると女性を伴って交番に突き出した。その後、男は所轄署に連行され、朝倉も事情を聴かれることになった。そのときの担当が唐木だった。

朝倉は当時、地域課に勤務する巡査だったが、唐木はすでに巡査部長に昇任し生活安全課の刑事になっていた。

ひさしぶりの再会にそれぞれの近況を報告し終わった後、唐木が信じられないことを口にした。

朝倉が捕まえた男は県警本部で働く警部だというのだ。警部は容疑を完全に否認しているという。女性は痴漢の被害を訴えているが、朝倉以外に目撃者はいない。

何が言いたいかわかるだろうと、唐木が問いかけてきた。

わからないと返すと、おまえが見間違いだったと言えばすべて丸く収まるんだと唐木は言った。

そんなことに同意できるわけがない。

朝倉はその要求を拒んだが、唐木は引き下がらなかった。こんなケチな事件のホシをあげることと組織を守ることとどちらが大切なんだ——それでも朝倉の考えが変わらないと見ると、唐木はさらに諭してきた。

これから辛いことになるぞ。おれは同期としておまえに一目置いている。組織の中で死に体にさせたくない——と。

それでも唐木の懐柔を払いのけて朝倉が証言を変えなかったことから、警部は逮捕され懲戒免職になった。思えばその決断をしたことから、朝倉は自分を守ってくれるものを失い、ふたたび孤立するようになってしまったのかもしれない。

それからは誰も口には出さないものの、仲間を売ったという同僚からの冷ややかな視線をずっと感じることになった。配属先が変わっても、まわりからの視線は変わらなかった。

そんな中で上司であった奈緒美の父の正隆だけが、朝倉のそのときの行動を評価して力づけてくれた。

正隆は今の朝倉に対してどのような思いでいるのだろう。

しばらく歩くとメモに書いてあるビルが見つかった。五階建てのずいぶんと古ぼけた建物だ。

朝倉は階段を上って三階に向かった。メモに書かれている三〇五号室の前に来たが、表札は掛かっていない。

何度かチャイムを鳴らしたが反応はない。電気メーターに目を向けた。いるはずだ。

「おれだ。いるんだろう」朝倉はドアスコープに視線を据えながらドアを叩いた。

ようやくドアが少し開き、中から男の訝しそうな顔が覗いた。

無精ひげに眼鏡をかけた姿は三年前と変わらないが、ひげと寝癖がついた髪にはところどころ白いものが交じっている。

疫病神でも迎えるような春日の顔を朝倉はじっと見つめ返した。

「ひさしぶりだな」

朝倉は声をかけたが、春日は訝しそうな目をこちらに据えたまま何も言わなかった。

「話があるんだ。開けてくれ」

「おれはない」

春日がぶっきらぼうに言ってドアを閉めようとしたので、朝倉はとっさに隙間に足を挟み入れた。

「大切な話だ。頼む。少しでいいから時間をくれ」

朝倉は訴えかけたが、春日はその思いに応えるつもりはないようでさらに手に力を込めた。

どれだけ自分を拒絶しているのか足の痛みから察せられたが、引き下がるわけにはいかない。

「足をどけろ。いったんドアを閉めなきゃチェーンロックが外せない」春日が苦々しそうに口もとを歪めて言った。

春日を見つめながら足をどけると、ドアがぴしゃりと閉まった。金属の乾いた音がして、ふたたびドアが開いた。

玄関に入ると女性用の赤いヒールが目に留まった。春日がすぐにこちらに背を向けて廊下を奥に進んでいく。

朝倉は靴を脱ぐと春日の後に続いた。正面のドアを開けて春日が入っていく。続いて中に入ると十畳ほどの部屋があった。

「来客中だ。ここで待ってろ」春日がもうひとつのドアを開けて中に入っていった。

ベッドと事務机が見えた。ベッドの上でワンピース姿の若い女性が横になっている。患者のようだ。褐色の肌をしていたがどこの国の人間かは定かではない。

ドアが閉じられると、朝倉はあたりを見回した。待合室として使っているようで、大きなテーブルのまわりに六脚のパイプ椅子があった。テーブルの上と床にはカップラーメンやレトルト食品を詰め込んだらしい袋が置かれている。さらに近くの棚にはDVDやCDや漫画が堆(うずたか)く積み上げられている。

朝倉は椅子に座ると、棚に手を伸ばしてその一枚をつかんだ。およそ春日が興味を示さないであろうアニメのＤＶＤだ。パッケージは未開封のままだ。

ドアが開く音がして、朝倉は目を向けた。隣の部屋から春日と若い女性が出てきた。

女性はバッグの中から何かを取り出して春日の手に握らせて言葉を発した。日本語では
ないので何と言っているのかはわからない。

春日は頷きかけると、女性を促しながら部屋を出ていった。ドアが閉まる音が聞こえて、
春日が部屋に戻ってきた。

「会わない間に趣味が変わったのか？」朝倉はアニメのＤＶＤをかざしながら言った。

「金がない人間とは物々交換するしかないだろう。タダってわけにはいかない」春日が手
に握っていたものをテーブルの上に放った。

値札がついたピアスやリングだ。

「万引きした物を換金して治療代に充ててるってことか」

「換金できたらこんな状況にはならない」

春日は冷蔵庫に近づいていくと、中から缶ビールをふたつ取って朝倉の近くに座った。

「できれば保存のきく食糧にしてくれと言っているんだがな」春日が苦笑を浮かべて朝倉
の前に缶ビールを置いた。

「どうして診療所を移したんだ？」

朝倉は訊いたが、春日は何も答えずにプルタブを開けてビールを飲んだ。

「おれが捕まったことに関係があるのか？」

春日は視線をさまよわせたまま朝倉と目を合わそうとしない。

「警察を辞めたんならお互いにする話もないだろう。この後も診察の予約が入ってる。それを飲んだら帰ってくれ」

「ひとつ訊きたいことがある。それを聞いたらすぐにここを出ていく」

「いったい何だ」春日が警戒心を滲ませた眼差しで見つめてくる。

「三年前の事故のことだ。おまえは誰かから、新井は殺されたにちがいないと聞いたとおれに話したよな」

春日がかすかに眉根を寄せた。

「新井は違法な薬物などやるわけがないと。警察の発表は嘘っぱちだと。誰からその話を聞いたんだ？」

「忘れたよ」春日が素っ気なく返してビールを飲んだ。

「ごまかさないでくれ。大切な話だ」

「そういえばおまえにそんな話をしたかもしれないが単なる与太話のひとつだ。誰が言ってたのかなんて覚えてない。何だって今さらそんな話を持ち出すんだ」

「おまえは与太話だと思っていたのか？」

「あまり覚えちゃいないが、たしかおまえは馬鹿馬鹿しい話だと言って取り合わなかっただろう。警察がそんな嘘の発表をするなんてありえないって。ちがうか？」

たしかに初めてその話を聞かされたときにはそんな反応をした。

「どうにも信じられなかったがその話が気になって、それからおれは単独で事故のことを調べていた」

「へえ、そうだったのかい」春日が初めて知ったという口ぶりで言った。

「調べてみるとたしかにきな臭いものがいろいろと出てきた」

春日はじっと朝倉に視線を据えたままビールを飲んでいる。

「死亡した新井に不起訴の判断が下って事故の捜査が終わった後も、警察は新井の交友関係を執拗に調べまわっていた。あんたが言ったように新井が薬物をやっていた形跡は窺えない。それに事故を起こした車を捜しだしてみたら、後部に弾痕のようなものがあった」

春日の目がわずかに反応した。

「あまり聞きたい話じゃないな。おれには関係のない話だ」

「聞いてもらわなきゃならない。あんたの話がきっかけになったことだ。おれはその直後にまったく身に覚えのない罪で警察に捕まった。取り調べをした捜査員は、おれが誰からどんな情報を聞いて事故の捜査を始めたのかを執拗に追及した。だが、おまえのことはいっさい話していない。何も知らないと言い張ったおれはけっきょく有罪にされ、家族と別れるハメになったんだ」

「恨みごとを言うためにおれを捜し出して訪ねてきたってわけか」

「別に恨みごとを言うつもりはない。自分で選択したことだ。だが、多少の恩は感じて今度はおれに返してもらいたい。誰からその話を聞いたんだ？　本当のことを教えてくれ！」

「さっきも言っただろう。あんたがどう感じたのかは知らないが、おれにとってはどうでもいい与太話だ。誰が言ったかなんていちいち覚えちゃいない」

「どうでもいい与太話だと思っていたなら、どうして診療所を移す必要があったんだ？」

「意味がよくわからねえな」春日がとぼけるように言った。

「あんたはおれが警察に捕まったと知って危険を感じたんじゃないのか？　おれが捕まったのは報道されている贈収賄なんかじゃなく、あの事故を調べていたからだと察して身を隠さなければならないと思ったんじゃないのか？　おれが警察に誰から新井の話を聞いたかを話せば、あんたが尋問されることになる。警察はどんな手を使ってあんたを脅してくるかわからない。あんたが簡単に人を売らないことは百も承知だが、いくらその話をした人物を隠しても身辺を徹底的に調べられたら見つけ出されてしまうかもしれない。だから診療所を移すことにしたんじゃないのか」

　春日は言葉を返さず、じっと朝倉を見つめている。

「だが、いくら場所を移ったとしてもあんたの名前で診療所の許可を取っているかぎり、警察の追及から逃れることはできない。そこで知り合いの名義で部屋を借りてもらい、ここで無許可の診療所を開くことにした。ちがうか？」

　岸谷が集めた情報によれば、この部屋の契約者は春日ではないそうだ。

「おまえの勝手な想像だ。いずれにしてもその話をしたやつのことなど覚えちゃいない」

あくまで口を割るつもりはないらしい。

「あんたが警察に捕まってここが閉鎖されることになれば、困る人間もたくさん出てくるだろう。その話をした人物を教えてくれればここのことは黙ってる」

こんな手は使いたくなかったが、室内を眺めまわしながら朝倉は言った。

「この三年間でずいぶんと荒んだようだな」

春日の蔑みの言葉が胸に刺さった。

「そうだな……できればあんたには軽蔑されたくなかったが、こちらにもどうしても引けない事情がある」

「帰ってくれ。警察にチクりたければ好きなようにするんだな」春日が立ち上がった。

「娘の命が掛かっているんだ！」

「娘の命？」春日が首をひねった。

「四日前に娘が誘拐された」

春日が驚いたように目を見開いた。だが、すぐに怪訝そうな眼差しに変わった。

娘が誘拐されたという話と、新井の話をした人物を教えろということが結びつかないのだろう。

「誘拐犯の要求は金じゃない。新井は殺されたと言った人物を捜し出せというものだった」

「どうして誘拐犯がそんなことを……」

春日が椅子に座り直して顔を伏せたが、何かに思い当たったようで朝倉に目を向けた。

「警察がおまえに追及したことと同じじゃないか」

朝倉は頷いた。

「今夜の十一時に犯人から連絡がある。それまでにその人物を見つけなければ娘は殺されてしまう。頼む。その人物のことを教えてくれ！」

「悪いが、覚えてない……」春日が唇を嚙み締めて顔をそらした。

「嘘つけ！」

朝倉は両手で肩をつかんで春日の顔をこちらに向けさせた。

「子供を見殺しにするっていうのか」

「警察に何とかしてもらえ。悪いが、おれには何の手助けもできない」

「警察に頼れないからおまえに会いに来たんだ！　さっきおれがした話を覚えているだろう。誘拐犯の要求は三年前に警察がおれから聞き出そうとしたことと同じだ。おまえも察しているとおり、警察の関係者が犯人である可能性が高いってことだ」

「だから手助けはできないって言ってるんだ！」

春日が肩に置いた朝倉の手を振り払って叫んだ。

「もし、おれがその人物のことを教えたらおまえはどうするつもりだ？　誘拐犯にその人物を引き渡すのか？　犯人に引き渡せばその人物はどうなる」

春日に問い詰められ、朝倉は言葉を失った。

「おまえの言っていることが事実なら、娘を誘拐したのは警察の関係者だろう。新井が薬物の錯乱によってではなくちがう理由であの惨事を引き起こし、警察がそれを隠蔽したことを知っている人間をどうして見つけ出そうとするのか。おまえならその理由がわかるだろう」

おそらく口を封じようとするだろうことは朝倉にも想像できた。

「おまえの娘も、その人物も、おれにとっては同じ人間だ。その人物を危険な目に遭わせるとわかっていておまえに協力することはできない。おまえからすれば薄情に思われるかもしれないが、それがおれの答えだ」

春日が表情を歪めて、出て行けと玄関のほうに手を向けた。

犯人がその人物を見つけ出してどうしようとするのか、心のどこかで理解していたはずだ。だが、梓の命を救わなければならないという一心でそのことに目をつぶっていた。

「たしかにおまえの言うとおりだ……」

朝倉が呟くと、春日が伏せていた顔を上げた。

「邪魔したな」朝倉は春日に背を向けて玄関に向かった。

「おい——」

後ろから呼び止められて振り返った。

「これからどうするんだ?」春日がじっとこちらを見つめながら訊いてきた。

「わからない」

「リ・ジンレイという女だ」

　春日の発した言葉に、朝倉は首をひねった。

「新井の恋人だったそうだ」

「リ・ジンレイ……」

「もっともパスポートを見たわけじゃないからそれが本名かどうかはわからない」

「どこにいる」

「新小岩（しんこいわ）だ」

「どうしておれに教えた？」朝倉は春日の心変わりが理解できずに訊いた。

「このままおまえを帰したら寝覚めが悪くなりそうだからだ」

「その人を裏切ることになればさらに寝覚めが悪くなるだろう。自分の娘のために誘拐犯に引き渡すかもしれないんだぞ」

「その女に会えばおまえはそんなことはできないはずだ。そう確信しているから教えた。ちょっと待ってろ」

20

「食べないんですか？」

　その声に顔を上げると、向かいに座った千春がこちらをじっと見つめている。

奈緒美は小さく頷いて、手に持ったまま口をつけないでいたサンドイッチを袋に戻した。何か口にしないと倒れてしまうと思って昼休みにコンビニで買ってきたが、やはりとても食べる気にはなれない。

「少しでも食べないとからだがもたないですよ」

そう言って目の前のから揚げ弁当に箸を伸ばす千春から視線をそらした。

犯人から要求があった。犯人の狙いは金じゃない――

真志の言葉が頭の中を駆け巡って離れない。

犯人からの要求とはいったい何なのか。もし、本当に犯人から何らかの要求をされて動いているのであれば、真志はどうして自分に何も話さないのか。

「三年前……」

千春の声が聞こえて、奈緒美は目を向けた。

「朝倉さんが逮捕される前に何か変わったことはなかったですか?」千春が訊いた。

「変わったこと……」

「朝倉さんがあんなことをするなんて今でも信じられなくて。別にお金に困ってたわけじゃないでしょう。いったい何にお金を使っていたんですかね」

「女がいたんでしょう」奈緒美は冷ややかに答えた。

おれにとって家族なんかずっと邪魔な存在でしかなかった――

「逮捕された後、一度だけあの人に会ったことがある。どうしてあんなことをしたのかと

問い詰めたらあの人は言ったわ。命を張って仕事をしてもそれに見合うだけの給料なども
らえないし、女房と子供という厄介なものがいれば、こんなことに手を染めないかぎり楽
しめないだろうって」

「朝倉さんが捕まるまで女の存在に気づかなかったんですか？」

奈緒美は頷いた。

そんな気配は微塵も感じたことはなかった。たしかに逮捕される少し前からそれまで以
上に帰宅が遅くなり、非番の日も出かけることが多くなった。だが、何か厄介な事件を抱
えて多忙になったのだろうというぐらいにしか思っていなかった。

いつから真志の心は変わってしまったのだろうか。

おれたちは三年前を境にわかり合ってはいけない関係になったんだ——

あらためてその言葉を思い返してみて、奈緒美は引っかかるものを感じた。

たとえば夫婦仲が悪くなったときに、わかり合えない関係、という言葉はよく使われる
だろう。奈緒美に対して何か不満を抱いていたり、女ができて家庭に興味を失ったのであ
れば、わかり合えない関係になったと告げるのではないか。わかり合ってはいけない関係
とはどういう意味なのだろうか。

「仕事のほうはどうだったの？」

奈緒美が訊くと、千春が箸を止めて首をひねった。

「逮捕される前にあの人の様子で変わったことはなかった？」

さらに訊くと、千春が箸を置いて思い出すように視線を宙にさまよわせた。

「そういえば……逮捕される一ヶ月ぐらい前からひとりで行動することが多くなりましたね」千春がこちらに目を向けて言った。

「それはその部署では不自然なこと？」

「そうとはかぎりませんけど。個人で抱えている情報屋もいますし、そういう人たちと接触するときは単独で行動することも多いですよ。ただ、逮捕される二週間ぐらい前からデスクワークを命じられましたけど」

「そうなの？」

意外だった。真志の逮捕があまりにもショックだったせいか、その頃のことはよく覚えている。真志のスーツはいつも汗臭かった。これだけ仕事に励んでいた人間があんなことをするはずがないと、真志が逮捕されてしばらくの間はそう思っていたのだ。

「ええ。何が原因かわかりませんけど、上と意見が合わなくて書類仕事をさせられるはめになったんじゃないかってまわりで噂してましたよ。仕事がつまらないのか、それからは定時で帰っていましたね」

逮捕される直前まで、真志の帰りはだいたい深夜だった。一日中外で働いてその後に女と会っていたのであればスーツが汗臭かったのも納得がいくが、デスクワークをしていたのであればそのことに違和感を覚える。

逮捕される直前まで、真志はどんな時間を過ごしていたのだろう。

頭の中で想像を巡らせたが、わかるはずもなかった。

奈緒美は自宅に戻るとすぐにリビングに向かった。パソコンの電源を入れてネットにつなぐと、インカムをつけて前線本部を呼び出した。

「何か進展はありましたか?」

画面に唐木の顔が映し出されると、奈緒美は真っ先に訊いた。

「正直なところ、目立った進展はありません」唐木が申し訳なさそうに頭を下げた。

「そうですか……」

「ただ、一昨日朝倉さんと行動を共にしていた男が判明しました。新橋駅近くの防犯カメラの映像から朝倉さんを乗せたバイクのナンバーが確認できて、先ほどから署のほうで事情を聴いています。戸田純平という名で二十二歳、朝倉さんと同じ職場で働いています」

「どんな話をしているんでしょう」

「朝倉さんと知り合ったのはつい最近とのことです。お嬢さんが誘拐される前日に飲み屋で知り合って仲良くなったと。犯人から連絡があった翌日の深夜に、いきなり朝倉さんから連絡があってバイトをしないかと持ちかけられたそうです」

「バイトって、誘拐犯を捕まえることですか?」

あまりにもバイトという言葉がそぐわないと感じて、奈緒美は訊いた。

「いえ、最初は誘拐という話ではなかったそうです。朝倉さんの知り合いの女性社長が異性関係をネタに恐喝されているとのことで、その犯人を捕まえるために日給十万円で協力してくれと頼まれたと話しています。高田馬場に行くまで、あなたや、池袋のコインロッカーからセカンドバッグを持ち出した男の後をバイクで追ったとのことです。ずっと恐喝犯を捕まえるためだと思っていたそうですが、高田馬場のコインロッカーの前で犯人と話をしているあなたの話を聞いて初めて、誘拐犯を捕まえるために協力させられていたのを知ったと……」

唐木の言葉を聞いているうちに、奈緒美の胸にこみ上げてくる感情があった。

戸田の話を信じるならば、真志は本当に誘拐犯を追っていたということだ。

「あの人は誘拐犯とは関係ないということですよね」

奈緒美は同意を求めるように言ったが、唐木は頷かなかった。

「今まで話したことはあくまで戸田の証言にすぎません」唐木が表情を変えずに言った。

「その話が信じられないということですか？」

「残念ですが、完全に信じきることはできません」

「どうしてです」

「素行のよくない男だからです。未成年のときに数回の逮捕歴があり、少年院に入っていたこともあります。ただちにそれで彼の話が嘘だと断定するのは問題でしょうが、その話を完全に信じるのも危険だと思っています。それに戸田の話によると、恐喝ではなく誘拐だとわかってからもしばらく朝倉さんと行動を共にしていたことになります。普通に考えれば誘拐犯を捕まえる協力など拒むのではないでしょうか」

「どうしてそんな嘘をつく必要があるんですか」奈緒美は納得しきれず食い下がった。

「朝倉さんの仲間だと考えれば答えは簡単です。身代金を奪われたうえにお嬢さんが戻って来なければ、あなたやお父さんが警察に報せるかもしれないことは簡単に想像ができます。あなたが立ち回ることになった場所の防犯カメラは徹底的に調べられることになるでしょう。バイクも確認され、彼のもとに警察が事情を聴きに行くこともじゅうぶんに考えられる。そのときに本当に誘拐犯を追っていたと戸田が証言すれば、朝倉さんの嫌疑はかなり晴れることになるのではないでしょうか」

嫌疑——という言葉が胸に重く響いた。

「唐木さんはあの人が誘拐に関わっていると考えてらっしゃるんですか」

奈緒美が言うと、唐木が頭をかいて溜め息を漏らした。

「そうは思いたくありませんが、朝倉さんは身代金を入れたセカンドバッグを持って行方をくらませています」

「戸田さんはあの人が今どこにいるか知らないんですか？」

「高田馬場のコインロッカーでセカンドバッグを回収した後に別れたと言っています。もう用はないからと。他にもいろいろと話をしていましたが、どうにも信憑性に乏しい話です」

「どんな話なんですか？」

「検証しても意味のない話です。今度はわたしにお話しください。今日、朝倉さんからあなたに電話があったそうですね」

奈緒美は頷いた。

「どんな話をされたんですか」

「わたしの状況を聞いてきました」

「警察に報せたかということですか」

奈緒美は頷いた。

「それで――」

「正直に答えました」

画面の中の唐木が表情を歪めた。

「彼は何と言っていましたか」気を取り直すように唐木が訊いた。

「犯人から要求があったと、犯人の狙いは金じゃないと」

「犯人からの要求とは何ですか」

「答えてくれませんでした」

「他にはどんなことを――」

「どうして話してくれないのかと問い詰めたら、すべてが終わったら……と言葉を濁して、いや、一生話すことはないと思うと言い直しました。自分たちは三年前を境にわかり合ってはいけない関係になったんだと」

真志がその後に言った、警察を信用するなという言葉は口にしなかった。

画面の中の唐木が前のめりになっている。

「すみません。もう一度、朝倉さんの言葉を言ってもらえますか」

そう言った唐木の表情が強張っているように思えた。

奈緒美はかすかな違和感を覚えながらも先ほどと同じ言葉を言った。

「一生話すことはないと思う……」

唐木の呟きが聞こえた。

「この言葉が何か？」

奈緒美が声をかけると、唐木が我に返ったようにこちらに視線を向けた。

「いえ、何でもありません」唐木がすぐに表情を緩めて頭を振った。

21

朝倉は階段で二階に上がると、メモに書かれた二〇三号室に向かった。ドアの前で立ち止まると春日から言われたように二回、そして三回とドアをノックした。

しばらくするとドアが薄く開いて若い女性が顔を出した。だが、朝倉と目が合うと女性はぎょっとした顔になってドアを閉めようとした。

「ちょっと待って」朝倉はとっさにドアを手で押さえた。

つけてくる。


「あなたはリ・ジンレイさん？」

精一杯穏やかな口調で問いかけたが、女性は警戒心を剝き出しにした視線で朝倉を睨みつけてくる。

「春日先生から預かってきたものがある」

ポケットから春日に渡された紙袋を出すと、女性が奪い取ってすぐに中に入っている薬を確認した。

「リ・ジンレイさん？」

もう一度問いかけると、女性が紙袋からこちらに視線を向けて小さく頷いた。

「ぼくは朝倉と言います。あなたと少し話がしたい」

朝倉は相手にわかるようにゆっくりと言ったが、目の前の女性は硬い表情のまま何の反応も示さなかった。春日の話によれば片言の日本語ならわかるそうだから、警戒されているのだと受け止めたほうがいいだろう。

「新井俊彦さんを知っているよね」

その名前を告げると、こちらを見据えていたジンレイの瞳孔が揺れた。

「ともだち？」

一瞬迷ったが、朝倉は首を横に振った。

嘘をついていると悟られた時点で、すべてが台無しになってしまうと感じた。

「きみが新井さんは殺されたと春日先生に話したと聞いた。その話をもう少し聞かせてほしい」

「どうして？」

「本当のことを知りたいから」

「どうして？」

「彼を殺した人間を見つけ出したい」

朝倉が言うと、ジンレイの眼差しが瞬時に鋭いものに変わった。

ジンレイはドアノブをつかんでいた手を放すと部屋の奥に向かった。

入っていいということだろうと察して、朝倉はドアを開けた。靴を脱いで玄関を上がるとジンレイに続いた。すぐ目の前のドアを開けてジンレイが入っていった。

朝倉は足を踏み入れようとしてためらった。六畳のワンルームの両端にそれぞれ三段ベッドが置いてあり、ベッドの間の床にも布団がふたつ重なるように敷かれている。そこで寝ている子供が目に留まった。

ジンレイは何か話しかけながら子供を揺すっている。子供が目を覚ましてこちらに目を向けた。怯えた表情ですぐにジンレイを見た。

ジンレイは何か言って立ち上がると、部屋の隅に向かった。手を伸ばすと水道の音が聞こえた。ベッドに隠れて見えないが台所があるようだ。

ジンレイはコップの水を持って子供のもとに戻ると、紙袋から薬を出して飲ませた。

薬が入っているのは察していたが、今までジンレイが病気で診察に来ていると思っていた。

「何の病気なんだ？」

「しんぞう……」ジンレイが子供を見つめながら言った。

「あの病院に通って治るのか？」

ジンレイがこちらに目を向けて首を横に振った。

深い絶望を感じさせる眼差しに触れ、残酷な質問をしてしまったと後悔した。

「クスリがなければ、すぐだめ」

「国に帰れば……」

朝倉はそこで言葉を濁したが、それが答えだと言わんばかりにジンレイは微動だにしなかった。

帰れない事情を抱えているのか、もしくは帰ったとしても治療などできない状況ということだろう。

「きみの子供かい？」

朝倉が訊くと、ジンレイが頷いた。

「いくつ？」

ジンレイが指を四本向けた。

「名前は？」

「スー」

「新井さんとの子供？」

　ジンレイが首を横に振った。

　この後話すことを考えているときにベッドに置かれた時計が目に入った。十時三十五分だ。

「すまないが少し出かけてくる。すぐに戻ってくるからまた話を聞かせてほしい」

　朝倉が言うと、ジンレイはこちらを見つめながら曖昧に頷いた。

　部屋を出ると大通りに出てタクシーを拾った。

「秋葉原のほうに向かってください」

　運転手に告げて車が走り出すとポケットから携帯を取り出した。

　春日の部屋を出てからあることが気になって電源を切ってある。

　この携帯は犯人が持たせたものだ。ＧＰＳを仕掛けていて、自分がどこにいるのかを監視していないともかぎらない。

　春日の部屋に行く前に電源を切っておくべきだったが、犯人が求めている人物に会いに行く前に気づけたのがせめてもの救いだ。

「ここで停めてください」

　時計が十時五十五分になったときに運転手に告げた。

「まだ秋葉原までかなりありますけど」

「ここでいいです」

朝倉は金を払ってタクシーから降りると携帯の電源を入れた。しばらくすると握っていた携帯が震えた。

「もしもし――」朝倉は電話に出た。

「携帯の電源を切っていましたね」

機械で加工された耳障りな声が聞こえた。

やはりこの携帯にGPSが仕掛けてあるのだろう。

「明後日のこの時間に連絡すると言っていただろう。それまでは切っておいたほうがいいと思った」

「どうしてそう思ったんですか」

「そんなことはしないと思うが、彼女か彼女のお父さんが警察に通報してしまったときのためだ。彼女は仮にも元警察官だ。おまえが渡したこの携帯の番号を調べていて、警察に報せている可能性がまったくないとは言いきれない」

「いい判断ですね。元奥様は警察に報せましたよ」

その言葉に心臓が激しく揺さぶられた。どうしてそのことを知っているのだ。

「あれだけ警察には通報しないよう釘(くぎ)を刺していたのに……よほどお子さんの命が惜しくないのでしょうかね」

「おれが信用されてないだけだ」

「そうかもしれませんね。警察はあなたの行方を血眼(ちまなこ)になって捜しているようです。元奥様のせいでずいぶんと厳しい状況に立たされていますよ。早く取引を終わらせてしまいましょう。いくら丁重にもてなしているとはいえ、お嬢さんの精神状態もそろそろ限界に達する頃でしょうし」

その言葉を聞いて、奈緒美から携帯で見せられた梓の姿が脳裏に浮かんだ。

「新井は殺されたと言った人物を見つけることはできましたか」

ああ――と声を発しようとして、思わずその言葉を飲み込んだ。

「どうしたんですか？」

声が聞こえたが、朝倉は次の言葉を発することができなかった。

先ほどの親子の光景が目の前にちらついている。

犯人に引き渡せばその人物はどうなる――

「どうしたというんですか。まさかまだ見つけられていないなんてことはないですよね」

春日の言葉をかき消すように、機械で加工された声が耳に響いた。

「そうだ」朝倉はそう呟いて唇を嚙み締めた。

「それが何を意味するのかおわかりですよね」

「もう少しだけ猶予をくれ！」

朝倉は叫んだが、相手は言葉を返さない。

「情報屋を訪ねたがあいにく旅行に出かけていて会えなかった。明後日の昼には戻ってくるということだった。情報屋に会ったら必ずその人物を聞き出しておまえに伝える」朝倉は必死に訴えた。

「警察は血眼になってあなたを捜しているんですよ。それまで逃げられると思っていますか?」

「おまえの力でどうにかできるだろう!」

朝倉が言うと、しばしの間があった。

「どういうことでしょう」

ようやく声が聞こえた。

「いや、何でもない……その人物を捜しだすまでは絶対に捕まらない。約束する! おまえにするんじゃなくて娘にする約束だ」

「わかりました。余裕を見て明後日の午後五時まで待ちましょう」

あっさりと訴えを認めたので、朝倉は少し意外に思った。

「ただ、それ以上はお待ちできません。たとえその情報屋を殺すことになったとしても、必ずその人物を吐かせて捕まえておくのです。あなたの言うとおり警察がその携帯の位置をつかむ可能性があるので、明後日のその時間までは電源を切っておいていいです」

「わかった」

朝倉が言うと、電話が切れた。

先ほどと同じようにドアを叩くと、ジンレイが顔を出した。

部屋の中から賑やかな声が聞こえている。三和土に目を向けると、たくさんの靴が乱雑に置かれていた。住人が帰ってきたようだ。

「さっきの話の続きがしたいんだけど」

朝倉が言うと、ジンレイが奥の部屋に消えた。すぐに上着を羽織ってこちらに向かってくる。

「静かに話せるところはないかな」

アパートの階段を下りながら言うと、ジンレイが頷いた。ジンレイについてしばらく歩いていくと公園があった。中に入るとベンチに並んで座った。

どうしようもない焦燥感に駆られているはずなのに、頭の中が空転していて何を話せばいいのかわからない。犯人に引き渡すつもりはないが、かといって彼女の協力を得られなければ梓を救うことはできない。

何を話せばいいのかわからないのは、焦燥感で自分の頭が混乱しているからではなく、どんなに考えても梓とジンレイのふたりの身を守る術が見つからないからだと気づいた。

たしかに春日が言ったように、彼女とその子供の状況を目の当たりにして、犯人に知らせるのをためらった。だが、このまま犯人の手から梓を救い出す手段が見つからなければ、自分はきっと彼女を犯人に差し出してしまうのではないか。たとえそれで一生梓の顔を直視できなくなってしまったとしても。

「子供の父親は？」

その質問が自然と口からこぼれ、心の中で罪悪感を嚙み締めた。

子供がひとりになってしまったときのことをすでに考えている。

「わからない……」ジンレイが首を横に振った。

「新井さんとは何がきっかけで知り合ったんだ？」

「お客さん」

「何の……」

そこまで言ったところで、ジンレイが寂しそうに笑った。

「変なことを訊いてすまない」

不法入国者の女性ができる客と接する仕事はごくわずかだ。

「べつにいい。はじめて会ったとき、トシのせなかにあるキズをさすってあげた。こうやってさすっているとそのうち消えるかもしれないねって」

その言葉に、新井は子供の頃に薬物中毒で錯乱した母親に斬りつけられたことがあったのを思い出した。

「ほんとうにそんなことをおもってたわけじゃない。ただ、ヒイキにしておカネをおとしてくれる客になってほしかっただけ」

「今はそうは思ってないんだろう」

「だけどもういない」ジンレイが遠くを見つめた。

「彼は薬物をやっていなかった。だけど事故を起こしてしまったのはたしかだ。その理由に思い当たることはないかな」

　朝倉が訊くと、ジンレイがわからないと首を横に振った。

「警察や、他の誰かから追われているようなことはなかったかな」

「わからない……ただ、わたしのせいかもしれない」

「どういうこと？」

「わたしやこどものためにおカネをつくろうとしてた」

「治療代？」

　ジンレイが頷いた。

「それだけじゃない。あたらしいコセキも。もうすぐカゾクになって、スーの病気もなおせるって」

「いくらぐらいのお金を作ろうとしてたんだ」朝倉はその話に興味を引かれて訊いた。

「ニセンマン」

「二千万――？」

　朝倉が驚いて訊き返すと、ジンレイがこちらを見つめながらこくりと頷いた。

「それだけのおカネがあれば、あたらしいコセキも手にはいるし、スーの病気だってきっとなおせる。もうすこしのシンボウだから、がんばろうって……」

　こちらにじっと据えたジンレイの目が潤んでいる。

「どうやってそんな大金を……」

「いいシゴトがあるっていってた」

「どんな仕事?」

まともな仕事でそんな大金を稼げるとはとても思えない。

「わからない……」ジンレイが首を横に振った。

「きみにその話をしたのはいつのことだ?」

ジンレイが思い出すように首を巡らせた。しばらくして朝倉に視線を戻した。

「一週間ぐらいまえ」

「彼が亡くなった?」

朝倉が訊き返すと、ジンレイが頷いた。

「彼は亡くなる二ヶ月ぐらい前にそれまで住んでいた石川町の部屋からいなくなっているんだ。その間もきみは彼に会っていたんだね」

新井は死ぬまでの二ヶ月間、それまで付き合いのあった仲間たちとの交遊がなくなり、地元でもまったく姿を見かけなくなったという。

「なんどか会ったよ。横浜じゃなかったけど……」

「彼はどこにいたんだろう」

「アカバネにいるっていってた。どこにあるのかしらないけど」

かつて朝倉が調べたかぎりではそんな記録は残されていなかった。新井の住民票は亡くなるまで石川町に残されたままだ。

「どうして横浜から赤羽に移ったんだ？」

「あたらしいシゴトのためだって。いままでみたいになかなか会えなくなってごめんねって……」

二千万円を稼げるという仕事のために、それまで住んでいた場所から行方をくらませて赤羽にいたということか。

いったいどんな仕事なのだ。

「仕事の内容はわからないと言ってたけど、彼から赤羽にいたときのことを何か聞いてないかな」

朝倉が訊くと、ジンレイが考え込むように小さく唸った。

「どんなことでもいい。住んでいたアパートの名前や、よく行く店の名前や、知り合いの名前なんか……よく思い出してくれ。どうして彼が死んでしまったのか、誰に何のために殺されたのかという手がかりにつながるかもしれないんだ」

最後の一言に、ジンレイの顔つきが変わった。必死に考え始めたようで、顔を伏せてさらに唸った。

「イワキ……」ジンレイが顔を上げて言った。

「彼の知り合い？」

朝倉が見つめ返すと、ジンレイが頷いた。

「イワキというなまえをなんどかきいた。せわになってるって」

「彼がやっていたという仕事で？」

「そこまではわからない。ただ、オンジンだって……」

「男性かな、女性かな」

「ダンセイ……ひげをはやしてるっていってたから。そのひとにあこがれてひげをのばそうかなっていってた。いっぱい……」

ジンレイが自分の口もとや頬のあたりを手で撫でながら言った。

「わたしすきじゃないし、ひげをのばしたらもうスーにあれをさせてあげないっていった。何ていったっけ……ほほとほほをくっつけてぐりぐりする……」

「頬ずり？」

朝倉が言うと、ジンレイが「そうそう」と大きく頷いた。

「そういったら、じゃあ、やめるって。あっさり……」ジンレイが微笑みを浮かべた。

初めて見せる穏やかな表情だった。他人にとってはたわいないと思える事柄でも、彼女にとってはどうしようもなくいとおしい思い出のようだ。

「いくつぐらいの人だろう」

「わからない。でも、いつもおサケをごちそうしてくれるっていってた……いままでのんだこともみたこともないようなたかいおサケだって。ストレートで、ゆっくりのむんだって。それまではビールやショウチュウをイッキするようなのみかたしかしてこなかったから、かっこいい、あこがれるって……」

「それなりに年上ということかな」

「たぶん……」

それからも新井が死ぬまでのことを訊いたが、ひげをはやしたイワキという男と交遊があったこと以外に、手がかりになりそうなものは思い出せないようだった。

ジンレイが公園の時計に目を向けてベンチから立ち上がった。

「そろそろかえらないと……あの子、わたしがそばにいないとねられないから」

朝倉はディパックからボールペンとメモ帳を取り出して携帯番号を書くと、ジンレイに渡した。

「何か思い出したら連絡してくれるかな」

「わかった」

ジンレイが強い眼差しで頷いて、くるりとこちらに背を向けた。そのまま出口のほうに歩いていく。

ジンレイの姿が見えなくなると、朝倉は携帯を取り出して岸谷に電話をかけた。

「おれだ。今、新小岩にいるけどどこっちまで来てくれないか」

「了解」

公園の場所を告げて電話を切ると、朝倉はベンチに戻った。

一時間ほど待っていると垣根越しにヘッドライトの明かりが近づいてくるのが見えた。

ベンチから立ち上がり公園の出口に向かう。

公園の外に、わナンバーのセダンが停まっている。助手席に乗り込むと、岸谷がすぐに車を出した。

「そんな面をぶら下げてるってことは空振りだったのか?」岸谷が訊いてきた。

「いや、新井の恋人までたどり着いた」

朝倉が言うと、岸谷がこちらを見た。すぐに視線を正面に戻す。

「情報屋に新井の話をしたという人物か?」

「そうだ」

「ってことは、次はいよいよ誘拐犯との取引だな」岸谷が舌なめずりするように言った。

新井のことを話した人物を餌に、誘拐犯を引きずり出して尻尾(しっぽ)をつかむことをふたりで計画していた。もちろん岸谷の目的は梓を救うことではなく、誘拐犯の正体をつかんでその後それをネタに恐喝することだ。

「いつ、どこで、取引するんだ。十一時に連絡があったんだろう」岸谷が訊いた。

「誘拐犯にはそのことを話していない。まだ見つけられないから明後日まで待ってくれと言った」

「どうして?」

「誘拐犯に新井の恋人を差し出したら殺されるかもしれない。小さな子供がいる。しかもかなり重い病気を抱えた子供だ」

「犯人の要求に従わなければあんたの娘が殺されるんだろう。馬鹿じゃねえのか」

「娘は絶対に救い出す」

「どうやって？」

「まだわからない……だけど、新井の恋人から妙な話を聞いた。三年前の事故の真相につながるかもしれない話だ」

　朝倉は先ほどジンレイから聞いた話を岸谷にした。

「二千万ねえ……」

　話を聞き終えると、岸谷がそう呟いて大きな溜め息を漏らした。

「新井が言ってた仕事が三年前の事故と関係するんじゃないかと思ってるんだが」朝倉はジンレイの話を聞いてから思っていたことを口にした。

「二千万もの大金を稼げるってことはそうとう危険なヤマだな。その結果、新井は事故に見せかけて殺され、警察はその事実を隠蔽しようとした。そういうことを言いたいんだろう？」

「あくまでも勝手な想像だが、考えてみる価値はあると思った。それだけの大金を稼げるとすれば麻薬がらみだろうか」朝倉は岸谷に意見を求めた。

「大きな取引であればそれだけの大金が動くこともあるだろうが、稼ぎ自体が二千万っていうんだろう。ちょっと現実的じゃないな。しかも、その女が聞いていたイワキという男が関わっていたとすれば、稼ぎはそれ以上ということになる。新井はその男を恩人だと言ってたんだろう？」

「そうだ」

「そうであれば、取り分が五分五分とは考えづらい。ふたりでその仕事をやったとしたら五千万、いや、もっと多くの稼ぎになるってことかもしれない。それぐらいの大金を稼げるといえば強盗ぐらいしか思いつかないな。銀行や宝石店を狙って……」

「あの事故があった日にそんな事件は起きていなかった」朝倉は記憶をたどりながら言った。

「じゃあ……事件として表に出せなかったものかな。個人の家や会社から何か貴重なものを盗んだとか。だけど、警察に通報できない事情があって事件として表沙汰(おもてざた)にはならなかった」

「警察は嘘の発表をしている。それにおれに無実の罪を着せてまで事故の真相を隠蔽しようとしたんだ。警察関係者が関わっているのは間違いない」

あの事故にどんな真相が隠されているのかまったく見当もつかないが、それだけは確信を持っている。

「裏から警察に手を回したってことか。となれば、そうとうな大物が頼んだってことだな。奪われたものを取り返すために隠密で捜査に当たっていた。そして新井を捕まえようとして車に発砲し、あの事故が起きてしまった。警察はどうして発砲したのかを説明することができないから、新井が薬物による錯乱によって事故を引き起こしたと嘘の発表をせざるを得なかった。どうだ?」岸谷が得意げな口調で言った。

「なかなかいい線だと思う。警察は事故車や所持品を調べたが、取り返そうとしたものを新井は持っていなかった。だから、新井の交友関係を執拗に調べて、他に仲間がいないかどうか確かめようとした」

「考えたんだが、金や物じゃねえような気がするな」

岸谷の言葉に、朝倉は目を向けた。

「どういうことだ？」

「たとえば新井たちが盗んだものが金や宝石や、もしくは何か他の貴重品だったとする」

「ああ」

「だとしたら、そこまでするかな」

「どういうことだ？」

「相手は裏から警察に手を回せるほどの大物だ。金や物であれば三年もの間、血眼になって捜そうとするかってことだ。金や物であればとっくになくなっている可能性が高いだろう」

たしかに岸谷の言うとおりだ。

朝倉は岸谷から視線を外して窓外に目を向けた。漆黒の闇を見つめながらそれが何であるか必死に想像を巡らせる。

ひとつ閃きがあって、岸谷に視線を戻した。

「昔のあんたの同業者かもしれないな」

朝倉が言うと、岸谷がにんまりと笑った。

「おれも同じことを考えていたよ」

警察に隠密の捜査を頼めるだけの大物が、新井たちから何らかのネタで脅迫を受けていた。そう考えればひとつの線につながるように思える。

「だけど、いくら大物だといっても警察がそこまで協力するかは疑問だ。警察の上層部がどうしても隠しておきたい、隠さなければならないネタなのかもしれない。新井が死んで仲間はビビってどこかに雲隠れしたのかもしれない。だけど脅迫のネタ自体が消えてなくなったわけじゃない。警察はいまだにそれがいつ表に出てくるのかと、もしくはふたたび脅迫されるのではないかと不安を抱いている。だからあんたの娘を誘拐して、それを持っている人物を捜させようとした」

「そうだな」

朝倉は答えながら、その推測に少し違和感を抱いていた。

「どういうネタかわからねえが、警察よりも先にそいつを手に入れられれば娘を取り返すための交渉材料になる。あんたは娘を取り戻し、おれはそのお宝で一生警察をいびりながら楽しく遊んで暮らす。最高だね。とりあえず赤羽に行って、そのイワキという人物を当たってみるか」

「そうだな」

朝倉はデイパックからぬいぐるみを取り出して見つめた。

必ずおまえを救い出す——

たとえ相手がどんな巨大な権力であったとしても。今はあざ笑っているやつらの手から必ず。

ぬいぐるみを見つめながら先ほどの犯人とのやりとりを思い返しているうちに、胸に引っかかるものがあった。

「どうした？」岸谷が訊いた。

「いや……梓を誘拐したのは警察関係者でない可能性を考えてる」

「どういうことだ？」

「さっきの電話で誘拐犯はこう言ったんだ。警察は血眼になっておれのことを捜していると。警察の上層部が誘拐に関わっているのであれば、おれを捜させるようなことはしないんじゃないかと。おれが捕まってしまえば、犯人の要求は叶わなくなる」

「じゃあ、誰がおまえの娘を誘拐したっていうんだ」

岸谷に訊かれ、朝倉はわからないと首を横に振った。

「とりあえず様子を見てるんじゃねえのか。部下にへたな指示を出せば怪しまれると思って。おまえが本当に捕まりそうになったら圧力をかけるつもりかもしれない」

「確かめてみたい」

事故の背後にあった真相を探るよりも先に、梓を誘拐した人物を、自分の本当の敵を見定めることが先決のように思えた。

「確かめるって……いったいどうやって？」

「携帯の電源を入れれば、おれの現在位置はある程度特定できる。捜査員がおれを捕まえに来るかどうかを確かめる」

「は？」岸谷が素っ頓狂な声を上げた。

「もし、いつまで経っても捜査員がおれを捕まえに来なければ、犯人は警察関係者ということじゃないか」

「どこかに携帯を隠しておいて、遠くから捜査員がやってくるか確かめるってわけか」

岸谷の言葉に、朝倉は首を横に振った。

「それではだめだろう。遠くから見ているだけでは近くにいる人間が捜査員であるかどうかきっとわからない。特殊班は相手に気づかれないように人にまぎれるプロだ。近くにいるであろうおれに自分たちの存在を気づかせないように細心の注意を払って行動するはずだ。実際におれの姿を見つけさせて、捕まえようとするところまで確認しなければ、それが捜査員かどうかわからない」

「ずいぶんと馬鹿なことを考えるな。どれだけ危険なことかわかってるのか？」岸谷が呆れたように言った。

「あんたの言うとおりかもしれない。だけど、敵の正体をはっきりさせておかなければ立ち向かう方法も見つからない」

「事情を知らない現場の人間がおまえを捕まえに来るかもしれないぞ」

「方法は考えてある。それにあんたがいなければこんな馬鹿なことも思いつかなかった」

朝倉は岸谷に笑いかけた。

22

目を開けると、ぼんやりとかすんだ視界の中で何かが聞こえているような気がした。徐々に視界が鮮明になるにしたがって、先ほどから耳もとに響いている音がチャイムだとわかった。

奈緒美はソファから起き上がろうとしたが、からだに力が入らず立つことができない。気力を振り絞ってソファから起き上がるとインターフォンに向かった。

時計に目を向けると七時半を過ぎている。こんな朝早くにいったい誰だろう。怪訝に思いながらインターフォンを取ると、「わたしだ。開けてくれ」と父の声が聞こえた。

「お父さん？」

「ああ」

「何なの、こんな早くに」

「とにかく開けてくれ。おまえに話さなければならないことがある」

父の硬い声音に、奈緒美は嫌な予感を抱きながらオートロックのドアを開けた。玄関に行って内側から鍵（かぎ）を開けた。しばらくするとドアが開いて父が入ってきた。

「いったい……」

先ほどの声音以上に硬い父の表情を見て、言葉を詰まらせた。

まさか、梓の身に最悪なことが起きてしまったのではないか。

「深夜に……やつから電話があった」

父の言葉の意味がわからず、奈緒美は首をひねった。

「朝倉からわたしの携帯に連絡があった」

「梓の話じゃないのね」

父が頷いたのを見て、どういうことなのかと訊くよりも先に、安堵（あんど）の溜め息が漏れた。

「真志さんから連絡って……どういうことなの？」奈緒美は訊いた。

「わたしのまわりには警察がいないと思ってかけてきたんだろう」

「いったい何のためにお父さんに」

「わたしに頼みがあると言ってきた」

「どんな？」

「自分は犯人の要求に応（こた）えなければならないから、それまでは出頭するわけにも警察に捕まるわけにもいかないと。だから自分のことを警察に追わせないように、何とか警察の上層部に掛け合ってくれないかと言われた」

退職したとはいえ、父の立場であれば今でも県警の上層部と直接話をすることぐらいはできるだろう。

「犯人からどういう要求をされたのか、真志さんは話したの？」

「訊いたが何も答えなかった。でも今、自分が捕まったら間違いなく梓の命は奪われてしまうと訴えていた」

「それでお父さんは……」

「今朝早く、県警の上層部に朝倉からそういう訴えがあったことは報告した。だが、報告しただけで実際にそうしてくれとは頼んでいない。それからもうひとつ……」父がポケットから紙切れを取り出してこちらに向けた。「警察に内緒でおまえにこれを渡してほしいと言われた」

受け取った紙切れに目を向けると、携帯番号らしき数字が書かれている。

「朝倉の携帯番号ではない。おそらくどこかで新しい携帯を手に入れたんだろう。正午きっかりにここに連絡させてくれと頼まれた。よほどおまえに話したいことがあるようだ。くどいぐらいに頼んできた」

おれたちは三年前を境にわかり合ってはいけない関係になったんだ――

昨日の冷めた言葉とは真逆に思える言動に、奈緒美は違和感を覚えた。

「おまえにそう伝えて必ずかけさせると答えておいた」

「わかった。正午になったらこの電話にかけてみる」奈緒美は紙切れを見つめながら答えた。

「そうしてくれ。ただ、電話をかけてやつが出たらすぐに切るんだ」

奈緒美は父に視線を戻した。意味がわからない。

「あいつに対しては怒りの感情しか湧いてこないが、精一杯の無理をして理解ある義父の演技をしてやった。今までの話はわかった。おまえのことをもう一度信じてやろうと。正午きっかりにかけてくれということは、それまではこの番号の携帯の電源を切っているつもりだろう。自分の居場所を警察に把握されないかと警戒して」

そこまで聞いて、父が真志にそんな演技をした意図を理解した。

真志を捕まえるつもりなのだ――

「ここに来る前に唐木さんと相談した。おまえからいつまで経っても連絡が来ないとなれば、やつは警戒して捜査員が到着する前に携帯の電源を切ってしまうかもしれない。そこでおまえも演技するんだ」

「演技？」

「朝倉に電話がつながった直後に、高橋さんに声をかけさせるそうだ。たとえば施設の入所者が倒れてしまったとか何とか言って……おまえは、大変な状況だから後で必ずかけ直すとやつに言って電話を切るんだ」

真志が奈緒美からの電話を待つため携帯の電源を入れ続けている間に、居場所を特定して捕まえるつもりなのだ。

「そんなの……嫌だよ……」

奈緒美が呟くと、父の表情が一瞬にして険しくなった。

「たしかにあの人はわたしたちにひどいことをした。だけど、こんな騙し討ちみたいなことをするなんてわたしには……」

「何を言ってるんだ」

「それに、もし真志さんの言っていることが本当だとしたら……警察に捕まって犯人の要求に応えられなくなってしまったら、梓は……梓はどうなってしまうのよ！」

父が両手を伸ばして奈緒美の肩をつかんできた。

「いったいどうやったらあいつのことを信じられると言うんだ！」

「お父さんも真志さんが誘拐に関係していると考えてるの？」

「やつは身代金を入れたセカンドバッグを持って行方をくらませているんだ。そう考えざるを得ないだろう。いずれにしてもやつの身柄を押さえるのが先決だ」

「だけど……」奈緒美は首を横に振り続けた。

「おまえが信じたくない気持ちもわからないではない。一時期であっても夫であったわけだし、梓の父親でもある。だけど、このままやつの言い草に付き合っているわけにはいかない。もし、今この瞬間に新しい誘拐事件が発生したらどうなる？　梓の事件に人員を割かれている状態で万全の捜査ができずにその子が死んでしまったらどうするんだ？」

父の訴えを聞きながら、奈緒美は返す言葉をなくしていた。

23

最後のケースをコンビニのごみ箱に入れて、腕時計を見た。十一時五十五分だ。

朝倉は携帯を取り出し電源を入れ、ゆっくりと歩きだした。しばらくすると手に振動が広がり、意外な思いで画面に目を向けた。

固定電話の番号――昨日かけた奈緒美の職場からだ。

「もしもし……」

朝倉は電話に出たが、相手からの言葉はなかった。

「奈緒美か？」

もう一度問いかけた。

「そう」

どんよりと沈んだ声が聞こえた。

「警察に報せてないか」

「報せてない。わたしに話したいことっていったい何？」

尖った声で奈緒美が訊いてきたが、朝倉はそれに答える言葉を用意していなかった。

朝倉に電話を待たせている間に居場所を特定しようとするのではないかと考えて、電話は来ないだろうと想像していた。

何か話さなければと思って口を開こうとしたときに、「安本さん、大変です！」と女性の声が聞こえた。

「ちょっと待って」

それからしばらく無音になった。

「ごめんなさい。入所しているおばあちゃんの様子がおかしいって……後でかけ直す」

狼狽したような奈緒美の声が聞こえて、電話が切れた。

携帯を見つめながら、朝倉は溜め息を漏らした。

計画どおりに事が動いているのを確認しながら、奈緒美に騙されたのだという寂しさが胸にこみ上げてくる。

「女房からの連絡か？」

耳につけたイヤホンから岸谷の声が聞こえた。

「元女房だ」

朝倉はイヤホンのコードについたマイクに向かって答えた。

「おまえもいちいち細けえなあ。どうだっていいだろう。それで何て言ってたんだ？」

「緊急の事態になったから後でまたかけ直すと言って電話を切られた」

「フラれちまったってわけか。相手がおまえの居場所を特定してそこにやって来るまでどれぐらいの時間がかかると思う」

「はっきりとはわからないが、一時間から二時間ぐらいの間だろう」朝倉はだいたいの目安を告げた。

「そうか。少し予行演習をしておいたほうがいいな」

岸谷の声に、朝倉は道路の向かい側に屹立するサンシャイン60を見上げた。

「おれのことが見えるか」朝倉ははるか先にある最上階を見つめながら訊いた。

「ああ、バッチリだ。あんたが今いるアニメショップがあるブロックと、道路を挟んだ隣のブロック、そしてその奥にある公園のブロックまではだいたい捕捉できる。試しに歩いてみてくれ」

岸谷に言われて、先ほどケースを置いていったルートを歩いた。

自分で言い出したことだが、これから起こることを想像すると足がすくみそうになる。

捜査員をこの周辺におびきだし、朝倉を捕まえようとするかどうかを確認して逃げる。

そんな無謀とも思える計画を成し遂げるために、朝から準備をしていた。

神奈川県警の捜査員にとって土地勘が薄く、なおかつ人ごみにまぎれやすい、朝倉にとって地の利がある場所ということで池袋を選んだ。

そして岸谷がサンシャイン60の展望台に向かっている間に、朝倉はふたりで製作したトラップをごみ箱や公園の植え込みなどに仕掛けた。

絶対に警察に捕まるわけにはいかない。

「さっき曲がったところからそこまではビルの死角になってよく確認できない。それ以外は大丈夫だ。公園の前は左側を歩いてくれ」

岸谷の声が聞こえた。

「わかった。気をつける。あんたのほうは大丈夫か？」

「平日のこんな時間におっさんひとりでじっと双眼鏡を覗いてるんだから、怪しまれねえほうがおかしいだろう。さっきからカップルがじろじろとこっちを見てやがる。どっかの家を覗き見してんじゃねえかって警察に通報されねえよう祈っててくれ」

岸谷の軽口に、強張っていた頬が少し緩んだ。

できるかぎりの準備は整えた。あとは警察の上層部に、正隆に言ったことが伝わっているかどうかだ。

「そろそろショータイムだ」

岸谷の声が聞こえて、朝倉は立ち止まりデイパックからぬいぐるみを取り出した。

お父さんのことを守ってくれ——

心の中で呟いてぬいぐるみをデイパックに戻すと、朝倉は歩きだした。

「おまえの十メートル背後に若い男がついてきている。見たところ怪しそうな感じはしないが、携帯をいじりながら歩いてる」

岸谷の声を聞いて、朝倉はさりげなさを装いつつ立ち止まった。

後ろから来た若い男は朝倉に気を留めることなく携帯を見ながら歩き去っていく。

「ちがうようだな。正面からおまえに向かって歩いてくる男女がいる。男はスーツに眼鏡、女もスーツで書類かなんかを見ながら何か話してる。いかにもって感じがする。気をつけろ」

朝倉は歩きだした。しばらくすると岸谷が言っていた男女がこちらに向かってくるのが見えた。男と目が合ったが、すぐに朝倉から視線をそらして隣の女に向けた。朝倉は男女とすれ違い、そのまま振り返りたい衝動を抑えて歩いていく。

「どうだ?」朝倉は訊いた。

「特に怪しい動きはない。そのまま大通りに出てタクシーを拾おうとしてる」

岸谷の言葉を聞いて、それまで激しく振動していた鼓動が少し鎮まった。

「二十メートル先の右手からイヤホンをした男がその道に向かってる」

歩いていくと右手の路地からキャップをかぶった男が出てきた。ちらっと朝倉のほうを見てこちらに向かってくる。イヤホンをしながらぶつぶつと口を動かしている男とすれ違った。

「イヤホンの男はどうだ」

「たしかに口を動かしているな。だが、どこかに連絡しているようには見えない。いや……正直なところ判断がつかない。警戒してくれ」

「やっぱり犯人は警察関係者のようだな」

岸谷の声に、朝倉は腕時計に目を向けた。三時を過ぎている。

携帯の電源を入れてから三時間以上経っていた。この時間まで捜査員らしき人間が現れないということはそうなのかもしれない。

「さすがに集中力が途切れそうだ。そろそろ引き上げたほうがいいんじゃねえか？」

「そうだな……」朝倉は腕時計から正面に視線を戻しながら言った。

向こうから肩幅の広いスーツ姿の男が歩いてくる。眼鏡の奥の目とちらっと視線が交わった。男はかすかに視線をそらし、左側に移動しながら朝倉とすれ違った。

嫌な予感を噛み締め、そのまま歩いていく。

「今すれ違った男……左耳にワイヤレスのイヤホンをつけてる」

右耳にはイヤホンなどつけていなかったのを思い出して、心臓が激しく波打っている。

「男が自販機の横に行って止まった。おまえのほうを見てる」

朝倉は走り出したい衝動をこらえ、それまでと変わらない速度で足を進めた。

「右腕を顔のほうまで上げた。時計を……いや、時計じゃない。袖口を口もとに持っていった。無線みたいだ」

朝倉は立ち止まった。ポケットに手を突っ込んでスイッチを取り出し、ゆっくりと振り返った。

十メートルほど先にある自販機を見つめる。

自販機の陰から男が飛び出してきた瞬間、朝倉はそちらに背を向けて駆けだした。

「朝倉――！」

すぐ背後から叫び声が聞こえる。

　朝倉は全力で走りながら手に握ったスイッチのボタンを押した。あたりからいくつかの破裂音が聞こえて振り返った。

　仕掛けていた爆竹の音に怯んだように、男が足を止めて身を伏せた。男が呆然とあたりを見回している間に、朝倉は路地に入った。右に左に路地を曲がり、建物と建物の隙間に身をひそめた。

「どうだ?」

　朝倉は奥のほうに置いてあるごみ箱に向かいつつ、岸谷に呼びかけた。

「何人かが血相を変えたようにそっちに向かってる。ちょっと待ってくれ」

　ごみ箱のふたを開けて中に入っているバッグを取り出した。

「ジージャンに黒いミニスカートの髪の長い若い女……あきらかにホームレスに見える白髪にひげ面の男。片手に傘を入れたぼろい袋を持ってる」

　岸谷からの報告を聞きながら、朝倉はデイパックをおろして上着を脱いだ。ネクタイを外しシャツを脱ぐ。

「あと……スーツを着た会社員風の男がふたり。ふたりともダーク系のスーツだが、ひとりは水色っぽいシャツでノータイ。茶色い鞄を持ってる。もうひとりは白いシャツに黄色のネクタイ。あと、ヤンキースのキャップをかぶった男。灰色っぽい柄物のシャツにジーンズ……白いスニーカーを履いてる。おれが確認できるのは以上だ……」

「わかった」

朝倉は革靴とスラックスを脱ぎ捨てた。半袖半ズボンの自転車用のウエア姿になると、バッグからスニーカーとヘルメットとサングラスを取り出して身につけた。バッグと着ていた服と靴をごみ箱に入れてデイパックを背負う。

建物の隙間から出ると、あたりの様子を窺（うかが）いながら歩きだした。自転車は少し先の大通り沿いの歩道に停めてある。

歩道を行き交う人たちをすり抜けて自転車に向かった。

少し先に、歩道の真ん中で立ち止まっている男の背中が目に留まり、からだが強張（こわば）った。紺色のキャップをかぶり灰色の柄物のシャツにジーンズ姿だ。足もとに視線を向けると白いスニーカーを履いている。先ほど岸谷が言っていたのと同じ服装だ。

男はこちらに背を向ける格好で、首を巡らせて何かを探しているようだ。

自転車は男がいるところから五メートルほど先に停めてある。このまま進むべきかどうかと迷っていると、男がこちらを振り返った。

サングラス越しに男と目が合って、朝倉は愕然（がくぜん）とした。

唐木は朝倉に気づかないようで、すぐちがうほうに顔を向けた。

ここで踵（きびす）を返せば怪しまれると思い、朝倉はそのまま歩いた。唐木の横をすり抜けて自転車に向かう。

焦る気持ちがあったが、落ち着けと心の中で念じながらガードレールに巻きつけた鍵を外した。唐木のほうをちらっと見たが、こちらを気にしている様子はない。自転車に乗るとペダルを漕いで車道に出た。唐木の横を走り抜けると溜め息が漏れた。

初めて乗るタイプの自転車なので漕ぎ出したときは不安だったが、少し走らせているうちにコツがわかってきた。

「おい……大丈夫か？」

イヤホンから岸谷の声が聞こえた。

「ああ。うまくまいた」朝倉は答えた。

「おれも車に乗ったところだ。今どこにいる？」

「五号線の下を通って跨線橋に向かってる。線路を渡って反対側に出たら川越街道に行けばいいか？」

「川越街道の熊野町交差点の少し先にルーディーズってファミレスがある。そこの駐車場で落ち合おう」

「わかった」

跨線橋に向かう急な坂を足に力を込めて上っていく。後ろから次々と車が抜き去っていった。

ようやく坂を上り切りスピードを上げて跨線橋を渡っていると、一台の黒いセダンが朝倉を追い抜いた。

セダンは朝倉のすぐ目の前で左に寄せてくると急停車した。ブレーキを踏んだが間に合わず、セダンの後部に突っ込んでガードレールを乗り越え、歩道のアスファルトに倒れ込んだ。

車のドアが開く音がして、朝倉は顔を上げた。運転席から出てこちらに向かってくる男を見て、すぐに立ち上がった。

跨線橋の柵のほうに向かって乗り越えようとしたが、ためらって足を止めた。下まで五、六メートルの高さがあるだろう。

「動くな——」

叫び声に振り返った朝倉は、目の前の光景にぎょっとした。

唐木がこちらに拳銃を向けている。

「ひさしぶりだな」

朝倉が声をかけても、唐木は表情ひとつ変えなかった。じっと射貫くような眼差しで朝倉を見据え拳銃を向けている。

「せっかくの自転車がパーになってしまったな。でも、今日しか使わないからいいだろう。そんな一丁前の格好をしていても乗りかたを見れば素人だとわかる」

「少し練習しておくべきだったな」朝倉は唐木を見つめながら返した。

「おまえはいったい何を探ってるんだ。誘拐犯から何か要求されて動いてるらしいが、それはいったい何なんだ！」

「おまえたちはおれが自分の娘を誘拐したと思ってるんだろう」

「いろんな可能性を探るのが捜査の鉄則だ。さあ、正直にすべて話せ！」

唐木が引き金に指をかけたのを見て、朝倉は両手を上げた。だが、唐木に拳銃を下ろす気はないようだ。拳銃を向けたままガードレールを乗り越えて歩道に入った。

「拳銃を下ろしたらどうだ。丸腰の人間にそんなものを向けてるところを誰かに見られたら後々問題になるぞ」

「素手なら勝てると思ってるんだろう。むかつくやつだ」

唐木は拳銃から左手だけを離すとポケットに手を入れた。手錠を取り出してこちらに投げる。

「後ろ手にかけろ」

朝倉はちらっとあたりに視線を配った。先ほど自分が上ってきた坂から一台の車がこちらに向かってくるのが見えた。

「早くしろ！」唐木が苛立ったように叫んだ。

朝倉はその場にしゃがみ込むと地面に放られた手錠を手に取った。そのまま顔を上げる。

唐木は銃口をこちらに向けていた。

次の瞬間、激しい衝突音が響いて、唐木が驚いたように後ろを振り返った。

唐木の乗っていたセダンの後部に岸谷の運転する車が突っ込んだのだ。

唐木の視線がそれた隙に、朝倉は立ち上がって跨線橋の柵に足をかけた。線路脇の草むらに向けて飛び降りた。

地面に手をついた瞬間、左手に激痛が走った。痛みに耐えながらすぐに顔を上げると、唐木が憎々しげな表情でこちらに拳銃を向けている。

朝倉はとっさに唐木から死角になる場所に駆けだした。


「痛てぇッ――」

春日に左手首を指で押さえられ、朝倉は絶叫した。

「レントゲンはないからはっきりとは言えないがおそらく骨折はしていない。動かすと痛むからしばらく添え木をしてろ」春日がそう言って椅子から立ち上がった。

段ボールの切れ端を持って戻ってくると、朝倉の手首に当てて包帯を巻き始めた。

「それにしても、ずいぶんと無茶をしたものだな」

呆れるように言った春日に、朝倉は苦笑で返した。

「おかげでひとつ確認ができた」

「警察関係者があんたの娘を誘拐したんじゃないってことか」

朝倉は曖昧に頷いた。

「百パーセントそうだとは言いきれないかもしれないが……その可能性が高いだろう」

「じゃあ、誰が誘拐した？」

「わからない。だが、事故の真相を知りたがっている人物か、真相が漏れることを恐れている人物のどちらかだろう」

「これからどうするんだ」

「とりあえずジンレイから聞いたイワキという男を捜す」

「あの男とか?」春日がドアのほうに視線を向けて言った。

「そうだ」

「あの男はおれともあんたともちがう種類の人間だぞ。たぶんな……」

諭すような目で見つめてくる春日に、朝倉は頷き返した。

だが、岸谷に助けられなければ自分は今頃警察に捕まっていた。

岸谷は唐木が乗っていた車に体当たりするとそのまま走り去ったという。すぐ近くで車を乗り捨てると、朝倉に連絡を取って池袋からひとつ隣の北池袋駅で落ち合った。

「何か手伝えることはあるか」

「これでじゅうぶんだ。あんたにはあんたの人生がある」

朝倉はそう言って立ち上がるとドアを開けた。岸谷が待合室の床に積み上げられた家電製品の箱を見ている。

「なあ、先生よお。いろいろとおもしろいものがあるじゃねえか。よそよりも高く買い取ってやるよ」岸谷が春日に目を向けて言った。

「けっこうだ。ビールの一杯ぐらいならご馳走してやる。飲んで行ってくれ」

「いや、そんな時間はない。ありがとう。二度と会うことはないと思うが元気でな」朝倉は春日に言って、岸谷に目配せすると玄関に向かった。

二度と会うことはないと思う——

どうしてそんなことを言ったのかと自分でも不思議だった。生まれて初めて銃口を向けられた衝撃を引きずっているのだろうか。それとも朝倉を見つめる唐木の血走った眼差しに何か尋常ではないものを感じたからか。

おまえはいったい何を探ってるんだ――

唐木の言葉を脳裏によみがえらせながら、朝倉はドアを開けた。

朝倉は二回、そして三回とドアをノックした。しばらく待つとドアが薄く開いてジンレイが顔を覗かせた。

「どうしたの？」

朝倉の顔を見ると、ジンレイが少し安心した顔になってさらに大きくドアを開いた。朝倉の左手に巻かれた包帯が気になったようで、ジンレイが目で問いかけてくる。

「たいした怪我じゃない。ひとつ頼みがあって訪ねてきたんだ」

「何？」

「彼の写真を貸してほしい。あるかな？」

どうしてそんなものが必要なのかと、ジンレイが少し訝しげな表情になった。

「これからきみが聞いたイワキさんを捜そうと思ってる。新井さんの写真を見せながら訊ね回ったほうが見つけやすいだろう」

「イワキさんというひとがカンケイしてるの？」ジンレイの表情が硬くなった。

「それはまだわからない。だけど、あの事故に至った原因を何か知っているんじゃないかと思う。新井さんは亡くなる一週間ほど前に、二千万円が手に入る仕事をすると言っていて、その頃にイワキさんと交流があった。そして警察は、新井さんが薬物を摂取し錯乱状態に陥って事故を起こしたと嘘の発表をした。イワキさんを見つけることが、彼が誰に、どうして殺されたのかを知る手がかりになる」

ジンレイが頷いて奥の部屋に向かっていった。すぐに戻ってきて朝倉に写真を差し出した。

どこかのベンチでジンレイと一緒に写っている写真だ。男の膝の上に赤ちゃんがいる。何度か写真で新井の顔を見たことがあるが、それらのものとはまったく印象のちがう穏やかな笑顔を向けている。

「きみとスーちゃんのことは見せないようにする。コピーしたら一階の郵便受けに写真を入れておくから」

朝倉は写真をポケットに入れると、代わりに取り出したものをジンレイに渡した。

ジンレイがお守りを見つめながら首をひねっている。

春日の診療所を出ると、少し足を延ばして神社に寄ってからここに来た。

「スーちゃんが元気になるお守り」

気休めにしかならないかもしれないが、何もせずにはいられなかった。

「ありがとう」

朝倉はジンレイに頷きかけると階段に向かった。アパートの外で待っていた岸谷がこちらに顔を向けた。

「あったか？」

朝倉は頷いて歩きだした。

近くのコンビニで写真を何枚かカラーコピーし、アパートに戻って郵便受けに入れた。

「それにしても警察関係者じゃないんだとしたら、あんたの娘を誘拐したのはいったい誰なんだろうな」

岸谷の言葉に、朝倉は目を向けた。

わからない——

敵の正体を少しでも見定めたいという思いであんな危険な真似をしたが、警察関係者ではないとしたらいったい誰が、事故直前の新井を知っている人物を炙り出そうとしているのか。

「昨日話したように、新井が持っているものを取り返す過程で事故死したのだとしたら、それをもともと持っていた人物が誘拐したのかもしれないな。何とかしてそれを取り返そうと、おまえに情報を集めさせるために」

「協力関係にあるはずの警察とは別に動いているってことか？」

朝倉が言うと、岸谷が曖昧に頷いた。

「隠密に捜査をすることまでは協力できたとしても、さすがに警察関係者が誘拐しようとまで考えるかな」

　たしかに朝倉を捕まえようとするのは、誘拐犯の思惑とは正反対の動きだ。それに、朝倉が警察から逃げている理由も現場の指揮を執っている唐木は知らなかった。

　それにしても、唐木はどうしてあそこにいたのだろう。お互いに顔を知っているから捜査要員として適さないはずだ。

　考えられることがあるとすれば、唐木自身、もしくは唐木の指示を絶対として動く捜査員の手で朝倉を捕まえる必要があったのではないかということだ。

　それはどうしてだ。

「いずれにしても、イワキという人物が何をしようとしていたのかがわかれば、誘拐犯の手がかりになるはずだ。車は借りないで、電車で向かったほうがいいだろうな」

　先ほど衝突させた車を借りたときに提出した免許証は偽造のものらしいが、岸谷の写真はすでに各レンタカー会社に回っていると考えたほうがいいだろう。

　だが、警察から追われている身であることを考えれば、できるかぎり電車などは使いたくない。それにこれから誘拐犯と渡り合わなければならないとなると、公共交通機関以外に足となるべきものを確保しておいたほうがいいのではないか。

「免許証を偽造するのにどれぐらい時間がかかる」

　朝倉が訊くと、岸谷が足を止めて意外そうな顔を向けた。

「急ぎでやれば二時間ぐらいでできるが……まさかあんたの偽造免許証を作るというの

か？」

　朝倉は頷いた。

「名前や生年月日を変えたとしても、あんたの写真だってきっと出回ってるんじゃねえか」

「そうかもしれない。だけど足は必要だ。それなりの変装をしなければならないだろうが……」

「いずれにしても川崎に戻らなきゃ材料がない」

「ああ。あんたに免許証を偽造してもらっている間に、おれも向こうでやりたいことがある」

「やりたいこと？」

　朝倉はある決意を持って頷くと歩きだした。

24

　奈緒美は不安な気持ちでトイレのドアを見つめていた。

　先ほどまで一緒に仕事をしていた千春のポケットから振動音が聞こえると、すぐに施設のトイレに駆け込んでいったのだ。きっと唐木か、捜査本部からの連絡だろう。

　真志は警察に捕まったのだろうか——

ドアを見つめながらじりじりしていると、ようやく千春が出てきた。奈緒美がどんな話をしていたのかと目で問いかけると、千春が階段のほうに目配せした。二階に上がって空き室になっている部屋に入っていった。

「唐木さんからですか？」奈緒美はドアを閉めるとすぐに千春に問いかけた。

「ええ」

「あの人は……」

「朝倉さんの姿を確認したけど逃げられたそうです」

その言葉を聞いて、どんな感情を抱けばいいのかわからなかった。

「安本さんにとってはグッドニュースでしたか？　それともバッドニュースですか？」

奈緒美の心情を見透かしたように千春が訊いてきたが、言葉を返すことができない。

「電話口で唐木は怒り心頭でした。唐木はあと一歩というところまで朝倉さんを追いつめたみたいですけど、自分の車にレンタカーを激突されて、その隙に逃げられてしまったみたいです」

そう言った千春の表情に、捜査員としての悔しさは窺えなかった。

「そのレンタカーは近くに放置されていて借主を調べましたが、偽造免許証を使って借りたものだったそうです。ただ、写真から岸谷勇治だと思われます」

七年前に恐喝容疑で逮捕された真志の共犯者と見られている男だ。

「あの人に逃げられて……高橋さんは捜査員として悔しくないんですか？」奈緒美は先ほ

どから抱いている違和感を口にした。

「どうでしょうね……」

　千春が言葉を濁して奈緒美から視線をそらした。何かを思い巡らすように室内に視線を這わせて、ふたたび奈緒美に向き直った。

「わたしの任務はお嬢さんを無事に救出することと、誘拐犯を捕まえることです。そのために尽力するのがわたしの務めだと思っています。ただ、本部の考えに必ずしも同調できるとはかぎりません。こんなことを言っていたのが上にばれたら飛ばされてしまうでしょうが」

「あの人は誘拐に関わっていないと高橋さんは思っているんですね」

　奈緒美が言うと、千春が頷いた。

「同僚としてあなたのことを認めてくれた人だからですか？」奈緒美はさらに訊いた。

　ふたりの間にどんな信頼関係があったのかは知らないが、どうしてそこまで真志の肩を持てるのかが不思議だった。

「誤解しないでくださいね。別に朝倉さんとはそういう関係ではありませんから。朝倉さんは奥さんとお嬢さん以外の女性に見向きもしない男性でした」千春が笑うように言った。

「別にそんなふうには思っていません。ただ、不思議なだけです。本部としてはあの人が誘拐に関わっていると考えているのでしょう？」

　千春が頷いた。

「どうして高橋さんだけがそう思えるのかが……」

「至って単純な疑問です」

「単純な疑問？」奈緒美は訊き返した。

「そうです。わたしは三ヶ月前に特殊班に入ってきたと話しましたよね。長い間同じ組織の中にいれば疑問に感じなくなることでも、新人のわたしには引っかかることがあったんです。この事件の捜査に関しては……」

「どういうことですか」

「朝倉さんから誘拐犯を捕まえるために協力を求められていた、戸田純平という青年の話を聞きましたよね？」

奈緒美は頷いた。

「取り調べに当たった捜査員にそれとなく戸田が話したことを聞くと、朝倉さんは池袋のコインロッカーから身代金を取り出した男が誘拐犯だと思い追跡したそうです。その過程でセカンドバッグは他の男の手に渡り、高田馬場のコインロッカーに入れられました。朝倉さんはその男を捕まえたそうですが、誘拐犯とは関係のない麻薬の売人だったそうです。誘拐犯はその男と麻薬の取引をしていて、一千万円の身代金は覚醒剤に換わって高田馬場のコインロッカーに入れられたと」

「どういうことでしょうか？」

初めて聞く話に思考がついていかなかった。

「男の言ったとおりにセカンドバッグの中には覚醒剤が入っていたそうです。朝倉さんはそれを排水路に捨ててその後すぐに家に帰れと言ったと、戸田は話していました」

「どうして一千万円が覚醒剤に換わったんですか」

「はっきりとはわかりません。ただ、戸田が話したことが本当であるとすれば、麻薬の売人は囮に使われたのでしょう」

奈緒美は首をひねった。そこまで聞いてもまだ意味がわからない。

「組対課にいたときに、メールとコインロッカーを使って麻薬の売買をしているという話を聞いたことがあります。誘拐犯は安本さんが警察に通報している可能性を考えて、麻薬の売人に一千万円の取引を持ちかけた。誘拐犯はいろいろと指示を出しながら身代金の受け渡しをするように見せかけて、途中で麻薬の売人からのメールを安本さんに送り、一千万円を池袋のコインロッカーに入れさせたとは考えられないでしょうか。もし、安本さんが警察に通報していたとしたら、捕まるのは麻薬の売人です」

そういえば、池袋に行けという指示からそれまでの文面とちがい命令口調になっていた。

「紙幣が覚醒剤に換わっても金銭的な価値はそれほど変わらないでしょう。もっともそれをさばくルートは必要ですが」

「でも、犯人はけっきょく取りに来なかったんですよね」

「ええ、そこがわからないところですが……」

犯人から要求があった。犯人の狙いは金じゃない――

真志が言った言葉が脳裏によみがえってきた。

「唐木さんは覚醒剤の話について何もおっしゃっていませんでした」奈緒美は言った。

「はなから戸田の言うことなど信じていないのでしょう」

信憑性のない話で検証しても意味がないと切って捨てていたのを思い出した。

「戸田は朝倉さんが覚醒剤を捨てたという場所を話しています。もしその話が本当だとしたらほとんどは水に流れてしまっているかもしれないけど、溝蓋の上から捨てたと言っていることから覚醒剤が付着している可能性がないともいえない。だけど、少なくともわたしのところにはそれ以降そのことに関する報告はありません。前線本部の捜査員の誰もがその話に触れることもしません。戸田がそういう供述をしていることも知らないのでしょう」

「あの人の共犯者にちがいないから、戸田さんの話はまったく取り合ってもらえなかったということですか？」

「そうでしょうね。でも、まったく裏を取らないというのはわたしには理解できません」

「誘拐犯に自分たちの存在を気づかれてしまうかもしれないと警戒して、裏を取っていないとは考えられない？」

「何を警戒することがあるんですか。本部は朝倉さんが犯人であることを疑っていないんですよ。安本さんが話したことで、朝倉さんはすでに警察が誘拐事件の捜査をしていることを知っている」

たしかにそうだ。

「あの人が犯人でなかったとしたら、捜査はどうなってしまうんでしょうか」奈緒美は悲痛な思いで訴えた。

そんな捜査方針で、もし真志が犯人でなかったとしたら、梓を無事に救出して犯人を捕まえることなどできるのだろうか。

「わかりません。正直なところ、上層部がどのように考えているのかは……」

千春の顔を見つめながら、ふいに真志が言った言葉が脳裏によみがえってきた。

ひとつだけ言えることがあるとすれば、警察を信用するな――

あれはどういう意味だったのだろう。

これからは警察でも、父親でも、元夫でもなく、自分の感覚だけを信じて行動するんだ――

その言葉の意味を必死に探ろうとした。

「もうひとつ理解できないのは……」

千春の言葉に我に返って、奈緒美は目を向けた。

「朝倉さんを捕まえるために唐木が現場に向かったことです」

すぐには理解できなかったが、その意味に思い至った。特殊班の捜査は隠密に行動するのが鉄則だ。警察学校の同期で真志と顔見知りの唐木が自ら現場に赴くことの理由がわからない。

「安本さん、お電話が入っています――」

館内アナウンスが聞こえて、奈緒美は千春に目を向けた。

奈緒美は部屋を出て事務所に向かった。事務所に入ると同僚の木村が休憩をとっていた。会話を聞かれたくないが、出て行ってくれとは言えない。

奈緒美は受話器を取ると、「お待たせしました。安本です」と声を絞り出した。

「おれだ」

真志の声が聞こえた。

「今ちょっと取り込み中でして……折り返しお電話をさせてもらってもいいですか」奈緒美は受話器に向かって言った。

「近くに人がいるなら声を出さなくていい。おれの言うことだけ聞いてくれ」

奈緒美にもどうしても言わなければならないことがある。真志が誘拐犯でないなら、警察に出頭して自分の無実を訴えないかぎり、真犯人への捜査はされないということだ。

「すぐに電話をかけ直しますから。今度は必ず」

「きみが最初に行かされた戸塚町公園の砂場の前にあるベンチに唐木を呼んでくれ」

まったく予想していなかった言葉に、奈緒美は戸惑った。

「聞いてるか？」

真志の鋭い声が耳に響いた。

「……唐木さんを？」

「そうだ」

「どうして……」

「戸塚町公園の砂場の前にあるベンチだ。できるだけ早く。じゃあ……」

「待って！　どうしてもお話ししなければならないことが……」そこまで言ったところで電話が切られた。

奈緒美に罠にはめられたから、逆探知を仕掛けられていると警戒しているのだろう。

唇を嚙み締めながらしばらく受話器を見つめていると、後ろから木村が「どうしたの？」と訊ねてきた。

奈緒美は「何でもないです」と答えて受話器を下ろすと事務所を出た。すぐに千春が近づいてきた。

「誰からですか？」緊迫した表情で千春が訊いてきた。

「あの人だった……」

「朝倉さん？」

「犯人から最初に指示された戸塚町公園の砂場の前のベンチに唐木さんを呼んでくれと……できるだけ早く」

「どうして……」千春が首をひねった。

「わからない。それだけ言ってすぐに切られてしまった」

「それが、朝倉さんがあなたにどうしても話したいということだったんですか？」

「そんなことはないと思う」

真志が父に頼んでまで奈緒美に何を伝えようとしていたのかも気になっているが、けっきょくそれもわからないままだ。

「とりあえず唐木を呼び出して唐木に連絡してきます」千春が奈緒美のもとを離れてトイレに向かった。

唐木を呼び出して真志はいったい何をしようというのだろう。その場で考え続けたが、まったく見当がつかない。

「唐木に報告しました。すぐに向かうそうです」

千春の声に我に返り、奈緒美は顔を上げた。

「戸田さんとお会いすることはできないでしょうか」

奈緒美が言うと、千春が意味を測りかねたようにじっと見つめ返してきた。

「戸田さんとどうしてもお話ししてみたいんです」

戸田から直接話を聞くことで、真志が誘拐に関わっているかどうかを見定めることができないだろうか。真志が誘拐に関わっていないと確信が持てれば、奈緒美の口から父や唐木たちを説得して真犯人への捜査に向かわせることができるかもしれない。

「一応、唐木に訊いてみます。ただ……」千春が言葉を濁した。

「できれば唐木さんが関わらない形で会いたいんです」

真志が誘拐犯だと考えている唐木が関われば、冷静な判断ができなくなってしまう恐れがある。

「戸田は勾留されているわけではありません。ただ、捜査員から二十四時間態勢でマークされているはずです」

「やはり難しいでしょうか……戸田さんと話ができれば、あの人が誘拐に関わっているかどうかはっきりするかもしれません。せめて電話番号でもわかれば……」奈緒美は千春の目を見つめながら訴えた。

千春が顔を伏せて考え込むように唸った。やがて溜め息をつくと顔を上げた。

「わかりました。何とかしてみましょう……」千春の表情が曇っている。

「そのことが本部に知られてしまったら、髙橋さんは何らかの処分を受けることになるんでしょうか」

「そうなるかもしれません。ただ、気にしないでください。安本さんが疑問に感じたことがあったら、今日わたしが話したことも含めて唐木にぶつけてもらってけっこうです。もしそれでわたしが処分されるというなら、そんな組織はこちらから願い下げです」千春が強い眼差しを向けて言った。

「ありがとうございます」

「朝倉さんには昔仕事で何度か尻拭いをしてもらったことがあります。けっきょく借りを返せないままだったので。番号がわかったらパソコンのメールに連絡します。家の電話を使ったら本部の連中に知られてしまうので気をつけてくださいね」

自分の携帯は手もとにない。仕事が終わったら新しい携帯を用意しなければならない。

「わかりました」

25

朝倉はエレベーターを降りると廊下を進んだ。廊下の一番奥にあるドアを開けると外階段に出て半階下の踊り場に向かった。

あたりは薄闇に包まれていたが、警戒して外階段の壁に身を隠すようにしゃがむと、デイパックの中から録画機能が付いた双眼鏡を取り出した。壁から顔だけを出して双眼鏡を覗き込む。

外灯のすぐそばにある砂場の前のベンチがはっきりと見えた。公園からこのマンションまで百メートルもないだろう。もっと遠くの建物にしたかったが、双眼鏡ではこの距離が限界だ。

唐木は間違いなくやってくるだろう。だが、それがいつなのかはわからない。

こんなところから双眼鏡を覗き込んでいる男を怪しんで警察に通報されないともかぎらないが、十三階の階段を行き来する住人がいないことを祈るしかない。

池袋のときのように岸谷に頼みたい思いもあったが、これぱかりは自分で確認するよりしかたがない。

自分でなければ、表情や癖から唐木が考えていることが察せられない。

しばらくその場で待っていると、公園の入り口に一台の車が停まった。

助手席のドアが開いて中から背広姿の男が出てきた。そのあたりは外灯が乏しいから顔ははっきりしない。男が公園に入ると車が走り去っていく。男が砂場のほうに向かって歩いてくる。外灯の下を通って顔があらわになった。

唐木だ——

唐木はベンチの前で立ち止まるとあたりを見回した。

表情は窺えるが、他の捜査員と連絡を取るためのイヤホンやマイクをしているかどうかまでは確認できない。

朝倉はもどかしい思いを嚙み締めながら時間が流れるのを待った。

すぐに電話をかけてしまっては、朝倉が近くにいることを悟られてしまう。

十分ほどすると唐木が苛立ったような表情になり、さらにベンチに近づいた。こちらの思惑どおりにベンチに座ったので、朝倉と向き合う形になった。

さらに十分ほどすると背広のポケットから煙草を取り出して吸い始めた。

朝倉は唐木の姿をじっと見つめながら心の中で問いかけた。

おまえはあのときのように組織のために魂を売ってしまったのか——？

五本目の煙草を捨てて靴で踏み消したのを見て、朝倉はポケットから携帯を取り出した。

双眼鏡の録画ボタンを押すと、携帯を操作して電話をかけた。

ベンチに座った唐木が一瞬肩を震わせて腰を浮かした。あたりを見回しながら見当をつけたようにベンチの下を覗き込んで手を差し入れた。

「出頭しようという割にはずいぶんと凝った真似をするな」

携帯を耳に当てこちらを向いた唐木を見つめながら、あざけるような声を聞いている。

「出頭するつもりはない。おれは警察に捕まえられることは何もしていないからな」

「やましいことがないというなら、どうしてこそこそ逃げ回ってる」唐木がベンチに座った。

「やらなきゃいけないことがあるからだ」

「女房……いや、失礼。元女房に言った、誘拐犯から何かを要求されているなんてたわごとをまた持ち出すつもりか」

「そうだ」

朝倉がきっぱりと言うと、唐木の表情がわずかに変わった。

「誘拐犯からの要求とはいったい何だ。与太話だろうが聞くだけは聞いてやる」唐木が鼻の頭を指でかきながら言った。

自分が求めていたカードが回ってきたときによくしていた癖だ。

「その話は後だ。もっとも、おまえがこれからの質問に正直に答えればの話だがな」

「質問？」唐木が小首をかしげた。

「どうしておまえがあの場にいた」

沈黙が流れた。

「おれはおまえの顔をよく知っている。そのおまえがどうしてあそこにいたんだ。おまえの姿を見たらすぐに逃げられると思わなかったのか」

「同期の情けだ」

「情け？」朝倉は訊き返した。

「そうだ。おまえは県警のすべての警察官を敵に回してる。あんな事件を起こしてクビになったうえに、自分の娘を誘拐して県警の信頼を完全に崩壊させようとしているんだからな。捕まったらさぞかし手荒な扱いを受けることになるだろう。同期の情けでそれを諫めてやろうと思ったんだよ」

「おれに対してそんな情けがあるというのか」朝倉は冷ややかに言った。

「おまえに対する情けというよりも、元女房に対する同情だ。一時期であっても愛し合って結婚した元夫がボロ雑巾のような形で警察に連行されたとあっては、奈緒美さんがあまりにも哀れだろう。おまえみたいな男と離婚して正解だ。安心しろ。おれが代わりに面倒を見てやる。この捜査をきっかけにしてな」

唐木の挑発に視界がぶれて、相手の表情がはっきりと捉えられなくなった。

「おまえには女房がいるだろう」朝倉は気を取り直して言った。

梓と同年代の息子と、さらに小さな娘がいると風の便りに聞いていた。

「三年前に別れたから関係ねえよ」

「奇遇だな」

唐木が唇を引き結んだ。余計なことを言ってしまったとでも思っているのだろうか。

「あのとき手錠をかけていたとしたら、おれをどこに連れて行くつもりだったんだ」朝倉は訊いた。

「署に決まってるだろう」

「本当か？　おまえは警察の上層部の誰かに命じられて、誘拐捜査とは関係ない形でおれをどこかに引っ張りたかったんじゃないのか。だからこそおまえ自らの手でおれを捕まえる必要があったんだろう」確信はなかったが、断定する口調で言った。

「何をわけのわからないことを言ってるんだ」

唐木の表情は変わらなかった。

「おまえは三年前の真相を知っているんじゃないのか」

朝倉は畳み掛けるように言ったが、唐木に変化はなかった。

「三年前の真相？」首をひねりながら唐木が言った。

「横浜市内の保育園の近くで園児たちの列に車が突っ込んで七人が亡くなった事故だ。運転していた新井は事故死して、薬物を摂取したことにより錯乱状態になったのが事故の原因だとして処理された」

「それがどうした？　おまえはさっきから何をわけのわからないことをぬかしてるんだ」

苛立たしそうな唐木の声が耳もとに響いた。

「おまえはその真相を知っているんだろう」

　企業恐喝事件などは特殊班が担当する。朝倉たちの想像どおり、裏から警察に手を回せるような大物が恐喝犯を隠密に捕まえたいのであれば、精鋭揃いの特殊班が担当するのではないか。

「あの事故はとっくに解決してるだろう。警察発表以外に何の真相があるっていうんだ？」唐木がいくぶん早口になってまくし立てた。

「新井はたしかに問題のある男だったが、けっして薬物なんかはやらない。それにやつが運転した車の後部に弾痕があった。おまえたちは隠密で恐喝犯である新井を追っていた。恐喝のネタをどうしても奪い返さなければならないからだ」

「シャブで頭がいかれちまったか？」

　鼻で笑うような唐木の声が聞こえた。

「おれはその証拠を握っている」

　危険を承知でかまをかけると、唐木の口角が上がった。ベンチに深くもたれかかり、左手で後頭部のあたりを撫でた。

　動揺を抑えようとするときの癖だ。

「おまえはツーペアで、おれはスリーカードだ」

「は？」意味がわからないというように唐木が眉根を寄せた。

「その携帯はずっと持っていろ。また連絡する」

　朝倉はそこまで言うと電話を切った。唐木が携帯に向かって何やら叫んでいる。耳から携帯を離してしばらくするとはっとしたようにこちらを向いた。そのままこちらに視線を据えている。

どうやら先ほどの言葉の意味に気づいたようだ。

朝倉はすぐに階段を駆け下りた。マンションから出ると公園とは反対方向に走る。全力で走っていると、横から光が迫ってきた。

目を向けると車がこちらに向かって突っ込んでくる。とっさに飛び上がったが、ボンネットに乗り上げて地面に叩きつけられた。

立ち上がると同時に、運転席のドアが開いて背広姿の若い男が飛び出してきた。すぐに男の顔に向けて右手を突きだした。掌底で顔面を打ちつけられた男がもんどり打って地面に倒れる。

破裂音が耳をつんざき、朝倉は顔を向けた。

助手席から出てきた女が頭上に拳銃を向けている。自分でもその音に呆気にとられたようにしばらく固まっていたが、気を取り直して銃口をこちらに向けた。

「抵抗はやめなさい！」

女は威勢よく言ったが、拳銃を握った手を小刻みに震わせている。

朝倉はとっさにしゃがみ込んで車の死角に隠れると、地面に倒れている男を羽交い締めにしながら起き上がらせた。二の腕で男の首を絞めつけ、拳銃を向ける女と対峙する。

「拳銃を捨てろ。こいつの首をへし折るぞ」

朝倉が叫ぶと、女の目があきらかに怯んだ。だが、拳銃は捨てない。

「捨てろッ！」

さらに男の首を絞め上げると、女が悔しそうに口もとを歪めながら拳銃を地面に放った。

朝倉は男を地面に突き飛ばすとすぐに運転席に乗り込んだ。ギアをドライブにして車を走らせる。

次の瞬間、破裂音が響き、リアガラスが砕けた。

朝倉はびくっとして身を屈めたが、すぐにからだを起こしてそのまま車を走らせた。

しばらく行ったところで車を乗り捨ててタクシーを拾った。

これで自分は完全に警察に追われる理由を作ってしまった。だが、あそこで捕まるわけにはいかなかった。

窓外の闇を見つめながら、唐木と話したときの様子を思い返した。

唐木は三年前の事故の真相を知っているにちがいない。そして、事故に至るまでの経緯も、自分たちが想像していたものからそれほど遠くないだろうと思われる。何者かが新井によって脅迫を受け、隠密に捜査をしていた唐木たち特殊班によって、あの事故が引き起こされてしまった。ちょうど先ほど、朝倉が運転する車に発砲したように。

だが、証拠を握っているとかまをかけたが、実際にはそんなものはどこにもない。スリーカードどころか、ワンペアさえ揃っていない状況だ。

唐木の映像と会話は双眼鏡と携帯を通して記録しているが、決定的な言葉を引き出すまでは至らなかった。

イワキという人物を捜しだしてもっと詳しい情報を引き出さなければ、警察にも、誘拐犯にも立ち向かうことはできない。

時計に目を向けるともうすぐ八時になろうとしている。誘拐犯との約束まであと二十一時間ほどしかない。それまでに、誘拐犯か警察のどちらかを揺さぶれる切り札を手に入れなければならない。

「ここで停めてください」朝倉は運転手に告げた。

このままタクシーで川崎まで行くのは危険だろう。何回かタクシーを乗り換えながら川崎方面に向かい、最後はひとつ先の駅の蒲田から戻って岸谷の店に向かうことにしよう。

店にたどり着くと、先ほど岸谷と打ち合わせたとおりに、二回、そして三回とドアをノックした。しばらくするとドアが開いて岸谷が顔を出した。

「できたか？」朝倉は店に入るとすぐにドアの鍵をかけた。

「ああ」

岸谷が指さしたカウンターの上に財布と小型のタブレットが置いてある。

朝倉はカウンターに近づいていき財布を手に取った。中を確認してみると免許証とクレジットカードと束になった名刺が入っていた。免許証の写真はつけひげをして長めのかつらをかぶった自分だが、名前は『権藤正良』となっている。クレジットカードも同じ名前だ。名刺は興信所のものだ。

「実際にいる人物なのか？」

朝倉が訊くと、岸谷がおかしそうに笑いながら頷いた。

「一番気に食わねえ刑事だよ」

そういえば、岸谷の事件の取り調べで一番激しく尋問していた刑事がそんな名前だったのを思い出した。

「今度何かを作るんなら唐木将一という名前にしてくれ」朝倉は言った。

「現ナマは偽造できねえから自分のものを入れてくれ。財布の中にGPSが仕掛けてある。おれの財布にも」

「このタブレットで場所がわかるわけだな」

朝倉が言うと、岸谷が頷いた。

「地下の電波は拾えないから気をつけてくれ。ところでそっちのほうはどうだったんだ？」

「だいたいおれたちが想像していたとおりだろう」

「金脈はあるってことだな」岸谷がにやりと笑った。

「ああ。そいつをつかめたらきっと誘拐犯との交渉材料になるだろう」

「娘が解放されたら、その後はそいつを使って楽しく暮らさせてもらうぜ」

協力させている岸谷には悪いが、そうさせるつもりはない。仮に梓が無事に解放されたとしても、それですべてが終わるわけではない。何らかの手を打たないかぎり、梓や奈緒美や朝倉の身はこれからもずっと危険にさらされることになるだろう。

その手はひとつしか思い浮かばない。

「じゃあ、宝探しに出かけるか」

そう言って歩きだした岸谷に続いて朝倉は店を出た。


コインパーキングにレンタカーを停めた。

朝倉は車から降りて岸谷と別れると、ビルの看板を見上げながら新井が寄っていそうな飲み屋を探した。

手当たり次第にいくしかなさそうだと、朝倉は目についた看板のバーを目指してビルに入った。

階段で三階まで上がりドアを開けて店に入っていく。カウンターだけの落ち着いた雰囲気のバーだった。カウンターの両端にひとりずつ客がいた。朝倉が真ん中に座ると白髪の穏やかそうなバーテンダーが目の前にやってきた。

「いらっしゃいませ。何になさいますか」

「申し訳ないんですが、車を運転しなければならないのでコーラを」

朝倉はポケットの中からカラーコピーを取り出すと、バーテンダーの前に置いた。

「こんな人物に心当たりはないでしょうか？　新井俊彦さんというんですが。三年ぐらい前までこのあたりで飲んでいたと……」

「いやあ、わからないですね」バーテンダーが素っ気なく言いながら、グラスに注いだコーラを置いた。

26

送受信ボタンをクリックすると、一件の新着メールがあった。件名は書かれていない。

すぐにメールを開くと、十一桁(けた)の数字だけが記されている。戸田純平の携帯番号だろう。

奈緒美は先ほど新しく契約した携帯を手にすると、その番号を押して電話をかけた。

コール音が聞こえた。だが、コール音が何回か続いた後に、留守電に切り替わった。

見覚えのない番号からの着信で警戒しているのかもしれない。

「突然こんなお電話をして申し訳ありません。わたしは……朝倉真志の元妻で安本奈緒美といいます。戸田さんとどうしてもお話がしたいんです。ご連絡いただけないでしょうか。どうかよろしくお願いします」奈緒美はメッセージを残すと電話を切った。

すぐに目の前のテーブルに置いた写真立てに目を向けた。梓が誘拐されてからすでに五日が経つ。梓が今どんな思いでいるかと想像すると、胸が激しくかきむしられる思いがした。

着信音に反応して、びくっとして携帯に目を向けた。だが、先ほどかけた番号からの着信ではない。

「もしもし……」

警戒しながら電話に出ると、ぶっきらぼうな男の声が聞こえた。

セカンドバッグを――とタクシーの中に手を差し入れながら言った声と重なった。

同時に固定電話が目に入った。自宅の電話を使わないかぎり唐木たちに会話は聞かれないと思うが、念のためにリビングから出た。

「戸田さんですか？」奈緒美は訊いた。

「そうだよ。おれの携帯の履歴はあいつらに筒抜けだろうから隣の部屋のやつに借りた。いったい何の用なんだ」

「あなたからいろいろとお訊きしたいんです。あのことについて……」

「誘拐犯を捕まえる手伝いをしていた話か？」

「ええ」

「その前にひとつおれからも訊かせてくれ。あんたも朝倉さんが誘拐したと思っているのか」

その質問に、すぐには答えられなかった。

「そうは思いたくありません。ただ、絶対にありえないと断言できる関係でもないんです」

奈緒美が言葉を選びながら言うと、戸田が鼻で笑ったのがわかった。

「警察から朝倉さんの昔話をいろいろと聞かされたよ」

「あの人がやっていないという確信を得たいんです。そのために訊かせてほしいんです」

「まあいいよ。何だって訊きなよ」

「同じ職場で働いていると聞きましたけど、あの人とは仲がいいんですか？」

訊きたいことは山ほどあるが、とりあえずそのあたりから訊くことにした。

「身代金の受け渡しがあった日の三日前に知り合ったばかりさ」戸田が答えた。

「そんな間柄で、あの人の頼みを聞くことにしたんですか？」

最初は恐喝犯を捕まえるためだと真志から言われていたとしても、相手はれっきとした犯罪者だ。捕まえようとしたときに危害を加えられる恐れもじゅうぶんにある。その程度の間柄で協力しようということに疑問があった。

「朝倉さんにはひとつ借りがあったからな」

「借り？」

「おれが変なやつらにからまれて……いや、からんでいったのはおれのほうか。まあ、そいつらにぼこぼこにされているときに助けてもらった。それに恐喝犯を捕まえるために協力してくれたら十万円のバイト代を払うって言われたのも魅力だったし」

「でも、恐喝犯ではなく誘拐犯を捕まえようとしていると知ったんですよね」

「ああ。あんたが高田馬場のコインロッカーに来たときだ。おれと朝倉さんは近くのビルの非常階段からその様子を見てた。あんたが言った『必ず梓を返してください』っていう言葉で、どうやら自分が追わされていたのは恐喝犯なんかじゃないって思った。朝倉さんにどういうことだって詰め寄ったら、娘が誘拐されてるって認めた」

「それでも戸田さんはそのままあの人に協力することにした……」

普通に考えれば誘拐犯を捕まえる協力など拒むのではないかと唐木が言っていたが、奈緒美自身も同じ思いを抱いている。

「まあ、そういうことかな……」戸田の口調は歯切れが悪かった。

「お訊きしておいてこういうことを言うのは何なのですが、わたしにはどうしてもその感覚が理解できなくて……普通であれば誘拐犯を捕まえることの協力なんか拒むのではないですか？」奈緒美は本音を言った。

「まあ、普通に考えりゃそうだよな。どうして朝倉さんに協力しようと思ったか……そのときの心境を言葉にしろって言われてもちょっと難しい……」

それから長い沈黙が流れた。

「ひとつだけ言えることがあるとすれば……初めてだったんだよね。ああいうの……」呟くような戸田の声が聞こえた。

「どういうことですか？」

「誘拐犯を捕まえるために手伝わされていたと知らされて本当に信じられない思いだったよ。どうして警察に通報しないんだって訊いたら、信用できないからだって答えた」

ひとつだけ言えることがあるとすれば、警察を信用するな——

ふたたび真志の言葉が脳裏をかすめた。

「じゃあ、おれやおっさんのことは信用できるのかって訊いたら、警察よりは信用できると思ったから頼んだって」

「おっさんというのは岸谷さん？」

「そう。残念ながら自分が頼れる人間はごくわずかだって。前科者の岸谷と、酔っぱらって無鉄砲に喧嘩を吹っかける若造だけだけど、娘の命を救うためにどうしても助けがほしかったって言われて……それを聞いたときにあんたの娘さんの顔を思い出しちまったんだな」

「娘の顔？」

どうして梓の顔を知っているというのだ。

「朝倉さんの部屋にあんたと娘さんの写真が置いてあった」

「本当なんですか？」奈緒美は信じられない思いで訊いた。

おれにとって家族なんかずっと邪魔な存在でしかなかった——

そう吐き捨てた真志が自分たちの写真を飾っているなどとても信じられない。

「あんたは空色に白い模様がついたワンピースを着てた。娘さんはピンクのフリルのついた服でうさぎのぬいぐるみを抱いてた。後ろのほうに観覧車が見えたからどっかの遊園地だろう」

真志が捕まる四ヶ月ほど前、三人で遊園地に行ったときに撮った写真だろう。

家族揃って遊びに出かけた最後の記憶だ。

「もしもし……聞こえてる？」

戸田の声に、奈緒美は我に返った。

「戸田さんはそれから誘拐犯を捕まえるためにあの人と一緒に行動していたんですよね」

奈緒美は気を取り直して訊いた。

「ああ。あんたがコインロッカーから去っていった後も、おれは近くから犯人がやってくるかどうかを監視してた。朝倉さんはおっさんから連絡があって、セカンドバッグを預けた男のもとに向かった。一時間ちょっとすると、コインロッカーの近くに車が停まって朝倉さんが出てきた。ロッカーを開けると中に入っていた携帯に電話がかかってきて、朝倉さんは中に入っていたものを持って車に戻った」

「犯人からの電話？」

「おそらくそうじゃないかな。しばらくすると朝倉さんは車から出てきてまたコインロッカーに向かった。何をやってるんだろうと朝倉さんのもとに行くと、ちがうロッカーからぬいぐるみを取り出してた」

「ぬいぐるみ？」

その言葉に反応して、奈緒美は思わず訊き返した。

「それがどうしたの」

「どんなぬいぐるみだったかわかりますか」

「写真に写ってたのと同じものだと思うよ。はっきりとは言えないけど」

真志と別れてからは梓にぬいぐるみは買っていない。真志との思い出が詰まっているものはすべて処分させたはずだが、それだけ残していたのだろうか。

「それで」奈緒美は先を促した。

「朝倉さんが乗っていた車に入ったら後部座席で男が失神してた。男はヤクの売人で、誘拐犯はそいつとヤクの取引をしていて、一千万の身代金は覚醒剤に換わってそのコインロッカーに入れられてたって言った。近くの公園で失神した男を降ろして覚醒剤を排水路に捨てると、ここでお別れだって朝倉さんに言われて追い返された」

「あの人はどうして戸田さんを追い返したんですか？」

「わからない。覚醒剤を排水路に捨てた後、いきなり家に帰れって。それまでは協力してくれって言ってたのに、意味がわかんなくて。それで朝倉さんとは別れた」

「あの人からその後連絡はありませんか。口止めされているなら絶対に警察には報せませんから、本当のことを教えてください」

「ない」

戸田の溜め息が聞こえた。

27

朝倉がチェックをしようと財布を取り出すと、目の前の若いバーテンダーがふたたびカラーコピーを手に取った。

「そういえば……この店に来てくれたことがあったかも。さっきお客さんが言ってたひげをはやした年配の男性と」バーテンダーが朝倉に視線を戻して言った。

十軒近く飲み屋を訊ねまわってようやくそれらしい話が出てきた。だが、手放しで喜ぶことはできなそうだ。

「その年配の男性のことをもう少し思い出せないかな。どこに住んでいるとか、どんな仕事をしているとか……」朝倉は訊いた。

「うーん……どうだったかなあ。たしかにお客さんが言ったように三年ぐらい前の話だったからね。もうちょっと手がかりがないかな。話しているうちに思い出せそうな気がするんだけど」

「好きなものを飲んで。あと、おれにはもう一杯コーラを」

朝倉が財布をしまいながら言うと、バーテンダーが落ち着かなそうに視線をさまよわせながらグラスにコーラを注いだ。

「ちょっとトイレに」

朝倉は立ち上がりトイレに入った。ドアを閉めた瞬間、重い溜め息を漏らした。

この店にやって来て新井とイワキのことを訊ねたとき、バーテンダーの表情がかすかに強張ったのを見逃さなかった。バーテンダーはそのふたりに覚えがあるともないとも曖昧なことを言って席から離れると、奥にある部屋に入っていった。

朝倉は携帯を取り出すと岸谷に電話をかけた。

「もしもし……」

岸谷のまわりが妙に騒がしい。「社長、もっと飲みましょうよ」などと女性の声が響き渡っている。

「おれだ。その様子だとそちらは進展がなさそうだな」朝倉は皮肉を込めて言った。

「新井が言ってた高級な酒を飲ませる店を探してたらこういうところに行き着いただけだ。文句あるか」

「よくそんな金があるな」

「十枚以上クレジットカードがあるから問題ない。電話してきたってことはヒットしたのか？」

「ああ。もっとも直接的な情報じゃないだろうが。おれの場所はわかるな」

「ちょっと待て」

待っている間にも女性のはしゃぎ声が漏れ聞こえてくる。

「そのビルにいるってことは、スナック春か、クラブ蘭か、ブラッディーハートか……」

近くの女性に聞いているようで、岸谷が続けざまに店の名前を言う。

「レッドムーンってバーだ」

「山科組ってところが仕切ってる店らしいな」しばらくすると岸谷が言った。

「そうか。援護を頼む」

「わかった。もうちょっと楽しんだら合流する」

朝倉は電話を切るとトイレから出た。カウンターに戻ると、若いバーテンダーがカラーコピーを突き返してきた。

「やっぱりおれの勘違いだったみたい。知らない人だね」

先ほどとは打って変わって愛想のかけらもない表情だ。

「そう。じゃあ、チェックを」

朝倉は支払いを済ませると店を出た。薄暗い階段を下りて一階に向かう。ビルから出るときにさりげなくあたりに視線を配った。

少し離れた場所からこちらのほうを窺っているガタイのいいふたりの男たちを視界の隅に捉えた。

朝倉は気づかないふりをして歩きだした。男たちの視線を背中で感じながら人気の少ないほうに向かっていく。

路地を進んでいると、前方からこちらに向かってくる人影があった。ビルから出たときに、朝倉の様子を窺っていたふたりの男たちの中のひとりだ。

スキンヘッドで背が高く手足がやたらに長い男が近づいてくるのを見て、朝倉は立ち止まった。振り返ると、後ろからも先ほど見かけた赤いシャツを着た男がにじり寄ってくる。

「ちょっとおれたちに付き合ってくれねえか」

その声に、朝倉は前方を向いた。スキンヘッドの男が朝倉を睨みつけている。耳だけではなく、細い眉の横や口のあたりにもいくつものピアスをつけていた。

「いったい何なんですか、あなたたちは……」朝倉は怯えたように言った。

「それはこっちの台詞だ。てめえこそ、何者なんだ」

「わたしは別に……」

朝倉はスキンヘッドの男から視線をそらし、肩にかけていたディパックを片手に持った。

「こんなところで手荒な真似はしたくねえんだよ。おとなしくついてきな」

スキンヘッドの男が凄みながらこちらに足を踏み出したときに、朝倉は持っていたディパックを投げつけた。

男が少し怯んだ隙に、朝倉は横をすり抜けるようにして駆けだした。すぐに背後から男たちの怒号と足音が響いた。

狭い路地を駆けていくと、右側から車が飛び出してきて朝倉のすぐ目の前で停まった。ボンネットの上を乗り越えようとしたときに片足をつかまれて、地面に引きずりおろされた。

立ち上がろうとした瞬間、スキンヘッドの男の足が飛んできた。目のあたりを蹴り上げられ視界に火花が散った。ふたたび地面に倒れると今度は背中のあたりに激痛が走った。ふたりの男たちから立て続けに背中や足や頭を蹴り上げられる。

怪我をしていない右手で頭部をかばいながら、ちらっと運転席を見上げた。口もとにひげをたくわえた朝倉と同年代に思える男が、冷ややかな眼差しでこちらを見下ろしている。

「そのへんにしておけ」

ひげの男が言うと、朝倉に加えられていた攻撃がやんだ。どうやらこの男がボスのようだ。

地面に這いつくばっていると、男たちに両手をつかまれた。強引に後ろ手にされ、添え木をした左手に鈍い痛みが走った。両手首に結束バンドのようなものをつけられ、口にガムテープを貼られた。肩をつかまれて起き上がらされると、ふたりがかりでトランクの中に押し込められた。スキンヘッドの男が薄笑いを浮かべながらトランクの扉を閉めた。

思っていたよりも痛めつけられてしまったが、第一段階としては成功だろう。この男たちはイワキという人物を知っている。

皮膚を焦がすような痛みと息苦しさにしばらく耐えていると、車が停まってエンジン音がやんだ。おそらく十分ぐらい車を走らせていたと思える。

岸谷はどれぐらいで援護に来てくれるだろうか。

トランクの扉が開いて、視界に薄明かりが差し込んできた。スキンヘッドの男があざ笑うように朝倉を見下ろしている。

トランクが死角になってまわりの光景はよくわからないが、かなり高い位置に天井があることと、一台の車が宙に浮かんだように見えることから、車の整備工場だろうと思った。

足音が聞こえて、ひげの男と赤いシャツを着た男が目の前に現れた。赤いシャツの男は片手に朝倉のデイパックを持っている。

スキンヘッドの男がこちらに手を伸ばして、朝倉の口に貼ったガムテープを勢いよく剝がした。

「ここはどこだ……」朝倉は呼吸を整えながら訊いた。

「どこだっていいだろう。まあ、ひとつだけ言えることがあれば、多少の騒音があっても誰からも苦情が来ない場所ということだ」ひげの男がこちらを見据えながら抑揚のない口調で言った。

「わたしをどうしようというんだ？　わたしは何も……」

「さっきからイワキという男を訊ね回っていたな」

朝倉の言葉を遮るように、ひげの男が言った。

「イワキとどういう関係なんだ」

「そちらこそ、イワキさんとどういう関係なんだ」

訊いた瞬間、スキンヘッドの男に顔面を叩きつけられた。

「訊かれたことだけ答えりゃいいんだよ！」

朝倉はスキンヘッドの男を睨みつけ、奥歯を嚙み締めた。

「どうしてイワキのことを嗅ぎ回ってた」

ひげの男の言葉に黙ったままでいると、スキンヘッドの男がこちらに手を伸ばした。殴られると思って反射的に顔をそらしたが、スキンヘッドの男は朝倉のズボンを漁り始めた。財布を取り出すと、中に入っているものを確認する。

「権藤正良……興信所の人間のようです」スキンヘッドの男が名刺を見て、ひげの男に告げた。

赤いシャツを着た男がデイパックの中身を朝倉のからだの上にばらまいた。

梓のぬいぐるみと、岸谷から預かったタブレットと、新井の写真のカラーコピーと、四台の携帯電話を入れてあった。

「何だ、こりゃ」スキンヘッドの男がぬいぐるみを持ち上げて嘲笑した。

「触るな」

朝倉が睨みつけると、スキンヘッドの男がぬいぐるみに唾を吐いて床に放り投げた。

「こんなに携帯を持ち歩いて……胡散臭い男だ」

ひげの男が携帯のひとつを手に取りながら言った。電源を切ってあることに気づいたらしく、ボタンに指を添えた。

「電源を入れないほうがいいぞ」朝倉が言うと、ひげの男が手を止めてこちらに視線を向けた。

「どうしてだ」

「お尋ね者だからだ」

朝倉が答えると、ひげの男は意味を察したように携帯を放り投げた。代わりにカラーコピーを手に取った。

カラーコピーをじっと見つめる表情から、新井のことを知っていると確信した。

「この写真をどこで手に入れた？」ひげの男がカラーコピーからこちらに視線を向けて訊いた。

朝倉は何も答えなかった。

「誰に頼まれてイワキを捜していた」

「あんたは依頼人のことをぺらぺらしゃべる探偵に仕事を頼むか？」

朝倉が言うと、ひげの男が苦笑してスキンヘッドの男に目を向けた。

「こいつのナリを見てると自分のからだを痛めつけるのが好きなマゾだと思うだろう。だが、実はとんでもないサドだ。おれは血なまぐさいものを見るのは好きじゃない。しばらくふたりきりにしてやる」ひげの男が朝倉に視線を戻して薄笑いを浮かべた。

「おっさん、けっこうタイプだぜ」

スキンヘッドの男がそう言って蛇のように長い舌を出した。ピアスを埋め込んだ舌を舐めるように動かして笑った。

「何か吐いたら連絡しろ。その後はおまえの好きにしていい」

ひげの男はスキンヘッドの男の肩を叩くと、赤いシャツの男とともに視界から消えた。

ドアが閉まる音が聞こえると、スキンヘッドの男がこちらに視線を戻した。財布を自分のポケットに入れるとこちらに手を伸ばしてきた。後ろ手にした朝倉の左手を握りしめてくる。

「悪いが、おれはそういう趣味じゃない」朝倉は言った。

「おれはあそこにもピアスをしてるんだ。一度、おれのものを経験したらあんたも病みつきになるさ」

くぐもった笑い声とともに不快な息が耳もとに触れて鳥肌が立った。

「だが、お楽しみの前にちゃんと仕事をしなきゃだな。とりあえず手始めにカードの暗証番号を教えてもらおうか」

スキンヘッドの男がそう言いながら、朝倉の固く握りしめた手を強引にほどいていき、小指だけをつかんだ。指の関節とは逆のほうに曲げていく。

「どうせしゃべるんだから早く言ったほうがいいぞ」

小指の痛みに耐えかねて、「一〇七四！」と叫んだ次の瞬間、鈍い音がして激痛が頭のほうまで突き上がってきた。

朝倉が絶叫して睨みつけると、スキンヘッドの男がおかしそうに笑った。

「〇・五秒遅かったな。次は早めに答えろよ」

スキンヘッドの男がそう言って今度は朝倉の薬指をつかんだ。

「誰に頼まれてイワキを捜してる？」薬指を逆のほうに向けながら訊いた。

「岸谷という男だ」

「何をやってる男だ？」

「知らない」

　そう答えた瞬間、薬指の骨を折られて悶絶した。

「本当に知らない！　うちの興信所にやってきて依頼してきた。三年ぐらい前まで赤羽でよく飲んでいたイワキという中年の男を捜してくれと」

「どうしてその男はイワキを捜してる」スキンヘッドの男が今度は中指をつかんで訊いた。

「わからない……依頼人の事情に深く立ち入らないのがおれの主義だ。金さえもらえればこちらは言われたとおりのことをするだけだ」

「住所や職業ぐらい聞いているだろう」

「聞いてない。名前と携帯番号だけだ。前金として五十万渡された。イワキを見つけたら連絡してくれと。そしたらさらに五十万払うと約束した」

「あとで連絡してそいつを呼び出してもらうからな」

「わかった。おれはただの探偵だ。仕事のために命を張るつもりはない」

「新井の写真もその岸谷という依頼人から手に入れたのか？」

　この男は新井のことも知っているようだ。

「そうだ……」

　朝倉が答えたとき、遠くからサイレンの音が聞こえてきた。

スキンヘッドの男が朝倉の指から手を離してあたりに視線を巡らせた。次第に大きくなっていくサイレンの音を訝しそうな顔で聞いている。

「逃げたほうがいいかもな」

スキンヘッドの男が「どういう意味だ」と朝倉の顔を覗き込んできた。

「おれには仲間がいる。さっきのビルを出てから二十分の間連絡をしなかったら警察に通報してくれと伝えてあった」

朝倉が言うと、スキンヘッドの男がぎょっとなった。

「このタブレットにはGPSを仕掛けてあって、ここの場所もわかってる」朝倉は鼻で笑った。

スキンヘッドの男が細い眉を寄せて朝倉を睨みつけてくる。

「くそッ――!」

顔面を拳で叩きつけられ、視界が暗転した。


目を開けると、ぼんやりとした視界の中に岸谷が立っていた。

顔面にべとついた感触があった。拭おうとして手を動かした瞬間、激痛がして視界が鮮明になった。

岸谷の右手にはペットボトルのコーラが握られている。失神した朝倉を起こすために顔にコーラをかけたようだ。

「ミネラルウォーターかお茶はなかったのか」

朝倉は痛みの少ない右手の袖口で顔を拭うと、トランクの中で軋むからだを持ち上げた。

「売り切れてた。熱い缶コーヒーをぶっかけられるよりはマシだろう」

笑いながら手を差し出してきた岸谷に支えられ、朝倉はトランクから出た。

右手でトランクの中にばらまかれた携帯やタブレットなどを拾ってデイパックに入れた。

床に放られたぬいぐるみを手に取ると、あたりに目を向けた。

数台の車が置いてあり、整備用具や作業台があった。奥のほうにあるドアは開けっ放しで、反対側に半開きになったシャッターがあった。

「おれはどれぐらい寝てたんだ？」朝倉は作業台のほうに向かいながら訊いた。

「あんたがいつおねんねしたのかわからねえが、サイレンを鳴らしてから五分と経ってない」

朝倉は作業台の引き出しを片手で漁って、鉛筆とビニールテープを取った。右手で鉛筆を半分に折ると、左手を岸谷のほうに向ける。

「何だ？」岸谷が訊いた。

「小指と薬指を折られた」

「まさか、おれに治せっていうのか？」

「治るとは思ってない。もとの方向に戻してくれるだけでいい。自分じゃとてもやれる自信がない」

岸谷も気が乗らないようで、眉を寄せながら朝倉に近づいてくる。左手の指に軽く触れられただけで激しい痛みが走った。

「できれば一度で済ませてくれ」朝倉は右手に持ったぬいぐるみを見つめた。

「じゃあ、一、二、三でやるぞ」と言い終えたときに、激しい痛みが脳髄まで突き上がり膝を崩した。

「大丈夫か？」

朝倉は歯を食いしばりながら頷いた。目を開けて立ち上がると、岸谷が朝倉の指に鉛筆を添えてビニールテープで巻きつけていく。

ぬいぐるみをデイパックに入れて外に出ると、目の前に赤色灯をつけたレンタカーが停まっている。岸谷が赤色灯を外して運転席に乗り込んだ。

「イワキの知り合いか？」

朝倉が助手席に乗ると、岸谷がエンジンキーをひねって訊いた。

「どんな関係かはわからないが、おれを捕まえたやつらはイワキのことを知っている」

「そうか。パンダになった甲斐があったな。誘導してくれ」

岸谷の笑い声を聞きながら、朝倉はデイパックからタブレットを取り出した。

地図を表示させて自分たちの場所と、財布に仕掛けたGPSの位置を確認する。ここから一キロほど離れた荒川と隅田川の合流地点付近に矢印があった。

「それほど遠くない」

朝倉は地図上の矢印に向かって岸谷を誘導した。

「この道をまっすぐ行ったところにあるコンビニに入ったようだ」

スキンヘッドの男は奪ったカードで金を引き出すつもりだろう。

すぐにコンビニの看板が見えてきた。岸谷が店の手前で車を停めた。

朝倉はコンビニに視線を据えながら、上着を脱いだ。ちょっとした動作でもからだが激しく痛む。後ろのシートに上着を放り投げると、そばに置いた紙袋を手に取った。中に入れていた上着とかつらを身につけてコンビニに視線を戻した。しばらくするとスキンヘッドの男が店から出てきた。

「スタンガンを使うか？」岸谷がこちらに顔を向けて訊いた。

「いや。右手だけでじゅうぶんだ」

朝倉はドアを開けて車から出た。気づかれないように適度な距離を保ちながら男の後をついていく。

スキンヘッドの男は運河沿いのひっそりとした道を歩いている。薄闇の中で少し先に光の帯が見えた。荒川に架かる大きな橋だ。

男が歩きながら携帯を取り出して耳に当てた。先ほどのひげの男と話しているのだろうか。

落ち合われたら厄介だ。早めにケリをつけたほうがいいだろう。

朝倉は歩く速度を速めて男の背中に近づいた。時折車の通りはあるが、自分たちが歩いている歩道に人がやってくる気配はない。

「ええ、わかりました。これから店に向かいます」男が電話を切って携帯をポケットにしまった。

「金は引き出せたのか？」

すぐ後ろから朝倉が言うと、男が肩を揺らして立ち止まった。相手の足もとに目をやった。男が左足を踏ん張りながらからだをこちらに向けた瞬間、朝倉はとっさに上体を後ろにそらし、右の回し蹴りを寸前で見切ってかわすと、相手の左の膝に鋭い蹴りを入れた。

男が体勢を崩して倒れた。

「残念だがあれは偽造カードだ。おまえの面はばっちりカメラに撮られているだろうよ」

朝倉は立ち上がろうとする男の喉もとに掌底を突き立てた。

口の横につけたピアスをつまんで思いっきり引くと、男が悲鳴を上げて目を開けた。

「せっかくの睡眠を邪魔して悪いが、こっちも時間がないんだ」朝倉は冷ややかに言ってピアスから手を離した。

自分が置かれた状況を確認するように男が唯一自由になる首を動かした。車窓の外に視線を止める。

男の視線の先を追うと、漆黒の闇の中で光の帯が浮かんでいる。

「おれたちのシマでこんなことをしてタダで済むと思ってるのか」

荒川に架かる橋を見て、今いる場所がわかったようだ。他に騒音が出ても苦情が来ない場所を思いつかなかった。

「河川敷までおまえらのシマとは知らなかったんでな」

男を失神させて車に乗せると両手両足をビニールテープで何重にも縛って近くの河川敷に来た。そばに野球場とゴルフコースがあるが、今は人ひとりいない。

財布の中にあった免許証から男は栗原重人という名前で三十二歳だとわかっている。現住所は赤羽だ。

「これからいくつか訊かせてもらう。おれはサドでもマゾでもない。正直に話をすれば痛い思いをさせずに解放してやってもいい」

栗原がこちらに向けて唾を吐きかけた。

朝倉は栗原を見据えながら顔についた唾を袖口で拭った。すぐにみぞおちに拳を叩きつけると、栗原が前のめりになって呻いた。栗原の肩をつかんでドアのほうにからだを押し戻した。顔を上げた栗原が朝倉を見ながら薄笑いを浮かべた。

「こっちはプロなんだよ。探偵ごときの脅しに乗ると思ってるのか！」

「何のプロだ？　山科組に世話になってるチンピラのプロか？」

朝倉が言うと、栗原が歪めていた口もとをぎゅっと結んだ。もう何も口にしないと目が語っている。

「最初の質問だ。おまえたちはイワキとどういう関係なんだ」

朝倉は訊いたが、栗原は鼻で笑うだけだ。

「しかたないな」

朝倉は溜め息を吐くと、手を伸ばして栗原の耳についているピアスをつかんで一気に横に引いた。耳たぶが裂けてピアスが外れるのと同時に絶叫が響き渡った。

「どうだ、思い出したか？」

朝倉は血と肉片がこびりついたピアスを放ると、目の前で身悶えている栗原に言った。

「し、知らねえな……」栗原が朝倉を睨みつけて言った。

「取り込み中、悪いんだけどよ……」

その声に、朝倉は運転席に目を向けた。

「ちょっと煙草吸ってくるわ」

さすがの岸谷も見るに堪えない光景らしく、ドアを開けて車から降りた。

「どうやらさっきの話とちがっておまえはマゾっけがあるらしいな。じゃあ、今度は間違いなく知っていることを訊こう」

朝倉は運転席から視線を戻すと、抵抗する栗原の額に左手の添え木を押しつけた。口の横につけたピアスをつまむ。

「さっきのふたりのことを教えてもらおう。名前は？」朝倉はつまんだピアスを引っ張り上げながら訊いた。

「うっ……くっ……クラモチ……さん……ナガト……」

栗原の呻き声が聞こえて、ピアスをつまんだ手をいったん緩めた。

「なかなかお利口な坊やだ。クラモチというのはひげの男だな」

栗原がかすかに頷いた。

「じゃあ、本題に入ろう。イワキとはどういう男なんだ。クラモチとどういう関係だ」朝倉はピアスをつまんだ手にふたたび力を込めた。

「し、知らねえよ……」栗原が必死にからだを揺すりながら抵抗する。

「そんなはずはない。おまえは写真の新井のことを知っていた。新井がイワキという男と交流があったのは間違いない。言え！」

「本当に知らねえよ！」

口もとからピアスを引き抜いて捨てると、栗原の絶叫を無視してベルトに手を伸ばした。栗原を押さえつけながらベルトを外すと、ズボンの中に手を差し入れた。

「あいにくおれにはそういう趣味はないが、目的のためなら男のナニをまさぐることも喜んでやるぞ」朝倉は栗原の耳もとで叫びながら、下着の中に手を突っ込んだ。

28

焦れた思いでパソコン画面を見つめていると、ようやく唐木の顔が映し出された。

「お待たせしてしまいましたね。指揮本部で対策会議に追われていまして」

口調は柔らかだったが、表情には今までに見せたことがないほど険しさが滲んでいる。

奈緒美は戸田との電話を切ってすぐに前線本部に連絡したが、唐木は戻っていないとのことだった。それから三時間以上落ち着かない思いでパソコンの前で待っていた。

「いえ、お忙しいところすみません。対策会議というのは？」

奈緒美が問いかけると、画面の中の唐木が「まあ、いろいろです……」と言葉を濁した。

「ところでわたしにお話があるとのことですが」唐木が居住まいを正した。

「先ほどのことをお聞きしたかったんです。どうにも気になってしまって」

話したいことはそれだけではないが、とりあえずそのことから切り出した。

「先ほどのことといいますと……朝倉さんのことですか？」

奈緒美は大きく頷いた。

「いったいあの後、何があったのでしょうか」

真志は何のために唐木を公園に呼び出したのか。

「たいしたことはありませんでした」唐木が素っ気ない口調で言った。

「どういうことでしょう」

「公園のベンチに携帯を隠していましてね、朝倉さんはそれに連絡してきました。ただそれだけです」

それ以上は話したくなさそうな口ぶりだ。

「どのような話をしたんですか？」奈緒美はさらに訊いた。

「自分は誘拐事件には関係ないと伝えたかったようです」

しばしの間があって、唐木がしかたがないというように言った。

「それで」

「わたしは、事件に関わっていないのであれば警察で事情を聴かせてほしいと言いました。ですが、朝倉さんはわたしの申し出を拒絶しました」

「誘拐犯から何か要求されているから警察には行けないと？」

唐木が曖昧に頷いた。

「唐木さんは嘘だと思ってらっしゃるんですね」

「残念ながら朝倉さんの言うことを信じることはできません」唐木がきっぱりと言った。

「どうして、そう断言できるんですか」

「もし、誘拐犯から何らかの要求をされているのであれば、警察にそのことを話して協力を仰ぐのが普通ではありませんか？　朝倉さんはわたしと通話するために自分で携帯を用意していた。どんな話をしたとしても犯人に知られることはないでしょう」

普通であれば唐木の言うとおりだろう。だが真志は、奈緒美にも戸田にも警察は信用できないというようなことを口にしていた。

「でも、百パーセントあの人が誘拐犯だとは言いきれないでしょう」

奈緒美の強い反論が意外だったのか、唐木がこちらを見つめながら小首をかしげた。

「先ほど……戸田純平さんとお話ししました」

　意味がわからないというように、唐木がさらに大きく首をひねった。しかし、すぐに状況を理解したらしく、カメラではないほうに鋭い視線を向けた。おそらくそばにいる千春を睨んだのだろう。

「電話で話しただけなので、戸田さんの人となりはまったくわかりません」

　心の中で千春に詫びながら言うと、唐木がこちらに視線を戻した。

「……ですが、話を聞いているかぎり嘘だと切って捨てるような矛盾は感じませんでした。唐木さんは、戸田さんが恐喝ではなく誘拐事件だとわかった後もあの人に協力するのが理解できないという趣旨のことをおっしゃいましたよね。だから戸田さんはあの人の共犯ではないかと」

　唐木は反応を示さなかった。ただじっとこちらを見ている。

　カメラ越しであっても息苦しさを覚えてしまうほど、威圧感をはらんだ眼差しに思えた。

「たしかに、唐木さんからそのことをお聞きしたときにはわたしも同じように感じました。戸田さん自身も、そのときの心境を言葉にするのは難しいと言っていました。ただ……戸田さんとお話しして、その気持ちがまったく理解できなくもないと思いました」

「どうしてです」

　抑揚のない声が耳に響いた。

「戸田さんが今までにどういう人生を歩んできたのか、わたしにはわかりません。でも、人から信頼される経験が少なかったのではないかと何となくですが察しました。一時の付き合いであったとしても、あの人から頼られたことがうれしかったのではないかと……」

「それで誘拐犯を捕まえることに協力しようだなんて、わたしにはとうてい理解できない感覚です」

「唐木さんはつねに信頼されているかただからじゃありませんか。もしくはいつも誰かしらとつながりがあってまったくの孤独ではないから。わたしも梓や父や職場のかたとのつながりがあって孤独ではありません。ただ、もしそのような関係がまったくなかったとしたら、自分がどうしようもなく孤独な状況に置かれていたとしたら……そんな自分を頼ってくれる人がいたら、その人のために多少のリスクを冒すことでもしてしまうかもしれません」

「わたしも三年前から孤独ですが、その感覚はやはり理解できません」

「三年前から？」

唐突に出てきた符合に、奈緒美は思わず訊き返した。

「いや……くだらない話です。朝倉さんと同様に家族を失ったというだけで」

「先日、お子さんのお話をされていましたよね」

事件が解決したら、唐木の子供とともに梓をディズニーランドに連れて行こうと言って励ましてくれた。

「今は離れて暮らしています」

「そうでしたか……」奈緒美は決まりが悪くなって少し顔を伏せた。

「余計なことを話してしまいましたが、いずれにしてもそのことで戸田の言っていることの信憑性は得られないと思います」

「それだけではありません。戸田さんからぬいぐるみの話を聞きました。コインロッカーの前で犯人らしき人物と話をした後、あの人はセカンドバッグを預けていたのとはちがうロッカーからぬいぐるみを取り出したと」

「そういえばコンビニの防犯カメラに、ぬいぐるみのようなものを持った朝倉さんの姿が映し出されていましたが……それが何か？」

「どうして今まで話してくださらなかったんですか。とても重要なことだと思いますが」

「そうでしょうか」唐木が素っ気なく返した。

「戸田さんの話によれば、おそらく梓が持っていたものです。離婚したときに思い出の品はできるかぎり捨てましたけど、梓はあの人に最後に買ってもらったぬいぐるみを捨てられずに持ち歩いていたんでしょう」

「梓ちゃんがぬいぐるみを持ち歩いていたのであれば何の不思議もないでしょう。朝倉さんか戸田か岸谷が入れたんですよ」

「どうしてそんなことをする必要があるんですか？」

「それは……」唐木が口ごもった。

「誘拐犯はあの人がふたたびコインロッカーに戻ってくるのを見越して、そのときに何らかの要求をしやすくするために、梓との思い出があるぬいぐるみを置いたと考えるほうが自然だと思います」

「それも朝倉さんの計算でしょう」唐木が先ほどのためらいとは打って変わって断言した。

「計算？」

「そうです。戸田がそのように供述すれば、別に誘拐犯がいると思わせることができます」

「そうであればセカンドバッグと一緒に入れておけばいいのではないですか。でも、ぬいぐるみは別のロッカーに入っていたそうです」

「だから何だというのですか？」

「もし、戸田さんのお話ししていることが本当だと仮定したらその理由に納得がいきます」

「どういうことです」

「高田馬場のコインロッカーにセカンドバッグを入れたのが覚醒剤の売人であったとしたら、一緒にぬいぐるみを入れることはできません。もし、誘拐犯が他にいるのであれば、警察が張っている可能性を考えて、セカンドバッグを入れたロッカーにそれを入れようとは思わないでしょう」

「それも朝倉さんの計算だとしたら？」

あくまでも考えを変えようとしない唐木の頑なさに、奈緒美は溜め息を漏らした。

「唐木さんは……いえ、捜査本部はあの人以外に犯人がいるという可能性はまったく考えていないのでしょうか」奈緒美は語気を強めて言った。

「まったくではありません。いろいろな可能性を考えて捜査をするのが基本です。ただ、たとえ重大事件であっても無尽蔵に捜査員を投入できるわけではありませんから、最も可能性の高いほうにおのずと精力を注いでいるだけです。今は朝倉さんの身柄を確保することが最優先事項だと考えています」奈緒美の訴えを跳ね返すように、唐木が毅然と言った。

「どうして唐木さん自らあの人を捕まえに行かれたんですか」

奈緒美が問いかけると、唐木が虚を衝かれた顔になった。

「唐木さんはあの人と警察学校の同期ですよね。あの人から顔を知られている唐木さんが、どうして自ら現場に行かなければならなかったのでしょうか」

耳もとで何か音がした。聞こえるか聞こえないかほどの小さい音だったが、舌打ちだと察した。

「たしかに本来であれば、わたしは現場に行くべきではなかったのかもしれない」

唐木がすぐに気を取り直したように表情を緩めた。

「以前はそこまでお話ししませんでしたが、ただの同期というだけではなく、朝倉さんはわたしにとって特別な存在でした。卒業してからはほとんど会うこともありませんでしたが、学校時代にはお互いをライバルとして認め合う間柄でしたから。かつての親友として、これ以上罪を重ねるようなことはしてもらいたくなかった。わたしが今回の捜査に加わっていることを知ったら、朝倉さんはおとなしく投降して、事情を話してくれるのではないかと期待して現場に行ったんです。もっともわたしの独断でしたことだったので、あとで上司からこっぴどく叱られましたが」

「それほどの間柄だったというのに、あの人は誘拐犯からどんな要求をされたのか、唐木さんに何も話さなかったんでしょうか」

奈緒美が訊くと、唐木が頷いた。

「無念ですが……おそらく今の朝倉さんは警察のすべてが敵だという被害妄想を抱いているのかもしれない。結果的にああいう事件を起こしてしまったが、それまでの二十年近くの人生を警察官として組織に尽力してきたのは間違いありません。自分の罪は公にされず、組織が内々に処理してくれるのではないかという期待があったのでしょう」

本当にそうなのだろうか。

ひとつだけ言えることがあるとすれば、警察を信用するな――

あれはそんな身勝手な思いから出た言葉なのか。

「最後にひとつお訊きしたいのですが」奈緒美は言った。

「何でしょうか」

「前回お話ししたときに、わたしの言葉を訊き返されましたよね」

奈緒美の言っていることがわからないようで、唐木が首をひねった。

「どうして犯人からの要求を話してくれないのかとあの人を問い詰めると、一生話すことはないと思うと、自分たちは三年前を境にわかり合ってはいけない関係になったと言われたとお伝えしたときに、唐木さんはもう一度同じことを言ってくださいとおっしゃいましたよね」

「それが何か？」

「どうしてその言葉が気になられたんでしょうか」

「別に気になったわけではありません。よく聞き取れなかったから訊き返しただけです」

それは嘘だ。インカムをつけているから聞き逃すとは考えづらい。

奈緒美がその話をしたときに、珍しく唐木が強張った表情をしていたのを覚えている。

「あの人は収賄容疑で逮捕される一ヶ月ほど前から、何かをしていたようなんです」

「何か？」

「その頃、あの人はデスクワークに回されていたそうですが、いつも帰りが遅かったんです」

「それは……」唐木が言いよどんだ。

暴力団から受け取った金で女遊びをしていたのだと言いたいのだろう。

「いつも汗臭い格好で帰って来ていたので、女遊びの類とは思えないんです。それにもし、夫婦としての亀裂を認識していたのであれば、わかり合ってはいけない関係、ではなくて、わかり合えない関係になったと言うんじゃないでしょうか。わかり合ってはいけない関係……わたしには言えない、言ってはいけない何かをしていたんじゃないかと思うんです。もしかしたら、唐木さんはそのことに何か心当たりがあるんじゃないでしょうか？　だからその言葉が気になって訊き返されたんじゃないですか?」

　唐木の口角が少し上がった。深くもたれかかるようにして、左手で後頭部のあたりを撫でる。

「何も思い当たることはありませんが……先ほどもお話ししましたように学校を出てからはほとんど会うことはありませんでしたし、正直なところ朝倉さんの存在を忘れかけていたときに逮捕されたというニュースを観ました。ですから、その頃に朝倉さんがどのようなことをしていたのかまったく見当がつきません」

「そうですか……」奈緒美は溜め息をついて画面から視線をそらした。

「元ご主人を信じたいという気持ちは理解できるつもりです。ただ、少し冷静になられたほうがいいかもしれない」

　その言葉に、奈緒美は画面に視線を戻した。

「本当は今この話はしたくなかったんです。それでなくても梓ちゃんが戻らなくてそうとう心労を重ねてらっしゃるでしょうから。梓ちゃんが無事に保護されるまでは黙っているつもりでいましたが……」

「いったい何でしょうか」

「朝倉さんはもはや参考人ではなく容疑者なんです」

「あの人が容疑者?」奈緒美は目を見張った。

「ええ。公園の周辺を張っていた捜査員が朝倉さんを見つけて追いました。その際に朝倉さんは激しく抵抗して、捜査員のひとりに大怪我を負わせました。朝倉さんはその後、捜査車両を奪って逃走しました。先ほど朝倉さんの逮捕状を取りました」

唐木の言葉を、奈緒美は信じられない思いで聞いた。

「捜査員のひとりが暴れる朝倉さんを取り押さえるために、やむを得ず威嚇発砲をしました。ただ、そのことがマスコミに知られてしまい、誘拐事件のことを発表しなければならなくなってしまったんです。あなたや梓ちゃん、そして朝倉さんのことはまだ話していません。横浜市内に在住の女の子が誘拐されたという程度の発表にとどめています。報道協定がありますので梓ちゃんが救出されるまでニュースになることはありません。しかし、我々にとっては捜査がやりづらくなったのも事実です」唐木が苦々しい表情を浮かべた。

「捜査に支障が出てしまうということでしょうか」

「ただちにそれがどうこうということにはならないと思います。ただ、少なくとも捜査に携わっている人員を割いてマスコミの対応に当たらせなければなりませんから、戦力が減ってしまうのは否めないでしょう。わたしも先ほどまでマスコミ対策のために現場を離れなければならなくなった。それにいくら報道協定があるといっても、マスコミは何もしないわけではありません。誘拐された女の子を特定するためにいろいろ嗅ぎまわる可能性もあります」

「これからどうすれば……」奈緒美は不安に苛（さいな）まれながら訊いた。

「今までと変わりなく生活してください。明日はお休みでしたよね。あなたにとって本当に過酷な一週間だったと思います。どうかゆっくり休んでください」

梓が戻らない状況でゆっくり休むことなどできるはずがない。

「大丈夫です。逮捕状が取れたことにより、神奈川県内だけではなく全国の警察に手配書を出せます。梓ちゃんが戻って来るのも時間の問題でしょう。それでは――」唐木はそう言って、奈緒美の反応を待たずに通信を切った。

真志が捕まれば梓は戻って来るのか――

今はとてもそう思いきれず、焦燥感だけがこみ上げてくる。

ふたたび罪を負ってまで、真志はどうして警察から逃れなければならなかったのか。真志が言うとおり、誘拐犯から何かしらの要求があったとすればそれはいったいどんなことなのか。

いくら考えても何もわからない。ただ、このままここでじっとしているだけでは、気がどうにかなってしまいそうだった。

おれたちは三年前を境にわかり合ってはいけない関係になったんだ――

あまりにも頼りない手がかりでしかないが、今はその言葉しか引っかかるものがない。

奈緒美はカーソルを動かしてインターネットにつないだ。とりあえず真志が逮捕されるまでの半年ほどの間に横浜市内で発生した事件を調べてみようと思い立った。

暴力団、銃器、薬物、外国人犯罪、密輸密売、偽造――

組織犯罪対策課が扱う事件で、その時期に横浜市内で発生したものを片っ端から調べていった。

だが、情報は思ったほど多くなかった。項目としてはいくつか出てきたが、そのページに行くとすでにニュースサイトから削除されていて詳細がわからないものがほとんどだった。三年前の情報だからそれなりに大きな事件でないと残らないのだろう。

今でも多くのページに残っているのは、三年前に横浜市内で発生した交通死亡事故だ。保育園のそばで園児の列に車が突っ込み、七人が亡くなったという痛ましい事故だ。運転していた男も事故死している。運転していた男が麻薬をやっていたということで検索結果に出てきたが、これは組織犯罪対策課が扱うものではないだろう。

ずっとパソコン画面を見ていたので目がかすんでいる。少しでも休もうと立ち上がってリビングの明かりを消した。ソファに戻ろうとしたとき、あることに引っかかりを覚えて立ち止まった。奈緒美は暗がりの中でそのときの記憶を必死に呼び起こした。

真志が今までに発した言葉の中でも、よく理解できないものだったので印象に残っている。

食卓で事故のニュースを観ていた。たしか、事故から一ヶ月が経ったが、被害者や遺族の悲しみはいまだに癒えないでいるといった内容だったと記憶している。

運転していた男は麻薬による錯乱によって事故を起こしたが、すでに亡くなっていることから罪に問うことはできず不起訴処分になった。

加害者は死んだといっても、薬物を摂取して錯乱した男の巻き添えになった人やそのご遺族はとても浮かばれないわね――

奈緒美はたしかそんなことを言った。すると真志がこんな言葉を返した。

とても浮かばれないがそうであることを願っている――と。

その言葉の意味が理解できずに「どういうこと？」と訊いたが、真志は「何でもない」とテレビから視線をそらしてそのまま黙ってしまった。

とても浮かばれないがそうであることを願っている――

あれはどういう意味だったのだろうか。

携帯の着信音が聞こえて、奈緒美は目を開けた。リビングテーブルの上に置いた携帯を手に取って画面を見た。

昨日電話した戸田の番号ではないから、おそらく千春だろう。

寝る前に、千春のメールに『お時間のあるときにご連絡いただけないでしょうか』と自分の携帯番号を添えてメッセージを送った。

メールで用件を伝えてもよかったが、できれば直接話したかった。

「高橋です」

電話に出ると千春の声が聞こえた。

「お忙しいのに申し訳ありません」

「別に休みだからいいですよ」千春がさばさばした口調で答えた。

「介護施設の仕事はお休みでも、あちらのほうはお休みにはならないでしょう」

誘拐事件が解決する前に担当捜査員が休みを取れるとは思えない。

「あちらのほうも休暇になりました」

「休暇？」奈緒美は驚いて訊き返した。

「別名、自宅謹慎ってやつです」

「わたしのせいですね」すぐに事情を察して言った。

奈緒美が唐木に言ったことによって、千春に何かしらのペナルティが科されないだろうかと心配していた。そのことを確認するのが、千春と話したかった理由のひとつだ。

「別に気にしないでください。もしかしたらそのことを心配してメールしてきたんですか？」

「それもあります」

「それも？」

「この前高橋さんは、あの人が逮捕される一ヶ月ほど前から、よくひとりで行動していたと言っていましたよね。そして二週間ぐらい前からデスクワークを命じられて定時で帰っていたと」

「ええ」

「でも、その頃のあの人はいつも遅くに帰ってきていました。いつもスーツは汗臭かったから女と会っていたとは思えなくて……それで仕事でも女でもなく、あの人は何かをしていたんじゃないかとずっと考えていたんです」

「それで」

「三年前に横浜市内の保育園のそばで七人が亡くなった交通事故を覚えていますか？」

「ええ。クスリをやっていた男が錯乱して園児の列に車を突っ込ませたというやつですよね」

「そう」

事故が起きたのは真志が逮捕される二ヶ月ほど前のことだ。

「もしかしたらその事故に何か関係があるんじゃないかと思い至って……」

「どういうことですか？」

奈緒美はそのことに引っかかりを覚えた真志とのやりとりを話した。

「そうであることを願っているって……どういうことでしょうね。加害者が死んだことを願っているっていうことですか？　ちょっと意味がわかりませんけど。加害者が生きていて、死ぬことを願っているならまだわかりますけど」

「たしかにわたしも言葉としておかしいと思います。もしかしたらわたしが言った、麻薬で錯乱したという言葉に引っ掛けたんじゃないかと」

「朝倉さんは麻薬の錯乱が事故の原因だというのを疑っていたということですか？」

「わかりません。でも、どうにも気になってしまって……」奈緒美はそれからの言葉を発するのをためらった。

「もし仮にそうだとして、朝倉さんがひとりでそのことを調べていたとすると、わたしが抱いていた疑問も納得できます」

「上と意見が合わなくてデスクワークに回されたということですね」

もし、警察が嘘の発表をしたのであれば、そのことを調べていた捜査員に何らかの圧力があったとしても不思議ではない。

「ええ。それに朝倉さんが逮捕されたことも」

千春は奈緒美がこの疑念を抱く前から、真志が収賄事件を起こすなど信じられないと言っていた。

「わたし、これから事故のあったところに行ってみようと思っているんです」

今までさんざん悩んで決めたことだ。誘拐犯から監視されているかもしれない状況を考えれば、日常生活とはちがうことをするべきではない。それに、いつ奈緒美のもとに誘拐犯から電話がかかってくるかわからないのだ。

だけど、何もわからないままここでじっとしているのはとても耐えられないという思いが勝った。

「唐木さんたちには黙っておいてほしいんですけど」奈緒美は言った。

「もちろんです。わたしも付き合いますよ」

「え？」

「一般人が聞き込みをしようとしても限界があるでしょう。そのかわり今日のランチはおごってください」

千春の笑い声が聞こえた。

29

駐車場に車が停まると、朝倉は助手席のドアを開けた。

「ひとりで行ったほうがいいだろう。それにあんたにはあいつを見張っていてほしい」朝倉は車から降りながらトランクのほうに目を向けた。

「ひとりで行って大丈夫か？」運転席から岸谷が訊いた。

鎮痛薬代わりに飲ませた酒がきいて寝ているようだが、いつ暴れ出すかわからない。

「わかった。何かあったら連絡しろ」

朝倉は頷いた。後部座席に置いたデイパックが目に入り、少し考えてからそれを手にして建物に向かった。

建物に入るとすぐに案内板を探した。入院病棟は三階と四階だ。エレベーターで三階に上がると病室の前に掛かった札を見ながら歩いた。

三階の三〇七号室の札に『岩城英明』という名前を見つけた。四人部屋のようでドアは閉まっている。

朝倉はノックをしてドアを開けた。窓際のベッド以外はカーテンが閉まっている。ベッドの横に置いた椅子に座っている男に目を留めた。

倉持だ——

朝倉が近づいていくと、倉持がこちらに目を向けた。すぐに顔色を変えて勢いよく立ち上がった。

「きさま——」

倉持の様子に驚いたように、ベッドで寝ていた男が上半身を起こした。

「栗原をどこにやった」

まわりを気にして倉持は声を落としていたが、朝倉を見つめる眼差しには怒気がこもっている。

「その人と話をさせてくれたら解放する」朝倉はベッドの岩城に目を向けた。

ここに来るまで想像していた印象とはちがい、一見したところ穏やかそうな男に思えた。

サイドテーブルに置いた写真立てが目に入った。妻と子供と一緒に写っている家族写真のようだ。

「もっとも岩城さんが正直に話してくだされればの話ですが」

岩城が倉持に視線を向けた。

「さっき話していた興信所の男だ」

倉持が言うと、岩城が納得したように頷いた。ふたたびこちらに視線を向ける。

「権藤さん。いったい誰に頼まれてわたしを捜していたというんです？　金を払ってまで捜される価値があるとは自分でも思えませんがね」岩城がまっすぐこちらを見つめながら言った。

「わたしの本当の名前は朝倉真志といいます。あなたと同じ、神奈川県警の元警察官です」

朝倉が言うと、ふたりの目が反応した。

「どこかで聞いた名前だ」岩城が興味を持ったように少し身を乗り出した。

「そうでしょうね。けっこう有名人なので」

「倉持、車椅子を持ってきてくれないか。朝倉さんと外で話してくる」

「やめておけ。何をするかわからんやつだ。元警察官というのも嘘かも……」

「それは本当だ」倉持の言葉を遮るように岩城が言った。「会ったことはないがきみの顔を思い出したよ。収賄事件で逮捕され懲戒免職になった。たしか年齢はわたしのふたつ下だった。その男が何のためにわたしを捜しているのか訊かないわけにはいかないだろう」

「わかった」

倉持がベッドから離れてドアの近くに置いてある車椅子のほうに向かった。

「準備ができるまで外で待っていてくれないか」

朝倉は頷いてドアに向かった。廊下に出てしばらく待っていると、倉持に車椅子を押されて岩城が出てきた。

「倉持、ここでいいよ。さあ、行こうか」岩城が朝倉に目配せして自分で車椅子を動かした。

「言っておくが、おまえのことは見張っているからな。何かあったらこの街から出られると思うな」

そう言った倉持に一瞥を残して、朝倉は岩城について歩きだした。

「どこに行くんですか」朝倉は岩城に訊いた。

「病院の敷地に大きな広場がある。ひさしぶりに外の空気を吸いたい」

エレベーターで一階に降りると建物を出て広場に向かった。ベンチの近くまで行くと岩城が車椅子を止めた。

「立ち話もなんだ。座ってくれ」岩城がベンチを手で示した。

「わたしはこのままでいいです」

「わたしが嫌なんだよ。何だか見下されているようでね」

朝倉はベンチに座った。

「で、いったいわたしに何の用があるんだ？」

「あの事故の真相を教えてもらいたい」朝倉は岩城の目を見つめ返しながら言った。

「あの事故？」岩城が首をひねった。

「三年前に横浜市内の保育園の近くで園児や保育士の列に車が突っ込んだ事故です。事故によって七人が亡くなり、車を運転していた男も事故死した」

「そういえばそんな事故があったな。自分の管内じゃなかったから詳しいことは覚えていないが、たしか運転していた男は麻薬をやっていて、それが事故の原因になったんじゃなかったかな」

「警察の発表では一応そうなっています。ただ、あなたはあの事故の真相をご存じなんじゃないですか」

「きみの言いたいことがよくわからないんだが」岩城が表情を変えずに言った。

「事故を起こした新井はその二ヶ月ほど前からそれまで住んでいた石川町の部屋を引き払い、姿を消していました。友人たちとの交流も絶っていましたが、ひとりだけその間の新井のことを知っていた女性がいます。その女性の話によると、新井は赤羽にいたイワキという男性と交友を持っていたと」

「それがわたしだと？」

朝倉は頷いた。

「倉持の部下の栗原が新井のことを知っていました。何度かあなたと一緒にいるところを見かけたことがあると」

岩城は何も言わずに朝倉のことを見据えている。

「新井は仕事をするために赤羽に移ったとその女性に話していました。二千万円の報酬を得られる仕事だと。その仕事とはいったい何なんですか？　あなたと新井はいったい何をしようとしていたんですか？」

岩城は朝倉の視線をまっすぐ受け止めながら黙っている。やがて口もとにかすかな笑みを浮かべて首を横に振った。

「言ってることがさっぱりわからないね。たしかに事故を起こした新井のことは知っている。ちょっとした飲み仲間だ。だけどそれだけだ。それにしても二千万円の報酬が得られる仕事だなんてまったくうらやましい話だな。そんな話があるならわたしが紹介してもらいたいぐらいだ」岩城が大仰に笑った。

「とぼけないでください」

朝倉が言うと、岩城がすぐに笑みを消して鋭い視線になった。

「きみはなかなか興味深そうな男だが、そんなくだらない話ならこれで失礼するよ。今のわたしにとって時間は貴重だからね」

岩城が車椅子の車輪に手を添えた。くるりと反転させてこちらに背を向ける。

「それならばしかたがない」

朝倉が背中に向けて言うと、岩城の手が止まった。首だけ動かしてこちらに顔を向ける。

「あまりこういう手は使いたくないんですがね」朝倉は岩城を見据えた。

「倉持の部下をさらに痛めつけるというのか？　やめておけ。それほど大きな組じゃないが、倉持は武闘派で知られている。骨折ぐらいじゃ済まないぞ」

岩城がそう言って朝倉の目に向けていた視線をわずかに落とした。包帯を巻いた左手を見ているのだろう。

「そんなことはしません。あなたを売るだけです」

「わたしを売る？」岩城が怪訝な表情を浮かべた。

「事故の捜査が終結した後も、警察は血眼になって新井の交友関係を調べていました。きっと警察にとってほしかったものが手に入らなかったんでしょう。だけど、今でも警察は必ずそれがどこかにあると思っている」

「それをわたしが持っていると、警察にチクるというわけか」

「警察はそれを手に入れるためならどんなことでもするでしょう。たとえひとりの捜査員に無実の罪を着せてでも」

朝倉が言うと、岩城の目が反応した。

「ある情報屋から、新井は薬物などやるはずがないという話を聞きました。警察の発表は嘘で、新井は殺されたのだと言っている人物がいると。とても信じられない話でしたが、わたしはひとりで事故のことを調べていました。事故現場の近くに住んでいた人から車が衝突する直前に発砲音のようなものが聞こえたという証言を得ました。それから新井が乗っていた車を捜しだして調べたら、後部に弾痕のようなものを見つけました。その直後にわたしは……」

「身に覚えのない容疑で逮捕されたというのかい」

朝倉は頷いた。

「わたしが事故のことを調べるきっかけになった理由を教えろと問い詰められました。そうすれば収賄の容疑に関しては内々に処理してやると交換条件を持ちかけられて」

「だが、きみはその情報屋を売らずに、前科者として生きていく道を選んだというわけか」

「そうです」

「たかが情報屋のためにね」岩城がさも滑稽だと言わんばかりの表情で笑った。

「そうしたことに後悔はありません」

「まあ、とんだ災難だったな。だが、わたしには関係ない話だ。警察に売りたかったら勝手にするがいい。末期の肝臓がんでどうせ半年も生きられない身なんだから」

それまで強い光を放っていた岩城の眼差しが陰りを帯びた。

「あなたはそれでいいかもしれない。だけど、秘密を知っているかもしれない家族を相手は放っておいてくれますかね」

朝倉が言うと、岩城が眉根を寄せた。

「どうやらきみのことを見誤っていたようだ。まっすぐで強い眼差しと先ほどの情報屋の話からそれなりに芯のある男のように感じたが、ずいぶんと底意地の悪い男なんだな」岩城が侮蔑を込めるようにして言った。

「あなたと同じようにわたしにも守らなければならない人がいるので」

岩城の蔑視を跳ね返すように、朝倉は見つめ返した。

「六日前、わたしの娘が誘拐されました」

岩城が目を見開いた。

朝倉はデイパックからぬいぐるみを取り出すと、自分の膝の上に置いた。

「娘とはあの事件で逮捕されてから会っていません。犯人は娘が持っていたこれをわたしに差し出し、新井の事故を調べろと要求しました」

岩城がうろたえたように視線をそらした。車輪に添えた手が小刻みに震えている。

「相手は誘拐をも厭わない連中です。あなたが何も話してくれないというなら、自分の娘の命を守るためにあなたや、あなたの家族を売らなければならない。だけど、そんなことはしたくない」

岩城が視線をさまよわせながら、唇を引き結んだ。

「あなたがあの事故の真相について正直に話してくれるなら、誘拐犯の正体にたどり着くことができるはずです」

じっと岩城を見つめていると、ようやくこちらに視線を戻した。

「警察の関係者がきみの娘を誘拐したというのか？」

岩城の問いかけに、朝倉は首を横に振った。

「たぶんちがいます。脅迫されていた人物か、もしくはその関係者でしょう」

「どうしてそう思う」

「誘拐事件の捜査本部は、自分の娘を誘拐したとしてわたしのことを追っています」

「狂言誘拐だと？」

「警察に捕まってから娘と離れて生活しています。収賄で逮捕されたことといい、それからの生活ぶりといい、そう思われてもしかたがない生活を送ってきました。ただ、誘拐犯が警察の関係者だとすれば、要求したことを実行させるために、わたしを捕まえようとはしないはずです」

朝倉は、携帯の電波で警察が自分を追って来るかどうかを試したときの話をした。

岩城は顔を伏せながら聞いている。

「まさかあの男が、誘拐までするとは……」岩城が信じられないというように呟いた。

「話していただけますね」

朝倉は言ったが、岩城はなかなか顔を上げようとはしない。

「六年前に離婚した」

ふっと漏らした呟きの意味がわからず、朝倉は首をひねった。だが、急かすことはせず、黙ったまま岩城を見つめた。

「ずっと仕事漬けで家庭を顧みなかった夫に愛想を尽かしたんだろう。今まで溜め込んできた不満をさんざんまくし立てられ、有無を言わせず離婚を承諾させられた」

岩城が顔を上げた。朝倉を見つめながら寂しげな笑みを漏らした。

朝倉も同じようなものだったが、元警察官だったこともあってか奈緒美はそんな自分を理解してくれていた。

「お子さんは？」サイドテーブルに置いてあった写真立てを思い出して訊いた。

「妻……いや、元妻が引き取って広島の実家に戻った。もっとも離婚してから元妻とも息子とも連絡を取り合っていないから今のことはよくわからないが……」

「お子さんはおいくつなんですか」

「離婚したときに十二歳だったから、十八歳になってる」

「会わなくていいんですか」

「半年ほど前に病名を知らされた。一年もつかどうかと悟ったときに一目だけでも会いたいと思ったが、わたしにそんな資格はないだろうと思い直してやめた」

　こちらに据えた眼差しがどんよりとよどんでいるように感じた。

「こんなことを言っても信用してくれないかもしれないが、それまでのわたしは遊びもやらずに堅物として通っていたんだ。仕事だけが生きがいの。だが、離婚してからは箍が外れてしまったように……ひとりきりの寂しさを埋めるために、酒やギャンブルや女にのめり込むようになった。三年ほどの間に一千万円近い借金を作ってしまい、それまで追っていた闇金ややくざ連中から逆に追い込みをかけられてしまうようなありさまになった」

　それで何者かを脅迫して借金の穴埋めをしようとしたのだろう。

「そんなときにたまに行ってたクラブで西沢誠一郎を見かけた」

「西沢誠一郎？」

　聞き覚えのある名前だ。

「平安の会だ」

「ああ……」

平安の会は最大野党と言われ、西沢誠一郎はその党首で、いずれ総理大臣になるだろうと目されている人物だ。

「まさか、その西沢を……」

朝倉が訊くと、岩城が頷いた。

脅迫していた相手が自分の想像をはるかに超える大物だと知って、妙な息苦しさを覚えた。

「もともと神奈川県知事だったから横浜に馴染みがある。都内ではあまり派手に遊べないので、遊びたいときにはやってくるのだろう。きみももしかしたら知っているかもしれないが、口が堅いことで有名な店だ」

「西沢をどんなネタで脅迫したんですか」

「捕まったとき、きみはたしか組織犯罪対策課じゃなかったかな」

朝倉は頷いた。

「それならば西沢についての噂話を一度ぐらい耳にしたことがあるんじゃないか?」

「クスリ……」

組織犯罪対策課で仕事をしているときに、何度か西沢誠一郎の名前を耳にしたことがあった。

違法な薬物をやっているという噂があったが、警察内部では深く関わってはいけないものとして扱われていた。

「わたしには当時付き合っていた女がいた。もっとも付き合っていたといってもからだだけの関係だったが。アケミという女で、昔付き合っていた男に騙されてわたしと同じように多額の借金を抱え、路上でからだを売っていた。摘発を見逃してやったことがきっかけでその半年ぐらい前から関係を持っていた。それとなくホステスに探りを入れると、どうやら西沢の好みのタイプではないかと感じて、彼女に話をしたんだ」

「クスリをやっている証拠をつかんで西沢を強請ろうと？」

朝倉が察しをつけて訊くと、岩城が自嘲するような笑みを浮かべながら頷いた。

「何とも浅ましい男だと思っているだろう。だが、あのときのわたしにはそうするしかなかった。借金を返さなければ、組織に対するもっとひどい裏切りをしてしまいかねない状況だった。それに、警察官として正攻法で西沢に手を出すことができないという悔しさがあった」

「警察が手出しできない西沢を懲らしめてやろうと？」

「そうだ」

ただの言い訳だと反発を覚えながらも、岩城からすべてを聞き出すために何も言わなかった。

「相手は大物の政治家だ。絶対に自分たちの素性を知られるわけにはいかない。わたしはつてを頼って、アケミの偽の身分証明書を作ってもらった。それで新しい部屋を借り、西沢が通っているクラブで働かせた。それからは他人名義の携帯を二台手に入れてそれで連絡を取り合うようにした」

何とも念入りなことだ。

「案の定、しばらくすると西沢からしつこく口説かれるようになったとアケミから連絡があった。アケミに知り合いから入手したクスリと小型のビデオカメラを渡した。目につかないところにビデオカメラを仕掛けて西沢がクスリをやっているところを隠し撮りしたら、その部屋を引き払い、店も辞めてしばらくどこかよその土地に隠れてもらおうと思った」

「その間に、あなたが西沢を脅迫して金を受け取るつもりだったんですね」

「ああ。ある日の夜中、アケミから連絡があった。西沢の誘いに乗ってこれから家に連れていくと。わたしはアケミのマンションの近くに行き、ふたりが来るのを待った。しばらくすると黒塗りの高級車がやってきて西沢とアケミを降ろし、車はどこかに走り去った。アケミはマンションの一階にあるコンビニで買い物をして、西沢と一緒に部屋に入っていった。二時間ほどすると西沢がひとりでマンションから出てきた。入っていったときに着ていた上着はなく、妙にうろたえた様子で出てきた西沢を見て、嫌な予感がしてアケミの携帯に連絡した。だが出なかった」

岩城が苦々しそうに表情を歪めて、口を閉ざした。

「もしかして、その女性は亡くなったんですか？」

朝倉の言葉に我に返ったように、岩城がこちらに視線を向けて頷いた。

「そうだ。合鍵を使って部屋に入ると全裸のままベッドの上でぴくりとも動かない彼女を見つけた。隠しカメラの映像を確認すると、西沢はわたしがアケミに渡したクスリではなく、自分の鞄からクスリを取り出して吸い始めた。半ば強引にアケミにもやらせて、意識が朦朧として動けなくなった彼女を犯すように弄んだんだ。やがてアケミは苦しそうに呻きだした。助けを求めるアケミを無視して西沢は無心に腰を振っていたが、やがて尋常ではないものを感じたようで起き上がった」

「それで彼女を放置して部屋から出て行ったんですね」

「ああ。わたしはビデオカメラの映像を確認すると元の位置に戻して部屋を出た。すぐに警察に通報した。もちろん匿名だけどね」

「どうして脅迫のネタを置いていったんですか」

「映像はビデオカメラのＨＤＤに記録されていた。とりあえずビデオカメラを持ち出してコピーしてから戻すことも考えたが、その前に西沢が身代わりを作って自首させ、警察がマンションにやってくる可能性を考えた。アケミの死に顔を見ているうちに、金よりも西沢に対する憎しみが勝っていったんだ。西沢が一緒にクスリをやっていた女を見殺しにして逃げたという決定的な証拠だ。これを警察が見つければ、西沢はそれ相応の報いを受けることになるだろうと……」

「だけど、あなたの思い描いていたような結果にはならなかった」

西沢誠一郎がそのような事件に関わったという話を聞いたことがない。

「警察が揉み消したんだ。わたしは部屋を出てからしばらくマンションの様子を窺っていたが、西沢は戻ってこなかった。西沢にかぎらずそれから警察が到着するまでマンションに入っていった人物はひとりもいなかった。その二日後にアケミのことが新聞で報じられた。薬物中毒で死んだ女の死体がマンションで発見されたが、偽造した身分証明書で部屋を借りていたので身元不明だという素っ気ない記事だった」

「西沢のことは一言も触れられなかったんですね」

岩城が鼻で笑って頷いた。

「まさかという驚きと、やっぱりという落胆がこみ上げてきた」

「あなたはそれでも脅迫をやめなかった」

「ああ。引けるわけがない。アケミの弔い合戦だ」

「それで七人の人間が死ぬことになった」

「殺したのはわたしじゃない。ましてや新井でもない」岩城が反発するように語気を荒らげた。

「新井とはどうやって知り合ったんです?」

「協力してくれそうな人間を捜しているときに桜木町の飲み屋で知り合った。警察官ということを伏せて、それなりに危険は伴うが稼げる仕事があると言うと新井は乗ってきた。どうしても大金が必要だということで」

「その理由を知っていますか」

「ああ。どうしても守りたい人間がいるということだろう。金がほしい理由を知って、この男なら大丈夫だと踏んですべての事情を話した。わたしの話を聞いても、新井は怯むことはなかった。それどころか何としても計画を成功させようと張り切っていた。相手は警察をも手なずけられる人物だから、それなりに準備に時間をかけた。新井は注意深く事務所を張ったり跡をつけたりしながら西沢のことを調べて、わたしはおそらく出張ってくるにちがいない特殊班のメンバーの情報をできるかぎり集めた」

「どうしてわざわざ赤羽で会っていたんですか」

「お互いに横浜は知り合いが多いからね。それに新井は前科持ちだ。仮にもわたしは警察官だったから、一緒にいるところを知り合いに見られるわけにはいかない。高校を卒業するまで住んでいた赤羽に部屋を借りて、新井に寝泊まりさせながら作戦を練ることにした。倉持とは小学校からの幼なじみだ」

「倉持も仲間だったんですか」

「あいつは関係ない。すべてが終わった後で事情を知っただけだ。いくら非合法なことを生業にしている人間だと言っても、将来の総理大臣候補と警察を強請るとなればさすがに協力はしないだろう」

「そうでしょうね」

「準備が整うと、西沢が女を見殺しにして警察に揉み消させた証拠を持っていると、やつの事務所に連絡した」

「いくら要求したんですか」

「六千万だ。本当は一億にしたいところだったが重量が重くなりすぎると厄介だから、そのあたりで手を打つことにした。わたしと新井が二千万ずつ。残りの二千万はアケミの実家に送るつもりでいた。彼女は子供の頃からおばあちゃんに育てられてきたと聞いていたから」

「重量が重くなりすぎると厄介というのはどうして」

「西沢の秘書に現金を持たせて、車ではなく歩きや電車で移動させながら受け渡しのタイミングを計る作戦だった。わたしは西沢の秘書の携帯に連絡してあちこちと移動させながら、同時にまわりに捜査員が張っていないかを監視した」

「新井は？」

「わたしからの連絡を聞きながら車で秘書の近くを移動させていた。秘書のそばに捜査員がいないと確信できたら適当なところに現金を入れた鞄を置かせて、すぐに新井にそれを引き取らせる手筈（てはず）だった。もし、捜査員らしい気配を少しでも感じたらすぐに取引は中止してネタを公開するとさんざん脅しをかけていたし、西沢にとって六千万などはした金にすぎないだろうという思いもあったから、三時間ほど移動させてそれらしい気配がなかった時点で、大丈夫だろうと判断してしまった。マンションのごみ置き場に現金を置かせると、新井に連絡して引き取りに行かせた」

「そしてその後、捜査員に追われた新井は事故を起こしてしまった」

「ああ。ちょうどそのときわたしは現金を置かせたマンションの非常階段から様子を窺っていた。秘書が立ち去って姿が見えなくなると新井に連絡した。やってきた新井がごみ置き場から鞄を取って車に入れたときに、いきなり後ろのほうに停まっていた宅配便の車から数人の男たちが飛び出して新井に向かっていった。新井はそれに気づいてすぐに車に乗って走らせたが、反対車線を走っていたワンボックスカーが強引にUターンして新井の車を追っていった。そのすぐ後にパンという破裂音が何度か響いて、新井の車が歩道を歩いていた人の列に突っ込んでいったんだ」

岩城がそこまで話すと、目もとのあたりを両手で覆った。

「拳銃(けんじゅう)ですか」

朝倉が訊くと、岩城が頷いた。

「間違いない。ワンボックスカーに乗っていた捜査員が新井の車に向けて発砲したんだ」

「誰が発砲したかは？」

「そこまではわからない。新井の車が人の列に突っ込んで電柱に激突すると、ワンボックスカーはその少し先でいったん停車した。だがすぐに走り去っていった。新井と七人の子供や保育士を殺したのは……警察だ」

「あなたは関係ないと？」朝倉は厳しい視線を岩城に向けた。

「関係ないとまでは言わない。だが、殺したのはわたしじゃない」

それだけは頑(かたく)なに認めたくないようだ。

「あなたはそれからどうしたんですか」

「すべてをあきらめたさ」岩城が吐き捨てるように言った。

「脅迫をあきらめたということですね」

朝倉が確認すると、岩城が頭を振った。

「それだけじゃない。警察の発表は事実とまったくちがうものだった。七人が死んだ事故だというのに……新井に関する報道を見聞きしながら、あらためて自分がいる組織がどれほど恐ろしいものかを思い知らされた。心の片隅にわずかに残っていた警察官としての誇りも、組織への忠誠心も、仕事に対する意欲もすべて失った。わたしは金を借りているやくざがほしがりそうな情報を渡して借金をチャラにしてもらい、警察を辞めることにした。すぐに辞めると万が一にも自分の関与を疑われてしまうのではないかと恐れて、半年ほど勤めてからだが。それからは昔住んでいた赤羽に移り、警察官時代のスキルを生かせるブレーンとして倉持に雇ってもらっているというわけさ」

岩城が膝の上で両手を組んで、少し身を乗り出してこちらを見つめた。

「これがあの事故の真相だ」

「映像は持っていないということですが、それ以外にも脅迫のネタは実際にあるんですか？　それとも事実を知っているということで、ネタがあるとかまをかけただけなんですか？」

「西沢がアケミの死に関わっていたという物的証拠はある。まさかそんなことはしないだろうという思いとともに、警察が西沢をかばう可能性もまったく想像していなかったわけでもなかったからね」

「それを渡してくれませんか」

朝倉はベンチから立ち上がり、岩城に一歩近づきながら言った。

「ひとつ条件がある」岩城がこちらを見上げた。

「何ですか」

「わたしの家族に危害が及ばないようにしてほしい。それだけが今のわたしの願いだ」岩城が朝倉を見つめながら言った。


車に近づいていくと、運転席の岸谷が朝倉に気づいてイヤホンを外した。

朝倉はドアを開けて助手席に乗り込むと、重い溜め息をついた。

「とりあえず車を出すか。こんなところに荷物を置いていくわけにはいかねえだろう」岸谷が後ろをちらっと見てエンジンキーをひねった。

「ああ。河川敷に行って栗原を降ろそう」

朝倉が言うのと同時に、岸谷が車を走らせた。

「会話を聞いているうちに思い出したが、おれは岩城に会ったことがある」

朝倉が隠し持っていた携帯を通して、岸谷は先ほどまでの会話を聞いていた。

「アケミという女の偽の身分証明書を作ったのはあんただったのか？」

朝倉が訊くと、岸谷が前を見たまま頷いた。

「それを作ったすぐ後に女の顔写真がニュースに出ていたから覚えてる。女の身分証明書だけじゃなく、男の住民票なんかも作った。家を借りるときの連帯保証人になったんだろう。まさか現役の警察官が顧客だったとはなあ……」岸谷が呆れたような口調で言った。

「ああ……」

長い間、市民の安全のために尽力してきた男が、自分の信念とは真逆の犯罪者にあっけなく堕ち、無念と苦渋に満ちた最期を迎えようとしているのだ。

「それにしても、とんでもない名前が出てきたな」

岸谷の言葉に、朝倉は我に返った。

「そうだな」

「誘拐犯は将来の総理大臣候補とその仲間ってことか。まったくゾクゾクしてくるぜ」

「降りたくなったか？」

「いや。うまくやればこれから老後どころか死んだ後の心配もせずに済む。だが、問題は山積みだ。やつらにネタを渡すわけにはいかねえ。渡しちまったらそこでおしまいだ。たとえ娘が解放されたとしてもな」

西沢がアケミの死に関わっていたという証拠を手に入れることはできた。だが、これを誘拐犯に渡して自分たちの危機がなくなるわけではない。いったんは梓を解放したとしても、秘密を知っている朝倉はこれから西沢に狙われ続けることになるだろう。そしていつ何時、ふたたび梓や奈緒美の身が危険にさらされるかわからない。

「これからどうするんだ？」

　岸谷に訊かれたが、何の策も思い浮かばない。

「いずれにしても今夜は誘拐犯との取引になる可能性が高いだろう。栗原を降ろしたらどこかで少し仮眠をとろう」朝倉は時計に目を向けて言った。

30

「次は星川（ほしかわ）――星川――」

　電車のアナウンスが聞こえ、奈緒美は見つめていた写真から視線を外した。

　駅に着くと、写真をバッグの中にしまい、電車を降りて改札に向かった。改札が近づいてくると、外で待っている千春が見えた。

「お待たせしてごめんなさい」奈緒美は千春のもとに行くと頭を下げた。

　出かけるまでの準備に時間がかかり、千春の携帯に約束の時間を遅らせてほしいとメールを送った。

「それはかまわないんですけど、何かあったんですか？　もしかして捜査員に見つかって家に戻ったとか……」千春があたりに目を向けながら言った。

「ちがうんです。捜査員には見つからないように注意して来ました。ただ、もし犯人から自宅に連絡があったときのために携帯に転送されるようセットするのと、あの人の写真を探すのに時間がかかってしまって……」

　真志のことを訊いて回るのであれば写真があったほうがいいと思った。

「離婚して捨ててしまったんですか？」

　奈緒美は頷いた。

「たしかに朝倉さんの写真があったほうがいいですね。家に戻って探せば一枚ぐらいあるかもしれないですけど……」

「一枚だけ見つけましたから大丈夫です」

　真志が写っている写真はたとえ梓が一緒であっても処分してしまったが、どうしても一枚だけ捨てられずに引き出しの奥にしまっていたものがあったのを思い出した。真志が生まれたばかりの梓を抱き、ベッドで横になっている奈緒美とともに写った初めての家族三人の写真だ。

　そんな写真を人に見せて回るのは恥ずかしいが、この際しかたがない。

「それじゃ、行きましょうか」

　奈緒美は駅から出るとすぐにタクシー乗り場に向かった。

「ちょっと待ってください」

　千春に呼び止められて、奈緒美は振り返った。

「お花を買っていきませんか」千春が駅前にある花屋を指さして言った。

「え、ええ……」

これからたくさんの人が亡くなった現場に行くというのに、そんなことにさえ思いを向けられないことに恥じ入りながら花屋に向かった。

花束をふたつ作ってもらうと店を出てタクシーに乗った。

運転手に事故の話をするとすぐに場所がわかったようで車を走らせた。

「このあたりですね」

十分ほど行ったところで運転手がタクシーを停めた。タクシーを降りてあたりを見回すと、歩道に地蔵が置かれている。事故から三年経った今も地蔵の前には花やジュースなどが供えられていた。

奈緒美は花束を供えて両手を合わせた。隣に顔を向けると、千春はまだ目を閉じて両手を合わせている。ようやく目を開けて手を下ろすと奈緒美に視線を向けた。

「保育園に行きましょうか」

千春の言葉に頷いて近くを探してみたが保育園が見つからない。

「保育園は事故現場の近くでしたよね」奈緒美は昨夜見たニュースの記事を思い返しながら首をひねった。

「わたしはよくわからないですけど……どこかで訊いてみましょう」

少し先にパン屋らしき看板が見えて近づいていったが、シャッターが閉まっていた。

「あっちの店で訊いてみましょうか」

道路を隔てた斜向かいに金物屋があった。千春とともに道路を渡って店に向かった。

「すみません──」

　声をかけながら店の奥に進んでいくと、レジのところで雑誌を読んでいた女性が顔を上げた。父と同世代に思える女性だ。

「いらっしゃいませ。何かお探しですか？」女性が訊いた。

「いえ……申し訳ありませんが、ちょっとお訊きしたいことがありまして」

「何かしら」

「この近くに保育園はありませんか？　三年前に大きな事故があった歩道のすぐ近くに保育園があったと思うんですが」奈緒美は外のほうに指を向けながら訊いた。

「ああ、つばさ保育園のことね。一年ほど前に閉鎖しちゃったわよ」

「閉鎖ですか？」

「そう。今マンションを建ててるところにあったんだけどね。お子さんがたくさん亡くなった事故だったから……別にその保育園のせいじゃないけど、やっぱりイメージがよくないわよねえ。お子さんがあまり入らなくなって経営が難しくなったんじゃない？」

「どこかに移転したとかではないんですか」

「さあ、そんな話は聞いてないけど」

「その保育園の関係者のかたに話をお聞きしたいんですけど、どなたかご存じではありませんか」

　千春が訊くと、女性が「わからないわねえ」と首を横に振った。

「事故に遭われたお子さんのご家族などは……」奈緒美はさらに訊いた。

「向かいのパン屋さんがそうだけど」

「そうなんですか？」

「ええ。白石さんっておっしゃったかしら。息子さんが事故に遭われて……お亡くなりにはならなかったけど植物状態になってしまったとかで、ずっと病院に入院しているらしいわ」

「お子さんが事故に遭われたすぐ近くで仕事を続けなければならないなんてお辛いでしょうね」奈緒美は同情した。

「そうねえ。わたしだったらわざわざそんなことはとてもできない」

「わざわざ、というのは……？」女性の言葉が気になって、奈緒美は訊いた。

「もともとは隣町の月見台にお住まいだったそうよ。ご主人のお仕事もパン屋さんじゃなくサラリーマンだったって」

「事故の後に会社を辞めてあそこでパン屋さんを始めたんですか？」

「そう言ってたけど」

「どうして」奈緒美は理解できなくて訊いた。

「わからないわあ。脱サラして始めたにしては味はおいしかったから最初の頃はそれなりに繁盛してたんだけど、あのお店に行くと必ず事故の話になるから」

「事故の話ですか？」

「ええ。その事故を目撃してなかったかだとか、何か事故のことについて思い出したことがあったら教えてほしいだとか……」

事故のことを知りたいためにわざわざ脱サラしてあそこに店を出したというのか。

「お子さんが事故に遭われて植物状態になったっていうからお気持ちもわからないでもないんだけど……行くたびにそんな話をされるとこちらまで気が滅入っちゃうでしょう。そういうわけでお客さんが減っちゃったみたいね」

「今日はお休みなんでしょうか」

「三ヶ月ほど前からお店を閉めているわね。二階がご自宅になっているからたまに外で見かけるけど」

「そうですか……」

肘を突かれて千春に目を向けた。

「朝倉さんのことは?」

千春に言われてここに来た一番の理由を思い出した。

奈緒美はバッグから写真を取り出して、自分が写っているところを指で隠しながら女性に向けた。

「このかたは?」女性が写真と奈緒美を交互に見ながら問いかけてきた。

「ずいぶん昔の写真ですが、この男性を見かけたことはないでしょうか。おそらく事故のすぐ後だと思うんですが……」

「事故の後ということは、警察か何かのかた？」

　奈緒美が頷くと、女性が写真に視線を戻した。

　しばらく食い入るように写真を見つめていた女性が顔を上げて奈緒美と目を合わせた。

「あるわ」

「どこで見かけましたか？」奈緒美は勢い込んで訊いた。

「ここに来たわよ。事故のことで訊かせてほしいって」

　奈緒美は思わず千春と顔を見合わせた。

「それで……」女性に視線を戻すと先を促した。

「事故を目撃しましたかと訊かれたから、直接は見てないって答えた。ただ、サイレンの音がすごくしたから外に出て事故の様子を見に行ったと話したけど。そしたらそのときの様子をいろいろと訊いてきた」

「たとえばどんなことですか」

「やってきた警察官はどういうことをしていたかだとか、事故を起こした車はどれぐらいの時間で運ばれていったかだとか……あと、隣のマンションの住人が車の衝突音の直前に何かが破裂したような音を聞いたそうだけど、そういう音を聞きませんでしたかって」

「何かが破裂したような音ですか？」奈緒美は首をひねった。

「そう言ってたわねえ」

「それで、そういう音は聞かれましたか？」

奈緒美が訊くと、女性が首を横に振った。

「事故があったときには奥でテレビを観てたから。サイレンの音がするまで事故があったことにも気づかなかったわ」

「そうですか……」

奈緒美は千春に目を向けると、女性に礼を言って店を出た。

道路の向こう側にある地蔵が目に入り、奈緒美は立ち止まった。事故現場を見つめながら胸の中で疑念が膨れ上がってくる。

警察に逮捕される少し前まで、真志は事故のことを調べていた。運転していた男がクスリをやっていたとはいっても組織犯罪対策課の仕事とは思えない。いや、それ以前にここは真志が所属していた署の管轄ではない。

「あの人はどうして事故のことを調べていたんでしょう」

自分の中ではどうにもその答えが見つからず、奈緒美は千春に問いかけた。

「安本さんに言ったことを確認したかったんじゃないでしょうか。新井がクスリが原因の錯乱によって事故を引き起こしたという警察の発表が本当かどうかを」

とても浮かばれないがそうであることを願っている——

奈緒美は弾かれたように道路を渡ると、シャッターが閉ざされたパン屋に向かった。

事故の被害に遭った子供の親も真志と同じように警察の発表を疑っていたのだろうか。だからこそ、わざわざここに店を構えて目撃者を捜そうとしたのか。

店の隣の駐車スペースに車が停めてあり、その奥に玄関があった。奈緒美は『白石』という表札がついているインターフォンに手を伸ばしたが、ためらいが芽生えて手を引いた。

「どうしたんですか？」後ろから千春が訊いてきた。

「いきなりこんなことで訪ねたらご迷惑かと思って」

自分の子供が被害に遭った事故のことを思い出させてしまうことになる。

「朝倉さんが何をしていたかを知りたいからここに来たんでしょう」千春がそう言ってインターフォンを押した。

しばらくすると、「はい――」と男性の声が聞こえた。

「お忙しいところ申し訳ありません。わたしたちは三年前にすぐ近くで起きた事故のことについて調べている者ですが、少しお話を聞かせてもらえないでしょうか」

「事故のことで調べてる？」

訝しそうな声が聞こえた後、「少々お待ちください」とインターフォンが切れた。

「警察だと名乗れば話が早いんでしょうけど、さっきのおばさんの話によると警察に不信感を抱いているかもしれないですしね」

しばらくするとドアが開いて男性が顔を出した。顔立ちから三十代半ばぐらいに思えたが、髪のあちこちに白いものが交じっている。

男性が何の用だとこちらを見つめてくるが、どう話を切り出していいのかわからない。

奈緒美は助けを求めるように隣の千春に目を向けた。

「高橋と安本と申します。あちらで起きた事故の被害に遭われたお子さまのお父さまでしょうか？」

「ええ、そうですが……」白石が怪訝な表情を浮かべながら答えた。

「実はわたしたちは犯罪や事故に遭った関係者のかたがたからお話を聞く活動をしています。団体というほど大きなものではないのですが、SNSなどのネットを通じて、被害者やそのご家族と情報のやりとりをしているんです」

　よどみなく嘘を並べ立てる千春を奈緒美は感心する思いで見つめた。

「わたしも、こちらにいる安本も事故で家族を亡くしておりまして」

「そうですか……」白石の眼差しが変化した。

「非常に重大な事故でしたので、何かお役に立てることがないかと被害者の関係者を回っておりました。その中で白石さんのお話が出てきまして……白石さんは事故の後にこちらにお住まいになって、パン屋さんを始められたと」

「ええ」

「近所のかたに事故を目撃しなかったかと訊いていらっしゃるとお聞きして、警察の捜査や対応に不信感をお持ちなのかと思ってぜひお話を伺いたいとまいりました。実際にわたしたちも家族が事故に遭ったときの警察の捜査や対応に不満を抱いたことが、この活動を始めるきっかけになったものですから」

「まあ、個人が何か言ったところでどうにもならないですからね」白石が諦観を滲ませながら言った。

「そうです。でも同じような思いをしている人間が集まって声を大にすれば状況を変えられるかもしれません。ぜひ、白石さんのお話を聞かせていただけないでしょうか」

「わかりました。散らかっているもので、玄関先でよければ」白石がドアを大きく開けた。

「白石さんはどうしてこちらに移ってこられたんでしょうか。以前はパン屋さんではなくサラリーマンをされていたとお聞きしましたが」玄関に入ってドアを閉めながら千春が訊いた。

「事故現場に花を供えているときに通りすがりの人と話をしたことがきっかけでした。二十歳ぐらいの若い男性でしたが、その人は事故があったときに近くにいたそうで、わたしの子供が事故の被害に遭ったと知ってそのときの様子を話してくれました」

「その男性はどんなことを話したんでしょう」

「男性は自転車で目の前の道を走っていたそうです。事故の被害に遭った園児や保育士らの横を通り過ぎたときに向こうのほうから猛スピードで車がこちらのほうに向かってきたと言っていました」

「事故を起こした車ですよね」

千春が訊くと、白石が頷いた。

「危ないなと思って自転車を歩道に乗り上げると、すぐにその後ろからもう一台ワンボックスカーが猛スピードで走ってきたそうです。次の瞬間、パンパンという破裂音が聞こえて、悲鳴とともに激しい衝突音がしたと……男性が驚いて振り返ると、歩道にたくさんの人が倒れていて電柱に突っ込んだ車があったと」

「そのワンボックスカーは事故を起こした車を追っていたんでしょうか」奈緒美は初めて知った話に驚きながら訊いた。

「男性の話だとそのように思えたということです。ワンボックスカーは少し先でいったん停車したけど、すぐに走り出したと」

「その破裂音というのは何だったんでしょうか」

「爆竹のような音だったと」

「警察にその話は？」

「したと言っていました。ただ、わたしたちは警察からそんなことは一言も聞いていません。男性からその話を聞いた直後に警察に行って確認しましたが、そのような目撃証言は得られていないと、きっとわたしが事故の被害者の親だと知ってからかったのだろうと素っ気なく返されました。事故の被害者の親をからかうようなひどい人間だったとはどうしても思えなくて……時間を見つけてはこの近辺を歩き回って彼のことを捜したんです。だけど、それから会うことはありませんでした」

「それでこちらにお店を出して、他に事故を目撃した人がいないか捜そうとしたんですね」

「そうです。息子はパンが大好きで、将来パン屋さんになりたいと言ってましたので、思い切って会社を辞めて……ただ、無駄になってしまいましたが」

白石のどんよりと沈んだ表情を見て、その言葉がどういう意味なのかを悟った。

「他に目撃者はいなかったのでしょうか」奈緒美は気を取り直して訊いた。

「ええ。みなさんにとってはしょせん他人事なんです。いや、それ以上に自分が住む近くでそんなおぞましい出来事があったことを早く忘れたいんでしょう」

「この男性を見かけたことはないでしょうか」

奈緒美はバッグから写真を取り出して白石に向けた。白石が奈緒美の手から写真をつまみ上げて見つめる。しばらく写真を見つめていた白石が奈緒美と視線を合わせた。

「あります」白石が頷いた。

「どこでお見かけになりましたか？」

「事故現場の近くで何回か会いました。変わったかただったので記憶に残っています」

「変わったかたといいますと？」

「事故現場の近くを歩き回りながら周辺の壁や街路樹を食い入るように見ていました」

真志はどうしてそんなことをしていたのか。考えられることがあるとすれば、破裂音がしたという証言に触発されて、壁や街路樹に弾痕が残っていないか確認していたのではないかということだ。

「こちらのかたはあなたですよね？」

白石の声に、奈緒美は目を向けた。

「先ほどご家族が事故の被害に遭われたと言っていましたが、まさかこのかたでは……」

「いえ、ちがいます」

奈緒美が答えると、白石がかすかに表情を緩めた。

「よかった。一度も話をしたことはありませんでしたが、いいかただと思っていましたので」

「どうしてそう……」

「何となくです。事故現場に向かって手を合わせているときの姿を拝見して」白石が寂しげな笑みを浮かべた。

31

ポケットの中で振動があり、朝倉は携帯を手に取った。

「約束の時間です」

電話に出ると、機械で加工された声が聞こえてきた。

「新井たちが持っていた脅迫のネタは手に入りましたか」

その言葉に怪訝な思いを抱いて、朝倉は運転席の岸谷に目を向けた。岸谷がどうしたのだと目で訴えかけてくる。

「どうしたんです？　梓ちゃんの命と引き換えのものはちゃんと手に入れたんですか」

娘の名前を呼ばれ、朝倉は「ああ」と呟いた。

「さすがですね。やはりあなたにお願いして正解でした。それではさっそく受け渡しの段取りを決めましょう」

「場所はそちらで決めていいが、梓と引き換えでなければ渡さない」朝倉は語気を強めて言った。

「それはあなたが決めることではありませんよ」

「おれは警察に協力を仰げない立場だとわかってるだろう。何を警戒する必要がある」

「あなたには警察よりも頼りになるお仲間がいるでしょう。わたしがほしいものをきちんと渡していただければ後ほど梓ちゃんは無事にお返ししますよ」

「だめだ。梓と引き換えだ」

「わたしのことが信用できないというんですか」

「誘拐犯を信用する人間がいるか？」

「たしかにそうですが、カードを持っているのはわたしです。あなたに選択の余地はありません。梓ちゃんの命を救いたいのならわたしの言うとおりにしたほうがいいですよ」

「カードを持っているのはおまえだけじゃない。もし、梓の身に何かあったらおれはこのカードを切るぞ。そうなればボスの政治家生命はなくなる」

先ほどつけたラジオのニュースで、西沢は現在アメリカを外遊していると報じていた。

「それだけじゃなく、おれは必ず西沢を殺す。ボスにそう伝えろ」

朝倉が言うと、しばしの沈黙があった。

「ご自由にどうぞ」

意外な言葉が返ってきた。

「今どちらにいらっしゃるんですか」

「池袋だ」朝倉は答えた。

「今から渋谷のセンター街に来てください。入り口のゲートの左側の柱にメッセージを残しておきます。この携帯を使うのは危険でしょうから電源は切っていただいてかまいません。では、後ほど――」

電話が切れたので、朝倉は携帯を耳から離した。しばらく携帯を見つめた。

「どうした？」

岸谷の声に、朝倉は我に返って目を向けた。

「新井たちが持っていた脅迫のネタは手に入ったかと訊かれた」

「それがどうした」

「その前の要求は、新井は殺されたと言った人物を捜せということだった」

「直截的な要求をしてきたってわけか」

岸谷が事もなげに言ったが、朝倉は何かが釈然としないままダッシュボードを見つめた。

新井たちが持っていた――新井に共犯者がいることを断定する言いかたが気になっている。

「どうしたんだよ。これからどこに行くんだ」

岸谷に肩を揺すられて、朝倉はあることに思い至り後部座席を振り返った。デイパックをつかむと中からぬいぐるみを取り出した。

「いったい何してん……」

朝倉はとっさに岸谷の口を手でふさいだ。ゆっくりと手を離すと、「静かに」と人差し指を自分の口に置いた。

岸谷が意味を察したようで自分の鞄からカッターナイフを取り出して朝倉に渡した。ナイフでぬいぐるみの背中の縫い糸を切っていく。綿をかきだして中に入っているものをゆっくりと取り出した。充電器につないだ携帯だ。画面を見ると通話中になっている。

犯人はこの携帯で朝倉たちの居場所と会話を把握していたのだろう。

岸谷に目を向けると、舌打ちしたいのを必死に我慢するような顔で携帯を見つめている。

朝倉はぬいぐるみと携帯を岸谷に渡して、「外へ」と手で促した。岸谷が車外に出ると、朝倉は自分が使っている携帯を取り出した。

春日とジンレイと岩城に警戒するよう報せなければならない。

32

「はい――」

インターフォンを鳴らしてしばらくすると、女性の声が聞こえた。

「突然申し訳ありません。わたくし、安本と申します。『パンの森』の白石さんから久野さんのことをお伺いしてまいりました。少しお話しさせていただきたいのですが」

奈緒美が言うと、「少々お待ちください」とインターフォンが切れた。しばらくすると三十代前半に思える女性が出てきた。

「白石さんからお伺いしてということですが、いったいどのようなお話でしょうか？」女性が戸惑いを滲ませながら訊いた。

「三年前に事故に遭われた春奈ちゃんのお母さまですよね」

女性が頷いた。

「実はわたしたちは三年前の事故について調べておりまして」奈緒美はそう言って隣にいる千春に目配せした。

「はあ……」

「この男性を見かけたことはないでしょうか」奈緒美は写真を取り出して女性に向けた。

「ええ。事故の後に何度か病院に来てくださいましたが」

しばらく写真を見つめていた女性が奈緒美に目を向けた。

「病院といいますと、春奈ちゃんが入院しているときですか？」

白石の話によると、事故に遭った春奈は今でも車椅子での生活を余儀なくされているそうだ。

「そうです。警察のかたですよね。春奈を元気づけようとおみやげを持ってきてくださいました。このかたが何か？」

　白石の家を辞去してから事故で軽傷を負ったふたりの子供の家を訪ねた。いずれの子供からも真志は事故のときの話を訊いていったそうだ。

「大変恐縮なのですが、春奈ちゃんから事故のときの様子をお訊きしたいのですが」

　奈緒美がためらいがちに言うと、女性が首を横に振った。

「春奈は養護学校のキャンプに出かけていて今日は戻ってこないんですよ」

「そうですか。白石さんは事故の目撃者と話をされたとのことですが……車が事故を起こす直前に破裂音のようなものを聞いたと」

「そういえばそんなことをおっしゃっていましたね」

「春奈ちゃんはそういう音がしたと言っていましたか？」

「いえ……事故のときの状況はほとんど覚えていませんでした」

　話が聞けたふたりの子供たちも破裂音があったかどうかはわからないと言っている。幼かったことと、あまりの衝撃に、事故の記憶が消し飛ばされてしまったのだろう。

「あの子が言ってたのは、三上さんが園から出てきたときにこちらに駆け出してきて、春奈と白石さんのお子さんを突き飛ばしたそうです。それから先のことは覚えていないと……」

「三上さんというのは亡くなられた保育士のかたですか？」

「保育士ではなくバスの運転手さんです。働き始めて半年ぐらいでしたが優しいかたで、子供たちからも保護者からも慕われていました。子供たちがお散歩から帰ってくる頃だと園の外に出迎えに行ったちょうどそのときに園児たちに突っ込んでくる車を見て、とっさに一番近くにいた春奈と白石さんのお子さんを突き飛ばしてかばってくださったんでしょう」

「そうだったんですか。事故の報道では五人の園児とふたりの保育士さんが亡くなったと出ていたので」

「ええ。三上さんも間違いなく事故の犠牲者ですけど、亡くなられた直接の原因はちがっていたので」

「どういうことでしょうか」

「三上さんは病院に搬送されて意識不明の状態が続いていましたが、一週間後に生命維持装置が外れるという医療事故があって。それでお亡くなりになってしまったんです」女性が無念そうな口調で言った。

「おいくつぐらいのかただったんですか」

「三十歳ぐらいだと思います。春奈を助けてくださった感謝の気持ちもあって葬儀に出席しましたが、参列者がほとんどいない寂しいものでした。園長さんが式の準備をされたということで事情をお伺いしたところ、三上さんは園で働き始めるまで暴力団関係者だったそうです。親族のほとんどとは縁を切られていたそうですが、唯一連絡を取り合っていた親戚の園長さんがかたぎになりたいと相談を受けて雇うことにしたと話されていました」

「もしかして、保育園がなくなったのはそのことが関係しているんですか？」

今まで黙っていた千春が口をはさむと、女性が苦々しく頷いた。

「葬儀に出ていた保護者のかたがその話を聞いていて、後で問題にしたんです。大切な子供を預けているのに元暴力団員を雇うとはどういうことだと。そういう噂が広まってしまって保育園を閉めざるをえなくなったんでしょうね。そういう保護者の気持ちもわからないではないですが、わたしにとっては自分の子供を命がけで守ってくださったかたなので。白石さんも同じお気持ちだと思います。ただ、その白石さんのお子さんも……」女性がそこで言葉を切って辛そうに表情を歪めた。

「いろいろとお話を聞かせていただいてありがとうございます」

奈緒美は深々と頭を下げると千春とともに辞去した。

33

明治通り沿いにあるホームセンターの駐車場に車が入った。

「何か必要なものがあるのか？」

「いや、ここであんたを降ろす」岸谷が答えて車を停めた。

「どうせなら駅の近くで降ろしてくれないか」

これから岸谷と別行動をとるが、朝倉は渋谷のセンター街に行かなければならない。

「駅周辺じゃ目立つからここで待ち合わせることにした」

「待ち合わせることにしたって、誰と?」朝倉は怪訝な思いで訊いた。

「坊やだ」

「戸田?」

岸谷の言葉に、朝倉は驚いた。

「さっき、ラインに坊やからのメッセージが入ってた。おれたちのことが気になっているようだったんで協力を持ちかけた」

「どうして……」

「どうして? あんたとおれのふたりだけで誘拐犯の尻尾をつかむのは難しいからだ。少なくとももうひとりは必要だ。百万円の報酬を出すと伝えたら協力すると言ってきた」

これから相手にするのは自分たちが想像していたよりもかなり厄介な人物だ。戸田を巻き込むわけにはいかない。

「そんな金はない。断ってくれ」朝倉は突っぱねた。

「金はおれが出すんだ。よく考えてみろ。やつらにその脅迫のネタを差し出すわけにはいかねえだろう。仮にいったんは渡したとしても必ず取り返さなきゃあんたや家族に安寧は訪れない」

朝倉は脅迫のネタが入っている上着のポケットに手を添えた。

たとえこれを渡して梓が解放されたとしても、秘密を知っている朝倉を西沢が放っておくとは思えない。いずれ朝倉をおびき出すために、ふたたび梓や奈緒美を盾に取って揺さぶりをかけようとするかもしれない。そうならないために、西沢の一味が梓を誘拐したという動かない証拠と、その動機である脅迫のネタはこちらが握っておく必要がある。

「おれひとりであんたの動きをカバーするには限界がある。坊やは誘拐の共犯の嫌疑をかけられていて警察に見張られているそうだが、何とかそいつらをまいておれたちに合流すると言ってる」

たしかにもうひとり仲間がいれば心強い。だが……

「いずれにしても、坊やの協力を断るんならあんたの口から言ってくれ。おれはこれからいろいろと準備をしなきゃならねえからな」

岸谷が後部座席に置いたバッグに手を伸ばしてこちらに投げつけた。

「その中に小型カメラが入ってる。映像はおれのもとに送られるようになってるから」

朝倉はバッグと岸谷の顔を交互に見ながら逡巡した。

「時間がねえぞ」

急かすように岸谷に言われ、朝倉は車から降りた。ドアを閉めると車が走り出した。

朝倉は建物のほうに向かい、入り口の前に置かれたベンチに座った。次第に薄暗くなっていく駐車場を見つめながらこれからどうするべきか考える。

結論が出ないままその場で待っていると、バイクのヘッドライトが駐車場に入ってくるのが見えた。何かを探すように駐車場の中をぐるぐると徐行している。

朝倉の前でバイクが停まった。だが、戸田のバイクではない。スタンドを下ろしてバイクから降りるとヘルメットを脱いだ。

「待たせちゃったね。やつらをまくのに時間がかかった」戸田が朝倉を見つめながら言った。

「そのバイクはどうしたんだ」

「それを訊くかねえ。用事が終わったら元の場所に返しておくさ」

自分のバイクは警察に監視されているため、どこかで調達してきたようだ。

「おれは何をすればいいのか説明してくれ。おっさんの話によるとこれからすぐに誘拐犯との取引があるんだろう」

「やめておけ。すぐに帰るんだ」朝倉はようやく出した結論を告げた。

「どういうことだよ。また仲間外れってわけかい？」

「これは遊びでも割のいいバイトでもない。やはりおまえを巻き込むわけにはいかない」

「おれは朝倉さんじゃなくおっさんに雇われて来たんだ。百万円につられてな。自分の選択で来たんだから今さらガタガタ言われたくないよ」

「相手が悪い」

朝倉が言うと、戸田が息を呑んだのがわかった。

「誘拐犯の正体がわかったのか？」

「いつか総理大臣になるだろう有力な政治家だ」

そう告げると戸田の顔が強張ったが、すぐに虚勢だとわかる笑みを漏らした。

「おもしろそうじゃねえか。百万円もらったうえにそんなすげえショーを間近に見られるなんてラッキーだぜ」

「ふざけるな」

「ふざけてんのはそっちのほうだろ！」

戸田の語気の強さに、朝倉は気圧されそうになった。

「そんな連中を相手にして、朝倉さんとおっさんのふたりだけでいったい何ができるっていうんだ！　あんたは自分の娘を見殺しにする気か？」

「これはおれ個人の問題だ。そのために、赤の他人でしかないおまえを危険な目に遭わせるわけにはいかない」

「じゃあ、どうしておっさんを手伝わせる」

「あいつにはあいつなりの考えがあるからだ」

「それならおれにもおれなりの考えがあるんだよ！」

こちらを睨みつける戸田の目もとがうっすらと涙で滲んでいる。

「おれの親は……おれがガキの頃から諍いの絶えない夫婦でさ、喧嘩が始まっちまうとおれは自分に火の粉が降りかからないように黙って見て見ぬふりをしているしかなかった。おれが十歳のとき、激しい喧嘩の末にお袋が台所にあった包丁で親父を刺し殺した。お袋は刑務所に入れられ、おれはそれから施設で育てられた」

「それがどうした」

同情するべき話ではあるが、戸田が何を言いたいのかを測りかねた。

「朝倉さんの奥さん……いや、元奥さんか、と話をしたよ。電話だったけど」

朝倉は驚いた。

「朝倉さんが誘拐に関わっていないことを確信したいからと、おれから受け渡しのときの話を聞いたんだ。何があったか知らないけど、どうやらいろいろと行き違いがあるようだな」

「だから何だというんだ」

急に奈緒美の話になって動揺している。

「おれは朝倉さんのために協力するんじゃない。娘さんのために協力するんだ。もし、娘さんの身に何かあったら、元奥さんは朝倉さんを恨んで残りの一生を送ることになるんじゃないのか。そんなことになれば娘さんは殺されたうえにとても浮かばれない」

梓が殺されることなど考えたくもないが、そのときのおぞましい光景が頭の中を駆け巡った。

「おれはこれから何をすればいいんだ」戸田が強い眼差しで見つめ返しながら言った。

朝倉はひとつ大きな溜め息をつくと、戸田にバッグを投げた。

「これから誘拐犯との受け渡しがある。渋谷のセンター街の入り口まで来いと言われた」

「元奥さんのときのように、朝倉さんのそばに張りついて犯人の尻尾をつかむってわけか」

朝倉は頷いた。

「その中に小型カメラが入ってる。カメラをヘルメットにつけてくれ。まわりに怪しいやつがいないか岸谷が映像をチェックする。もちろん、おまえも自分の目で怪しいやつを探してくれ」

「わかった」

34

「これからどうするんですか？」

その声に、奈緒美は立ち止まった。

駅構内を行き交う人波の中でしばらく千春を見つめていたが、考えがまとまらなかった。

「わかりません……とりあえず家に戻ります」

「そうですか。わたしはあっちのほうなので、じゃあ」千春が少し先に見える根岸線のホームの案内板を指さして歩きだした。

「あの――」

奈緒美が呼びかけると、千春が立ち止まってこちらを振り返った。

「ありがとうございます。それと……ごめんなさい」

「最後の言葉はいらないです。朝倉さんのことがわかってよかったですね」

千春に導かれるようにして、長年妻だった奈緒美さえ今まで想像もしていなかった真志の姿を知った。

奈緒美が頷きかけると、千春がふたたびこちらに背を向けて歩きだした。

敗北感のようなものを嚙み締めながら遠ざかっていく千春の背中を見つめていたが、溜め息をつくと近くにあるホームへの階段を下りた。

真志は収賄の容疑で逮捕される少し前に、自分の職務とは関係ないと思われる事故の捜査をしていた。車が園児たちの列に突っ込む直前に破裂音がしたという証言を聞いたと白石は言ったが、自分が想像するようにそれが警察による発砲であったとしたなら、真志が急にデスクワークを命じられたことも納得できる。

警察は組織ぐるみで事故の原因を隠蔽(いんぺい)しようとしたのだろう。

もしそうであるならば、奈緒美には信じられないような罪を犯したとして真志が逮捕されたことも、最初は無実だと訴えていたのに裁判のときに一転して罪を認めたことも腑(ふ)に落ちる。

おれたちは三年前を境にわかり合ってはいけない関係になったんだ――

自分が知り得た事故の真相を話せば奈緒美たちに何らかの害が及ぶのではないかと危惧(きぐ)して、真志はすべてを自分の胸にしまい刑を受け入れたのではないか。すべてはまだ奈緒美の想像にすぎないが。

　真志が言った誘拐犯からの要求とはいったい何なのか。三年前の事故に関係することなのだろうか。

　真志と話すことができれば、頭の中にからみついているさまざまな疑問をぶつけられるのだが、もはや連絡を取ることはできない。

　警察に話すことなどできない。もし、奈緒美の想像が当たっていて、事故の原因が警察発表とはちがうものでそれが誘拐事件と関連があったとしても、警察はそんな事実はないと頑なに否定するだけだろう。真志が誘拐に関わっているという嫌疑が晴らされることはなく、真犯人は別にいると捜査方針が変わるとも思えない。

　どうすればいいだろうと考えて、ひとつ頭に浮かんだ。

　父に話してみるしかない。

　長年警察組織にいた父が、奈緒美の突飛とも思える想像をどれだけ受け入れてくれるかわからないが、真志が三年前の事故に疑念を抱いて独自に捜査をしていたという事実を話せば少しは耳を傾けてくれるのではないか。

35

　ゲートの左側の柱に書かれたらくがきの中にそれらしいメッセージを見つけた。

『Aさん　一番近い公衆電話』

朝倉はすぐそばの薬局の前にある電話ボックスに向かった。電話ボックスに入ると相手が考えているであろうことを察して、台の下に右手を這わせた。思ったとおり携帯らしきものがテープで貼りつけられている。それを引き剝がして上着のポケットに入れると電話ボックスから出た。

反対側の歩道にいる岸谷と目が合ったときにポケットの中で振動があった。朝倉はあたりを見回しながら電話に出た。

「さすがに察しがいいですね」

機械で加工された不快な声が聞こえた。

「おれのことが見えるようだな」

朝倉が言うと、奇怪に聞こえる笑い声が耳もとに響いた。

「よく見えますよ。ずいぶんと髪が伸びましたね」

「追われてる身なんでな」

耳につけたイヤホンを悟られないように長めのかつらをかぶっている。

「さっそくですが今から二十分以内に新宿のアルタ前に来てください。時間どおりに来なければその時点で取引は終了です。ではまた――」

電話が切れると交差点に目を向けた。歩行者信号が点滅している。

朝倉は駆けだしながらポケットに手を入れてリモコンの通話ボタンを押した。岸谷からの応答が聞こえると、「二十分以内に新宿のアルタ前に来いと指示があった」と胸もとのマイクに向かって言った。

信号が赤に変わりクラクションを鳴らして走ってくる車を避けながら渋谷駅に向かう。改札に入ると新宿方面のホームへの階段を駆け上った。電車が到着したようでこちらに向かってあふれてくる人波をかき分けて、ドアが閉まる直前に車内に滑り込んだ。

岸谷はこの電車に乗れなかったにちがいない。

窓の外に目を向けると、電車と並走するように猛スピードで走るバイクが見えた。

戸田に頑張ってもらうしかない。

電車が新宿駅に着くとホームに飛び出した。すぐに駆け足で改札に向かう。改札を抜けて地上への階段を駆け上り建物から出ると、新宿アルタの大型ビジョンが目に飛び込んできた。

息を切らしながら横断歩道を渡り終えたときにポケットの中の携帯が震えて、朝倉は電話に出た。

「間に合ったみたいですね」

「こんなくだらない小細工はやめて、おれが持っているものを早く取りに来たらどうだ。おれは丸腰だぞ」朝倉は周辺に立ち並ぶビルを見回しながら言った。

「残念ながらそういうわけにはいきません。あなたのそばにいる岸谷さんを振り払って完全におひとりになるまで取引を始めるつもりはありません」

その名前に反応した。ぬいぐるみを手にしてから、岸谷のことを名前で呼んだことはないと思う。だいたい『あんた』と言っていた。

どうしてやつは岸谷の名前を知っているのだ。もしかしたら西沢たち犯人一味は今でも警察と情報を共有しているということなのか。

「七時までに六本木交差点に来てください。その前に日比谷線六本木駅の北千住寄りの改札を出たところにある公衆電話に立ち寄ってください」

「どういうことだ」

「行けばわかりますよ」

そう言って電話が切れた。

36

ドアが開いて父が喫茶店に入ってきた。父は一番奥の席にいる奈緒美を見つけると、カウンターで飲み物を買ってからこちらに向かってきた。

「いったいどういうことなんだ。仕事を休んでいるのに、呼びかけてもまったく応答がないと本部の人たちが心配してるんだぞ」目の前に来ると父が咎めるように言った。

「約束は守ってくれた？」

奈緒美が確認すると、父が渋々といった表情で頷いて向かいに座った。

「それにしてもどうしてこんなことをさせる」父が怪訝そうな眼差しを向けて訊いた。

奈緒美から連絡があったことを警察に伝えず、横浜駅構内にある喫茶店に来てほしいと頼んだ。

警察には悟られないように直接父に自分の疑問を訴えたかった。もしそれでも父の気持ちが変わらないようであれば、先ほど会った白石や久野のもとに連れていくつもりで待ち合わせ場所を横浜駅にしたのだ。

「警察の人には聞かれたくない話なの」

奈緒美が身を乗り出して言うと、父の表情がさらに険しくなった。

「どういうことだ」

「真志さんは誘拐には関わってない」

「おまえはまだそんなことを……」

「とにかく話だけでも聞いて」

奈緒美が遮るように言うと、父がしかたがないというように黙った。

「真志さんと同僚だった高橋さんの話によると、真志さんは逮捕される直前に急にデスクワークを命じられて定時に帰っていたということだった。だけどそれまでと変わらず家に帰ってくるのは遅かったわ」

「女と遊んでいたからだろう」

「ちがうの。真志さんはひとりであることを調べていたの」

話がまったく読めないようで、父が首をひねった。

「覚えてないかな。三年前に横浜市内で園児の列に車が突っ込んで七人が亡くなった事故」

奈緒美が切り出すと、父が痛ましいというように表情を歪めた。

「ああ。クスリをやったことによる錯乱が原因で事故になったというやつだろう。たしか運転していた男も亡くなったんじゃなかったかな」

「そう。真志さんは逮捕される寸前までその事故のことを調べていたの」

「だけど事故があったのはあいつの管轄じゃないだろう」

「ええ、だけど真志さんはその事故のことを調べていた。さっき被害に遭われたお子さんの親御さんに聞いた。真志さんの写真を見せたら間違いないって」

「どうしてそんなことを……」父が理解できないというように呟いた。

「被害者の親御さんが事故の目撃者から聞いた話なんだけど、園児の列に突っ込んだ車は事故を起こす直前に後ろから車に追われていたみたいだって。それで何回か破裂音があった直後に事故が起きたと」

「どういうことだ？」

「真志さんは事件現場周辺の壁や街路樹を食い入るように見ていたって。それが何を意味するのかお父さんならわかるでしょう」

「拳銃で撃たれて事故を起こしたということか？」

奈緒美は頷いた。

「誰が拳銃を撃ったというんだ。やくざに追われている途中に事故が起きたとでもいうのか」

「それならば警察はそのとおりに発表するでしょう」

奈緒美が言うと、父の表情が蒼ざめた。

「まさか警察が発砲したというのか？」

「そう考えれば辻褄が合う。真志さんは上司にデスクワークを命じられてからもひとりで事故のことを調べていた。そして暴力団関係者からの収賄というわたしもお父さんも信じられない罪で逮捕された」

「馬鹿馬鹿しい。おまえはどうかしてる。警察がそんなことをすると本気で思っているのか」

「わたしのくだらない妄想かもしれない。だけど、その可能性がゼロとは言えない。少なくとも真志さんが警察の発表に疑問を抱いて事故のことを調べていたのと、その直後に逮捕されたのは事実なの」

「朝倉が犯人でないというなら、真犯人は何のために梓を誘拐したというんだ。朝倉が犯人でなく戸田の言っていることが仮に本当だとすれば、身代金の代わりの覚醒剤は朝倉が捨てたということだろう。その後、犯人からの要求はない。朝倉は犯人からの要求に応えなければならないと言ったが、それはいったい何だというんだ」

「わからない。だけど三年前の事故に関係があることなんじゃないかと思う。犯人からどんな要求があったのかと訊いたら、真志さんは一生話すことはないと思う、わたしたちは三年前を境にわかり合ってはいけない関係になったんだと言った。それから警察を信用するなとも」

じっと奈緒美を見つめていた父が顔を伏せた。腕を組んで考え込んでいるようだ。

「今話したことはお父さんの中でどんなふうに思ってもらってもかまわない。だけど、真志さんが犯人でない可能性も考えて捜査してほしいと上層部の人に働きかけて」

父が顔を上げた。迷っているようだ。

「警察を信じたい。だけど、警察にすべてを任せていたらわたしたちは一生後悔することになるかもしれない。お父さん、お願い！」奈緒美は父を見つめ返しながら訴えた。

37

朝倉は六本木駅の改札を抜けるとそばにある公衆電話に向かった。

電話を置いた台の下を手で探るとテープで何かが貼りつけられている。引き剝がしてみるとコインロッカーの鍵だった。すぐ近くにあるコインロッカーに行き鍵を開けた。中に黒いビジネスバッグが入っている。

これを持って六本木交差点に来いということだろうか。

朝倉はバッグを持つと階段を上って地上に出た。交差点の前に行くと携帯が震えた。

「おつかれさまです」

機械で加工された声を聞きながら、朝倉は交差点周辺のネオンを見回した。

犯人は今の自分を見ているのだろうか。それともぬいぐるみに仕掛けた携帯のGPSで自分の居場所を把握しているだけか。

「コインロッカーに入っていたバッグは何だ」朝倉は訊いた。

「それにあなたが手に入れた脅迫のネタを入れてください」

朝倉はかすかな違和感を抱きながら、ポケットの中に入れていたものをバッグにしまった。

「次はどこだ」

「その前に少しお話をしましょう。新井たちが持っていた脅迫のネタがどういうものか話してください」

「どういうことだ？」

「確認ですよ。あなたがこちらのほしいものを本当に手に入れたかどうかの」

「西沢と女の指紋がついているクスリのパケとコンビニのレシートだ」

部屋に仕掛けていたカメラの映像を観た岩城は、アケミが差し出したクスリのパケを西沢がいったん受け取って自分が持っているクスリにしようと提案したのを知った。

パケには西沢とアケミの指紋がついている。だが、それだけではアケミの死に西沢が関与したと立証するのは難しいと思った岩城は、西沢が忘れていった上着を調べた。ポケットの中に、部屋に入る前にコンビニで買い物したレシートが入っていた。買い物をしたのはアケミだから、部屋に入ってから西沢がそのレシートを受け取り、金を出したのだろう。

つまり、レシートにはアケミと西沢のふたりの指紋がついているということだ。レシートには日時が記されている。部屋のすぐ近くの店で買い物したレシートだから、アケミが亡くなった時間帯にふたりが一緒にいたという疑いをかぎりなく抱かせるものだ。

「こんなものを奪うためにたくさんの尊い命が犠牲になったんだ」朝倉は吐き捨てるように言った。

「被害に遭われたかたには同情しますよ」

「他人事（ひとごと）のように言うな。もともとはおまえのボスがすべての元凶なんだ。そんなくだらない男のために誘拐に加担するなんて、おまえもそうとうおめでたいやつだな。ヤバくなったらその女のように見殺しにされるぞ」

「おしゃべりの時間はおしまいです。次は日比谷線秋葉原駅の改札を出たところにあるトイレに来てください。一番手前の個室に」

そこで電話が切れた。

朝倉は携帯を耳に当てながら歯噛（はが）みしたが、電話を切ると駅に向かって駆けだした。

38

　戸塚駅に電車が到着して奈緒美はホームに降りた。階段に向かいながら、保土ヶ谷駅で電車を降りたときの父の表情を思い出した。

　別れ際まで上層部に掛け合ってくれるよう訴えたが、父の反応は鈍かった。

　父にとって奈緒美の話はとても信じられないものだろう。奈緒美も同じ気持ちだ。警察が自らの組織を守るために事故の真相を隠蔽して、それを調べようとしていた警察官を無実の罪で捕まえるなどとは。

　だが今はそれ以上に、真志があのような罪を犯したということのほうが信じられないという気持ちに立ち返っていた。

　自分の職務でもなく、ましてや上司の意思に逆らってまで事故の捜査をしていた真志が暴力団とそのような関係であったはずがない。

　バッグの中から振動音が聞こえて奈緒美は立ち止まった。この番号を知っているのは戸田と千春と父だけだ。

　携帯を取り出すと、自宅からの転送電話だとわかり、からだが強張った。

「もしもし……」奈緒美は警戒しながら電話に出た。

「おひさしぶりです」

機械で加工された声が耳に響き、心臓が跳ね上がった。

激しく動揺しながら、出かける前に万が一のときのためにと登録しておいた会話を録音するアプリを起動させる。

「もしもし……聞こえていますか？」

しばらく声を発せられずにいると、相手が言った。

「き、聞こえています……」奈緒美は言葉を絞り出した。

「新しい取引の始まりです」

「どういうことですか？」

「梓ちゃんをお返しするためにこれからあなたにやっていただきたいことがあります。わたしの言うとおりにしてくだされば今夜中にも梓ちゃんとお会いできるでしょう」

「何をしろというんですか」

「まずやっていただきたいことがふたつあります。もうすぐ到着する電車に乗って大森駅に行ってください」

奈緒美は反対側のホームに目を向けた。あと二分ほどで大森に向かう電車が到着する。

そのままあたりに視線を配った。

犯人は奈緒美が今この駅にいることを知っている。

ホームにいる人をチェックしたが電話をしている者はいない。ホームからいくつもの建物が見えるが、どこから自分のことを窺っているのか見当もつかない。

「着いたらあのときと同じことをしてください」

　声が聞こえて我に返った。

「障害者用のトイレに入るんですね」

「そうです。梓ちゃんをお返しするためのルールをご説明しましょう。わたしたちはあなたのことをずっと見ています。へたなことはしないように。それからこれからの移動はすべて電車を使ってください。前回のようにタクシーでの移動は認めません」

「わかりました」

「それではその携帯をごみ箱に捨ててください。すぐ目の前にあるでしょう」

「携帯を？」奈緒美はごみ箱に目を向けて言った。

「ええ。こちらからよく見えるように携帯の端をつまんで、二十センチぐらいの高さから捨ててください。携帯を捨てたら電車に乗ってください」

　電話が切れて、奈緒美はごみ箱に近づいた。

　携帯を捨ててしまえば誰とも連絡が取れなくなってしまう。だが、ごまかしようがない。

　奈緒美は悔しさを噛み締めながら携帯をごみ箱に捨てた。階段を駆け上って反対のホームに向かう。やってきた電車に乗り込むと車内を見回した。誰も奈緒美のことを気にかけているように見えない。

　奈緒美のことをずっと見ているというのは犯人のはったりではないか。

　乗客から携帯を借りて父か千春に連絡しようかと考えたが、犯人が見ているかもしれないと思うと怖くてできなかった。

大森駅に着くと電車を降りて中央改札口に向かった。障害者用トイレに入り洗面台の下を手で探るとテープで鍵が貼りつけられていた。

トイレから出るとまっすぐコインロッカーに向かい、札と同じ番号の鍵を開けた。中に携帯が一台入っている。手に取ってしばらくすると携帯が震えた。

「もしもし……」

「それでは始めましょう。まずはわかりやすいところがいいですね。八時までに新橋駅日比谷口のSL広場に来てください」

電話が切れると時計に目を向けた。七時半を回ったところだ。

ホームに向かうとやってきた電車に乗り込んだ。さりげなく視線を巡らせたが、どこからも自分を見ている気配は窺えない。

犯人はこれから奈緒美に何をさせようというのか。いくら想像を巡らせてもまったくわからない。

新橋駅に着くと階段を駆け下りて改札に向かった。トイレが目に入って立ち止まった。時計を見ると犯人が指定した時間まであと五分ある。

奈緒美に対していろいろな要求をしたが、犯人はトイレに行くなとは言っていない。

トイレの個室に入るとすぐに父の携帯に電話をかけた。

つながらない。いや、つながらないどころか発信音さえしない。どういうことだろうと何度かかけてみたがだめだった。

　どうやら携帯のロック機能を使って発信ができなくしているようだ。梓と同級生の母親からその方法で子供の携帯を着信専用にしていると聞いたことがあった。

　どうやってロックを外せばいいのかわからない。解除するには暗証番号が必要になるだろう。

　奈緒美は何か方法がないかと携帯を見つめたが、早く行かなければならないと思いドアノブに手を伸ばしかけた瞬間、あることを思い出して引っ込めた。

　電話をかけられなくして何かあったときに困らないかと奈緒美が言ったら、その母親は一一〇番などの緊急通報にかけたときはつながるから大丈夫だと答えていた。

　だが、仮に警察に通報して今の状況を説明したとしてもどうにもならない。奈緒美はこの後どこに行かされるのかまったくわからないのだから。

　いや——

　奈緒美は携帯の設定ボタンを押して端末情報を呼び出した。自分が使っていたのと同じでこの携帯の番号が表示された。
　一、一、〇とボタンを押すとコール音に続いて「はい、警察です。何かありましたか？」と男性の声が聞こえた。
「神奈川県警の特殊班に至急このメッセージを伝えてほしいのですが」奈緒美はトイレの水を流してから小声で言った。

「はい？　ちょっと聞き取りづらいんですが」

「神奈川県警の特殊班に至急メッセージを伝えてほしいんです」少しだけ声を上げて言った。

「は⁉　神奈川県警の特殊班ですか？　こちらは警視庁の通信指令センターですのでそちらにかけ直してもらえますか」

「緊急事態なんです。お願いします」

「緊急事態っていったいどういうことなんでしょうかね」

 急にのんびりした口調になった。どうやらいたずらだと思われているみたいだ。

「いたずらではないんです」

「わたしは安本奈緒美と言います」奈緒美はもう一度水を流した。「一週間前に娘が誘拐されました。さっき犯人からわたしに連絡があったんですが、携帯が使えなくなってしまって捜査本部と連絡が取り合えないんです」

「今かけている電話はあなたの携帯ではないんですか？」

「犯人から渡されたものです。ロックがかけられていて緊急通報しか発信できないんです」奈緒美は時計を見ながら必死に訴えた。

指示された八時まであと一分を切った。

「安本梓誘拐事件の捜査本部にこの電話の番号を伝えてください。ただ、犯人から監視されていて電話に出られないのでかけないようにと。お願いします！」奈緒美は最後に強く言って電話を切るとトイレから出た。

改札を抜けたときに手に持った携帯が震えた。

「もしもし……」ＳＬがあるほうに走りながら電話に出た。

「ずいぶんと余裕だったみたいですね」

その声に、奈緒美は足を止めた。

「え、ええ……」どういう意味だろうと不安になりながら答えた。

もしかしたらトイレでの会話を聞かれていて、そのことを言っているのではないか。

「それでは次は中野駅に行ってください。今から三十分以内に」

奈緒美の不安をよそに淡々とした声が聞こえた。

どうやら奈緒美が警察に連絡をしたことは悟られていないみたいだ。

捜査本部と直接連絡を取り合うことはできないが、この携帯の番号がわかれば奈緒美のある程度の位置は把握できるのではないか。

「中野駅のどこに行けばいいんですか」

「1、2番線ホームの三鷹寄りの端で待っていてください」

39

手に持ったビジネスバッグを見つめながら、朝倉は怪訝な思いに囚われていた。

犯人はどうしてこんなに大きなバッグを用意したのだろう。脅迫のネタはちっぽけなパケとレシートだけだから、セカンドバッグや財布ぐらいの大きさのものでじゅうぶんだ。それともこのバッグに何か意味があるのか。

いや——今考えなければならないことはそんなことではない。犯人はどうやってこのネタを手に入れるつもりなのか。どこで、どんな方法を使って。

朝倉はポケットに手を入れてリモコンの通話ボタンを押した。

「あんたは今どこにいる？」朝倉は訊いた。

「おまえに数本遅れて山手線に乗ってる。おそらく目白に着くのは八時四十分ぐらいになっちまうだろう」

秋葉原駅のトイレに『ASさん』というらくがきがあった。八時半までに目白駅のホームに来て結婚式場の看板の前で待てというものだ。

「戸田は？」

「GPSを見たら、あんたが今いる場所からかなり離れてる」

朝倉は漏れそうになる溜め息を必死に押し止めた。腕時計に目を向けて一番前の車両へと移動した。ホームのどのあたりに結婚式場の看板があるかわからない。一番前の車両に乗っていたほうが早く場所を把握することができるだろう。

目白駅のホームに電車が入ると、すぐに結婚式場の看板が見えた。ホームの後ろのほうだ。

朝倉は電車を降りるとすぐに看板のほうに向かった。電車が出ていき看板を眺めていると携帯が震えた。

「もしもし……」朝倉は電話に出た。

「結婚式場の看板を見つめながら奥様のことでも思い出してらっしゃいましたか？」

茶化すような質問に、何も言葉を返さなかった。

「三年前のことさえなければ今のような思いをすることもなかったでしょうに」

「余計なことに首を突っ込まなければよかったと言いたいのか」朝倉は思わず言った。

「どうでしょうね。あなたはどう思いますか？　三年前の自分の行動を後悔していますか」

「おれはそのせいですべてを失った。大切な家族も、誇りを持っていた仕事も。だけど、自分がやったことを後悔はしていない」

「ほう」

「おれが後悔しているのは、事故の犠牲になった人たちとその家族の本当の無念を晴らせなかったことだ」

もうすぐ電車が到着するというアナウンスが聞こえた。

「もっとあなたとお話ししたいところですがその電車に乗ってください」

「どこに行けというんだ」

「また連絡します。楽しみにしていてください」

そこで電話が切れた。

朝倉はやってきた電車に乗り込んだ。ドアに背中を預け、窓外に映る漆黒の闇を見つめた。

楽しみにしていてくださいとはどういう意味だ。犯人はこれから何をしようというのだ。

「次は新宿――新宿――」

電車のアナウンスが聞こえるのと同時に、携帯が震えた。

「もしもし……」朝倉は電話に出た。

「新宿で降りたら待ち人にあなたが持っているものを渡して向かい側の総武線に乗ってください」

待ち人――犯人の一味が待機しているということなのか。

「それであなたの役目は終わりです。言っておきますが、あなたのまわりにはわたしたちの仲間がいますから、くれぐれも変な真似はしないように」

朝倉が車内に目を向けると電話が切れた。

どうすればいい。目の前に現れるそいつを捕まえれば、犯人に辿り着けるのではないか。だが、犯人の一味が自分の前に姿をさらすとは考えづらい。前回のようにそいつもダミーということなのか。

電車が到着してドアが開いた。人波に押されるようにしてホームに降り立った朝倉は目の前の光景に愕然とした。

奈緒美が立っている。

朝倉と目が合い、奈緒美が驚いたように目を見開いた。

そういうことだったのか——

犯人は朝倉が簡単に脅迫のネタを渡すはずがないと考えて、奈緒美に受け渡しをさせるつもりなのだ。

朝倉はさりげなく周囲の様子を窺い左手にビジネスバッグを持ち替えて、右手をポケットに入れた。視線を正面に戻してビジネスバッグを手渡したときに、右手に握ったGPSを奈緒美のハンドバッグに差し入れた。同時に、奈緒美の呟きが聞こえた。

「大丈夫だ。心配するな」

朝倉は奈緒美の耳もとで囁くとそのまま電車に乗った。ドアのそばから後ろを振り返った。

不安げな表情で向かい側の山手線に乗った奈緒美とふたたび目が合った。朝倉の乗った総武線のドアが閉まり、電車が走りだした。

朝倉は悔しさを噛み締めながら、遠ざかっていくホームを目で追った。

奈緒美のハンドバッグにGPSを差し入れたときに呟きが聞こえた。十一桁の数字——おそらく奈緒美が今持っている携帯の番号なのだろう。

連絡を取り合いたいが、奈緒美が受け渡しをさせられるということは犯人から監視されている可能性が高い。迂闊に電話をするべきではないだろう。

ポケットの中で携帯が震えて取り出した。メールが入っている。件名は『最後の指令』とあった。

朝倉は怪訝に思いながらメールを開いた。

『そのまま電車に乗って千葉に向かってください。千葉県警に行って、お嬢さんが誘拐されてから今までのことを正直に話すのです。もちろんお嬢さんの命と引き換えである脅迫のネタのことも、三年前の事故の真相についてもすべて話してください。そうすればお嬢さんを解放しましょう』

メールの文面を見ながら、朝倉は意味を測りかねた。

梓が誘拐されたことや脅迫のネタについて警察に話せとはいったいどういうことだ。そんなことをすれば自分たちの犯罪をみすみす警察に報せることになるというのに。しかも誘拐の捜査をしている神奈川県警ではなく、どうして千葉県警に。

『くどいようですが、あなたのことをずっと監視していますからへたな真似はせずに、ご自身の使命をまっとうしてください』

朝倉は携帯の画面から車内に視線を移した。混み合った車内で何人もの乗客が携帯に目を向けている。

この中に犯人がいるのか――

朝倉は携帯を下ろすのと同時に素早く先ほど奈緒美が言った番号を押した。ポケットに入れて発信するとすぐに電話を切った。

朝倉からの着信だと気づいてくれるのを願って、犯人の監視の隙をついて奈緒美が連絡してくれるのを待つしかない。

奈緒美に脅迫のネタを渡したことを岸谷に知らせたいが、すぐそばに犯人がいるかもしれないと思うと連絡することができない。

岸谷は朝倉が持っていたGPSの場所を追っている。そのままGPSをたどってもらい、乗客が少なくなったところで奈緒美が脅迫のネタを持っていることを伝えよう。

それにしても……犯人はいったい何を考えているのだ。

40

ハンドバッグの中で一度だけ振動があった。

おそらく奈緒美の意図を察して、真志が着信を残してくれたのだろう。

ロックがかかっているためにこの携帯から発信することはできないが、真志の番号がわかれば何らかの形で連絡を取る機会を作れるのではないだろうか。

それにしても、このビジネスバッグの中にいったい何が入っているのだろう。

中野駅のホームで待っていると犯人から連絡があった。次に来る電車に乗って新宿駅に行き、ホームにいる男から荷物を受け取ったらすぐに向かい側の渋谷方面行の山手線に乗れという指示だった。

新宿駅で電車を降りるまで、荷物を持っている男というのが犯人の仲間にちがいないと考えていたので、目の前に現れた真志を見てどういうことかと混乱した。

いっさい会話を交わさずに荷物を受け取ったらすぐに電車に乗れと言われていたが、奈緒美は真志にだけ聞こえるようにこの携帯番号を呟いた。すると真志も奈緒美にだけ聞こえるように「大丈夫だ。心配するな」と囁いた。

代々木駅で電車が停まり発車したときにまたハンドバッグの中で振動があった。

携帯を取り出して電話に出ると、機械で加工された笑い声が聞こえた。

「もしもし……」

「無粋なことをしてしまいましたね。ひさしぶりに旦那さん……いや失礼、元旦那さんと再会できたというのに」

「この鞄はいったい何なんですか」奈緒美は訊いた。

「元旦那さんが死にもの狂いで駆けずり回ってようやく手に入れた、梓ちゃんの命と引き換えにする大切なものです。それをこれからあなたに運んでいただきます。まあ、梓ちゃんのためにする、おふたりにとってのひさしぶりの共同作業といったところでしょうか」

その声を聞きながら、奈緒美は手に持ったビジネスバッグに目を向けた。

真志は犯人から要求されてこれを手に入れるために、今まで警察から逃げていたというのか。

「次の指示です。渋谷で半蔵門線に乗り換えて九段下に来てください。東西線の西船橋方面の改札の前に公衆電話があるので、そちらへ」

そう言って電話が切れた。

さりげなく着信履歴をチェックすると、犯人のものではない番号からの着信が入っている。

真志からのものにちがいない。

唯一の頼みの綱である十一桁の数字を頭に叩き込み、奈緒美は携帯をハンドバッグに戻した。

41

四ッ谷駅で電車が停まると大勢の乗客が降りて車内に空席ができた。

朝倉はまわりに人が少ない座席に移動して座った。頭を抱えてうなだれるようにしてリモコンの通話ボタンを押した。

「脅迫のネタを奈緒美に渡した」

小声で言ってしばらくすると、「どういうことだ？」とイヤホンから岸谷の声が聞こえた。

「犯人からの指示だ。渡すときに奈緒美のバッグにおれのＧＰＳを入れた」

「じゃあ、おれが今追っているのはあんたの元妻ってことか」

「ああ」

「あんたは？」

「千葉行きの総武線に乗っていて四ツ谷を出たところだ。これから千葉県警に行って娘が誘拐されてからのことを正直に話せと指示があった。そうすれば娘を解放すると。これを聞いてあんたはどう思う？」

「どう思うも何も……わけがわからねえ」

もしかしたら犯人の狙いの一端でも思いついてくれるのではないかと期待していたが、岸谷にしてもやはり理解できない指示のようだ。

「奈緒美は今どこにいるんだ」朝倉は訊いた。

「渋谷だ」

「犯人から監視されていておれは動くことができない。あんたに何とか奈緒美の姿を見つけてほしい。あれを奪うためにやつらは必ず彼女に近づいてくるはずだ」

「わかった。引き続き追尾する」

岸谷とのやりとりを終えると、朝倉は大仰に溜め息をついて顔を上げた。

電車が市ケ谷駅に停車して、乗客が乗り降りしている。ドアが閉まり電車が発車した。

千葉県警に行って、お嬢さんが誘拐されてから今までのことを正直に話すのです——

電車の路線図を見つめながらひたすら考えるが、犯人の意図がまったくわからない。

そんなことをすれば西沢にとっては身の破滅を意味することになる。それなのにどうしてそんなことを。

ひとつだけ想像できるとすれば、犯人は西沢ではないということだろう。だが、西沢や、事件を隠蔽した神奈川県警以外のいったい何者が、脅迫のネタをほしがるというのか。

考えを巡らせながら車内を見回していると、隣の車両からこちらを見ていた男と目が合った。帽子をかぶった三十代半ばぐらいに思える男がすぐに視線をそらして立ち上がった。

「次は飯田橋——飯田橋——」

朝倉は立ち上がると、男がいた隣の車両に向かった。

一瞬だったので確信はないが、どこかで見かけたような気がする。

車両に入ると、さらに隣の車両に移る男の背中が見えた。電車が飯田橋駅に着いて乗客が入ってくる。乗客をかき分けながら男が入っていった車両に向かった。

隣の車両に移りあたりを見回したが男の姿はなかった。ドアが閉まって電車が走りだすと、ドアに近づいて窓からホームを見つめた。

前方の階段に向かってホームを歩く男の背中が見えた。電車が男の横を通り過ぎ、うつむきがちな顔を正面から捉えた。

やはりどこかで会ったような気がする。

男が少し顔を上げて目が合った瞬間、頭の中に閃光が走った。遠ざかっていく男の姿を見つめながら、今まで抱いていたいくつかの違和感がひとつの答えになって結びついていく。

あの男が梓を誘拐した犯人だ——

どうにかして電車を停めなければとあたりを見回した。連結部分の壁に取りつけられたインターフォンのようなものが目に入った。『非常通報器』と赤文字で書かれていて、非常のときにはボタンを押してマイクに向かって話すようにと記されている。

朝倉は駆け寄っていき、下部についている通報ボタンを押した。

「どうしましたか？」

しばらくするとスピーカーから男の声が聞こえた。

「この電車をすぐに停めてください」

朝倉がマイクに向かって訴えると周囲からざわめきが起きた。

「何があったんですか？」

「早く電車を停めろ！　車内で火災が発生してるんだ！」

朝倉が叫ぶと、まわりのざわめきが激しくなった。

「安全確認のために停車します——」

アナウンスが聞こえて電車が停まると、非常通報器の隣についている非常用ドアコックと書かれたふたを開けた。中のハンドルを手前に引けばすべてのドアは手で開けられると記されている。

ハンドルを手前に引いてドアに向かうと、ふたりの若者が近づいてきた。

「あんた、いったい何をやってるんだ。火災なんか発生してないだろう」

ガタイがいいことと、チーム名の入った鞄を抱えていることから、何かのスポーツをやっているようだ。

「悪いが、緊急事態なんだ」朝倉は若者にかまわずドアを手で開けようとした。

「ちょっと待てって。こんなことをしたらやばいだろう。警察に突き出してやる」

男がそう言って朝倉を捕らえようとしたので、とっさに相手の顎に向けて右手の掌底を突きだした。もんどりを打って倒れた男を見て、もうひとりの男が「この野郎」と殴りかかってくる。拳を寸前でかわして、男の膝に蹴りを入れた。男が床を転げまわりながら悶絶する。

まわりに目を向けると、乗客が呆然とした様子で朝倉を見ていた。

「すまない」

朝倉はふたりの若者に詫びると、力任せにドアを開けて電車の外に飛び出した。駅のほうに向かって駆けだすと、背後から耳をつんざくような轟音がして振り返った。すごい勢いで光が迫ってくる。

反対側から来た電車を寸前でかわした。乗っていた電車の側面にへばりつき、からだをなぎ倒そうとする激しい風圧に耐えた。反対側から来た電車は朝倉の横を猛スピードで通過すると少し行ったところで停まった。

朝倉は線路と線路の間を走ってホームの明かりに向かったが、このまま駅に行けば捕まってしまうと思い、線路脇に見える柵のほうに方向を変えた。

柵から身を乗り出すと五メートルほど下に、通過する車のヘッドライトの明かりが見えた。道路になっている。

朝倉は歩道に向かって飛び降りた。着地したときにバランスを崩して倒れたが、すぐに立ち上がって飯田橋駅のほうに走った。

駅前の道路には横断歩道がなく、そのまま駅に向かえない。そこからしばらく改札口を見ていたが、先ほどの男の姿は現れなかった。すでに駅から出たのかもしれない。

あたりに目を向けるとすぐ右側に歩道橋の階段があった。階段を駆け上ると周囲を見回した。駅前は五差路になっていて、いくつもの歩道橋が道路上でつながっている。

朝倉は歩道橋を移動しながら、街のネオンに浮かび上がる人影に目を凝らした。

少し離れた歩道に立っている人影を見つけて近づいていく。あの男だと確信して歩道へつながる階段に向けて駆けだしたときに、男の前に白いワンボックスカーが停まった。階段を駆け下りていく間に、男を乗せたバンが走りだした。

かろうじてナンバープレートの横浜という文字だけ捉えた。

朝倉は手を上げてタクシーを停めようとしたが、なかなか空車がつかまらない。そうしているうちにワンボックスカーの姿が見えなくなった。

「くそっ！」

朝倉は苛立（いらだ）たしく舌打ちすると、岸谷に連絡した。

「奈緒美は今どこにいるんだ」朝倉は訊いた。

「九段下の駅にいるようだ」

東西線で飯田橋の隣駅だ。

朝倉はすぐに地下鉄の階段に向かって駆けだした。

「あんたはどこにいるんだ」

階段を駆け下りながら岸谷に訊いた。駅構内に入り東西線の改札に向かって走る。

「渋谷だ。今電車が来たから十分ほどで九段下に行ける。あんたは今頃錦糸町(きんしちょう)を過ぎたあたりか？」

「飯田橋？」

「飯田橋だ」

「どうやらおれたちはとんでもない思い違いをしていたようだ」

「どういうことだ」

「話は後だ。九段下で会おう」

岸谷との通話を切ると、戸田の携帯に連絡した。

「おまえはどこにいる」朝倉は訊いた。

「代々木あたりだ。おっさんから九段下に向かえと言われたけど二十分はかかりそうだ」

「とにかくこっちに来てくれ。着いたらその周辺で、横浜ナンバーの白いワンボックスカーを見かけたら知らせてくれ。トヨタのハイエースだ」

「なんで？」

「犯人が使っている車だ」

「わかった」

東西線の改札を抜けてホームに降り立つと案内板に目を向けた。次の電車が来るまで三分ほどある。

三年前に何度かあの男を見かけた。会話を交わしたことは一度もなかったが、あそこで見かけたときの佇(たたず)まいからどんな人物なのかは想像できた。

どうしてちっぽけなレシートとパケを入れるために、あんな大きなビジネスバッグを用意していたのか——

岸谷の追跡をまくと言って厳しいタイムリミットを設けていたのに、朝倉の足を止めてまでどうして脅迫のネタについて話させたのか——

どうして千葉県警に行って、梓が誘拐されてからのことを話せと要求したのか——

あの男が犯人だとすればその理由に納得がいく。

梓を誘拐した犯人はそもそも、事故を起こした新井がどんな脅迫のネタを持っていたのか知らなかったのだ。

おそらく犯人は朝倉と岩城との会話を聞く前に、事前に脅迫のネタを入れるビジネスバッグをコインロッカーに入れて準備をしていたのだろう。

朝倉はホームに降り立つとあたりを見回した。帽子をかぶり耳がすっぽり隠れるヘッドホンをしている若い男に目を留めた。近づいていき肩を叩くと若い男がこちらを向いた。

ヘッドホンを外して「何か？」と問いかけてくる。

「五万円でその帽子とヘッドホンと上着を譲ってくれないか」

朝倉が言うと、若い男は怪訝そうな目で見つめ返してきた。

42

九段下駅で電車を降りると、奈緒美は息を切らせて東西線の改札に向かった。

犯人はこれから何をさせようというのだろう。どうやってこのビジネスバッグを奪うつもりなのだ。

中に入っているものが何であるのかわからないが、目の前で梓を解放してくれるのであればすぐに手渡してもかまわない。だが、そうでなければ渡すわけにはいかない。

あたりに目を向けると犯人が言っていたように公衆電話があった。犯人が考えていることを察して台の下に手を添えた。テープで何かが貼りつけられている。引き剝がしてみるとIC乗車カードだった。

池袋で身代金を預けさせられたときのことを思い出して、そばにあるコインロッカーに向かった。

カードをコインロッカーにかざすと扉が開いた。中に大きめの黒いバッグと紙が入っている。紙にはワープロ文字で『服を着替えたらビジネスバッグの中身だけを持って日本武道館に来てください』と書かれていた。

奈緒美は三つのバッグを抱えてトイレに向かった。個室に入るとコインロッカーに入っていたバッグを開けた。中には白と黒のまだらなかつらと、ビスのようなものがたくさんついたレザージャケットとパンツと、大きなドクロが描かれたTシャツが入っている。

奈緒美のまわりに警察がいるのを警戒して、ちがう格好をさせて捜査員を攪乱しようというのだろうか。それにしては何ともけばけばしく余計に目立つ格好だ。

奈緒美は服を着替えてかつらをかぶるとビジネスバッグを開けた。だが、中には何もない。おかしいなと思って内ポケットを開けると封筒が入っていた。

これが梓の命と引き換えにする大切なもの——

それがいったいどういうものであるのかを確認したくて、封筒の中に入っているものを取り出した。小さな透明な袋の中に入っているレシートを見て、奈緒美は首をひねった。

こんなものがいったいどうして……と裏返して、さらに小さな透明の袋があるのに気づいた。袋の中には白い粉末が入っている。クスリのパケだと察したが、量からいって末端価格で数万円程度のものだろう。

こんなものを手に入れるために梓を誘拐したというのか。

犯人の思考が理解できないまま袋を封筒に戻してジャケットのポケットに入れた。携帯以外の荷物を黒いバッグに入れると個室から出た。洗面台に向かってスーツ姿の女性が口紅をひいているのが見えた。

「すみません」

奈緒美が声をかけながら近づいていくと、女性がこちらを向いてぎょっとした。

「緊急の連絡をしたいのですが、携帯を貸していただけないでしょうか」

努めて丁寧に言ったが、奈緒美の身なりからあきらかに警戒心をあらわにしている。

「すぐ外に公衆電話があるじゃないですか」女性が逃げるようにトイレから出ていった。

奈緒美は溜め息をつくとしかたなくトイレから出た。案内板で日本武道館の場所を確認して地上への階段に向かいかけたが、抱えたバッグの重さに足を止めた。

これを持っていては何かあったときに自由に動けない。

奈緒美はコインロッカーに戻りバッグを預けてから階段に向かった。

地上に出るとこちらに向かって大勢の人波が押し寄せてきた。どうやら日本武道館でのイベントが終わった直後のようで、駅までの歩道が人であふれている。

奈緒美は人波に逆らうように日本武道館に向かった。

43

九段下駅に到着すると、朝倉は帽子を目深にかぶり直して電車を降りた。

犯人から自分だと悟られづらくするために、今までつけていた長髪のかつらを脱いで若い男に譲ってもらった帽子と上着を身につけている。さらに左耳につけた無線のイヤホンが見えないように大きなヘッドホンをかぶせていた。

「奈緒美はまだ九段下駅にいるのか」

朝倉がマイクに向かって言うと、「そうだ」と岸谷の声が聞こえた。

「駅のどこにいるかは」

「そこまではわからない」

その言葉を聞いて、朝倉は改札を出た。あたりを見回したが奈緒美の姿はなかった。駅構内図を見ると階段を下りて上ったところに中野方面の改札がある。さらにその下が半蔵門線の改札になっている。

とりあえず中野方面の改札前に行ったが奈緒美の姿はなかった。地上から大勢の人がなだれこんできて駅構内がごった返してきた。白と黒のまだらなかつらをかぶった奇怪な格好をした一団があちこちにいる。

「今、九段下に着いた。どこにいる?」

岸谷の声が聞こえた。

「とりあえずあんたがいる半蔵門線の改札に行く」朝倉は答えると改札に向かった。

コインロッカーの前にいる岸谷を見つけて近づいていった。

「ずいぶんと若々しい格好をしてるな。けっこう似合ってるよ」

「奈緒美は駅にいるんだな?」

岸谷の軽口を聞き流して言うと、手に持っていたタブレットをこちらに向けた。たしかに矢印は九段下駅を指し示している。

「ところでさっき中断した話だが……」

「犯人は被害者の家族だ」

朝倉が言うと、岸谷が首をひねった。

「事故で亡くなった子供の親だろう」

三年前に事故の捜査をしていたときに何度かあの男を見かけた。男は事故現場に花やジュースをたむけ、悲愴な表情で手を合わせていた。

「どうしてそんな人物が恐喝のネタをほしがる」岸谷が訊いた。

「警察の発表に疑念を抱いて事故の真相を突き止めたかったんだろう。近所の住人が事故の直前に破裂音のようなものを聞いてる。だが、警察発表ではそのことにはいっさい触れられていない。被害者の親がどこかでその話を聞いていたとしたら、警察が事故の原因を隠蔽したのではないかと考えるだろう」

「だけど、どうしてあんたの娘を誘拐する必要がある」

「おれはずっと事故のことを調べていた。そのおれが直後に逮捕されることになった。事故の真相をつかんだからおれは逮捕されたと思ったんじゃないだろうか。ニュースでおれの顔写真が名前とともに報じられた」

「そこまで結びつけるかな。相手はあんたの人となりなどまったく知らないだろう。仮にそう思ったとしても、相手はあんたに子供がいることを知っていたのか」

たしかにそうだ。事故の被害者や関係者に話を訊いて回ったが、自分の子供の話はしたことがない。それにもうひとつわからないことがある。

犯人は最初、三年前に朝倉が新井を調べるきっかけになった情報源を教えろと要求してきた。

新井を調べるきっかけになった情報源という言いかたが気になる。

朝倉は事故の関係者に、事故現場と管轄がちがうということは話していない。神奈川県警の警察官としか伝えていなかったはずだ。

犯人はどうして、朝倉が何らかの情報を得て事故を調べ始めたと思ったのだろう。

「だが、いずれにしても犯人は間違いなく事故の被害者の関係者だ」

犯人は、事故の捜査をした神奈川県警ではなく千葉県警に今までのことをすべて話すよう、朝倉に要求した。事故の真相を究明するために、妨害が入らない他県の警察にその話をさせたうえで、手に入れた恐喝のネタという証拠を提供するつもりなのだ。

「警察に報せるか？　事故の被害者の家族ならすぐにわかるだろう」

「いや——」朝倉は首を横に振った。

「どうして？」

「もし、犯人が警察に捕まる前に証拠を手に入れていたとしたら、身の危険にさらされてしまうかもしれない。犯人は仕掛けていた携帯で、西沢がクスリを一緒にやった女を見殺しにしたことや、県警が事件を揉み消したことを知ったはずだ。さらには七人が亡くなった事故の原因を隠蔽したことも」

事実を握りつぶすために西沢や警察の上層部がどんな手段をとるかわからない。

「あんたの娘を誘拐してるんだぞ」岸谷が信じられないというように言った。

「とにかく奈緒美と犯人を捜すのが先決だ。手分けして駅を捜そう」

梓の無事が何よりも大切だが、どうにかして犯人を説得できないかという思いに駆られた。

大切な人を失ったうえに、自分の人生まで失わせたくない。ましてや人殺しになどさせるわけにはいかない。

44

武道館に向かっているうちに、犯人がどうしてこんな格好をさせたのかがわかった。

ここで行われていたのはおそらくビジュアル系バンドのライブだったのだろう。自分と同じようなかつらをかぶり、奇抜な格好をした人をあちこちで見かける。

たしかに警察の張り込みを攪乱するためには有効かもしれない。

奈緒美とちがう点があるとすれば、その人たちはさらに素顔がまったくわからないほどの派手なメイクをしていることだ。

門をくぐって武道館の前にたどり着くと、薄闇の中に人があふれ返っていた。ライブのる。

熱気が醒(さ)めやらないのか、あちこちから歌声が聞こえ、売店の前も大勢の人で賑(にぎ)わってい

この中のどこかに犯人がいるのだろうか。

人波にまぎれて奈緒美に近づき、封筒に入っていたものを渡せと要求するつもりなのか。

もし警察が張り込んでいたとしても、この中の誰が犯人であるかを見定めるのは難しいだろう。だが、それは同時に犯人にとってもリスクを伴うことだ。どこに捜査員がひそんでいるのか犯人にとってもわかりづらくなるからだ。

奈緒美のような奇抜な格好をしている者も多く見かけるが、それでも至って普通の格好をしている人たちのほうが圧倒的に多い。その中に捜査員がまぎれていたとしたら犯人にとってはわかりようがない。

どうしてこんな場所に来させたのだろう。

その理由を考えるよりもしなければならないことを思い出して、奈緒美は移動しながらあたりに視線を配った。

自分がここにいることを知らせるために真志と連絡をとらなければならない。どこから犯人が見ているかわからないから公衆電話を使うわけにはいかない。携帯が必要だ。しかも、犯人に悟られないように。

ベンチに座っている若いカップルに目を留めた。携帯を見ていた女性が隣の男性に肩を叩かれてそちらに顔を向けた。だが、携帯のほうが気になるようですぐに視線を戻した。

男性はいろいろと話しかけているようだが、女性は携帯をいじったままだ。

携帯を置いてくれないかと祈るような思いで見つめていると、男性が自分の持っている携帯を指でさした。女性が興味を持ったように自分の携帯を横に置き、男性の持った携帯の画面を覗き込んだ。

奈緒美はベンチに近づくとさりげなくふたりの背後に回った。ふたりに気づかれないようにさっと携帯をつかむとすぐにジャケットのポケットに入れた。そのままふたりから離れて電話がかけられそうな場所を探した。

公衆トイレの前に三人ほどの列を見つけた。仮に犯人から見られていたとしても、トイレに行くことなど至って自然なことだと思われるだろう。列の最後に並ぶと、早く順番が来てほしいと心の中で念じた。

トイレからひとり出てきたときに犯人から渡されたほうの携帯が震えた。

「もしもし……」奈緒美はポケットから携帯を取り出して電話に出た。

「なかなかお似合いですよ」

機械で加工された声が耳に響き、奈緒美はあたりを見回した。携帯をかけている人が何人かいたが、その中に犯人がいるのかはわからない。

電話越しに聞こえる音に意識を集中させた。もう一方の耳から聞こえてくる喧騒と同じ音が聞こえてくる。

犯人はすぐ近くにいる——

「最後の指示です。あなたがいるトイレから左に三十メートルほど行くと喫煙所がありま
す。そちらに向かってください」
奈緒美は列から離れた。どこにいるのかとあたりに視線を配りながら喫煙所を探した。
犯人は必ずしも携帯を耳に当てているとはかぎらない。ハンズフリーのイヤホンマイク
を通して奈緒美と会話している可能性もある。
しばらく歩くと喫煙所があった。大きな灰皿を囲んで五、六人の男女が煙草を吸ってい
る。
「すぐ横にごみ箱がありますよね」
たしかに丸い大きなごみ箱があり、ビニール袋の中に出店で使ったパックやペットボト
ルなどが散乱している。
「それに例のものを捨てたらすぐにここから立ち去ってください。電車で渋谷まで戻り、
駅の表示板を写真に撮って電話帳にひとつだけ登録されているアドレスに送ってください。
そしたら折り返し梓ちゃんの居場所をお知らせします」
池袋のコインロッカーに身代金を預けさせられたときと同じだ。
「梓を無事に返してくれる保証はどこにあるんですか」奈緒美は犯人の要求に抵抗して言
った。
「あなたが持っているものさえ手に入れれば梓ちゃんは無事にお返しします。お約束します
よ」

「わたしは一度裏切られてる。そんな約束を信じられるわけがない。梓と引き換えでなければ、梓の姿をこの目で見るまでは渡すわけにはいかない」

「あなたに選択の余地などありません。言うとおりにできないのであれば取引は終了です」

通話の切れる音がした。

「もしもし――！　もしもし――！」

奈緒美は携帯に向かって叫んだが、応答はなかった。

あたりに目を向けた。どこにいるのかはわからないが、すぐ近くからこちらを見てあざ笑っている犯人の姿が想像できた。

梓が捕らえられている以上、犯人の言うとおりにするしかないのか。

悔しさに唇を嚙み締めながら携帯をポケットに戻して封筒を取り出した。ごみ箱に一歩近づく。

これを捨てれば梓は本当に戻って来るのだろうか。それでどんな結果を迎えたとしても自分は後悔しないだろうか。

何かに心を弾かれて、奈緒美はすぐ横で煙草を吸っている男性に近づいていった。

「すみませんが、火を貸してもらえないでしょうか」

奈緒美が頼むと、男性がポケットの中を漁ってライターを差し出した。

右手でライターをつかむと火をつけて、左手に持った封筒とともに高く掲げた。周囲に視線を配ると、ライターを渡した男性が怪訝な表情でこちらを見ている。

　奈緒美はあたりを睨(にら)みつけながら、両手に掲げた封筒とライターの火をゆっくりと近づけていった。

　封筒の端に火が触れて小さく燃え始めた直後にポケットの中で振動があった。すぐに封筒についた火を手で消して、携帯を取り出した。

「わかりました。あなたがそれほどまでに望むのであれば、梓ちゃんに会わせましょう。先ほど来た道とは逆の方向に進んでください」

　奈緒美は男性にライターを返すと言われたとおりに歩きだした。

「わたしにとっては想定外の事態です。あなたの判断力には呆(あき)れるしかない。梓ちゃんに会うということはわたしたちの正体に触れるということです。怖くないんですか」

　怖いに決まっている。現に足が震えて思うように前に進めずにいた。

「これだけは約束してください。梓だけはどんなことがあっても助けて」

「大切な人だけはどんなことをしてでも守りたいという親心ですか」

　あまりにも当たり前なことに、奈緒美は何も言葉を返さなかった。

　恐怖に慄(おのの)き必死に足を踏み出しながら、何とか犯人の気配を感じ取ろうとした。

　犯人は自分のすぐそばにいるのか。真志に連絡をしてここにいることを伝えたら悟られてしまう場所にいるのか。

「大切な子供を守れなかった親の心情を思うといたたまれなくなりますね。きっと地獄のような苦しみなんでしょう」

　薄闇の中を歩いていると少し先に五、六人がたむろしている影が見えた。近づいていくと大声で歌っている。

「いっそあなたのように自分の身を投げ出したかったと思うのかもしれませんね」

　携帯から聞こえてきた音に違和感を抱いた。すぐそばで聞こえている歌声と同じものが響いていたが、あきらかに小さな音だった。

　犯人と自分との間にはかなりの距離がある。

　奈緒美はポケットに入れていた携帯を取り出すと、耳に当てている携帯の送話口を指でふさぎながら頭に叩き込んだ番号を押した。発信してしばらくすると「もしもし？」と声が聞こえた。

「今、日本武道館にいる。すぐに警察を呼んで」奈緒美は早口に言うとそのまま携帯をポケットにしまった。

45

「もしもし……何だって？　もう一回言ってくれ」

　朝倉は携帯に向かって問いかけたが、相手からの応答はない。

　覚えのない携帯番号から着信があり電話に出ると、「すぐに警察を呼んで」と声が聞こった。

えた。奈緒美の声だとすぐに察したが、その前に言った言葉は周囲の雑音で聞き取れなかった。

もしもし――と、再度呼びかけようとして口を閉ざした。

応答がないということは犯人がすぐ近くにいるのかもしれない。迂闊に声を発するべきではないだろう。

携帯の通話は続いている。聞いているうちに奈緒美の居場所の手がかりがつかめるかもしれない。

「どうした？」

岸谷の声がして、朝倉は顔を向けた。

電話の向こうに声が漏れないよう送話口を指でふさぎ、聞き漏らしたときのために録音ボタンを押した。

「奈緒美から連絡があった。すぐに警察を呼んでと言ったがその前の言葉が聞き取れなかった。応答できない状況のようだ」

「どこにいるかは？」

朝倉は首を横に振って携帯を耳に当てた。歌声だけが聞こえる。歌声というよりもがなり立てるようなもので、自分にはとうてい理解できないタイプの曲だ。

朝倉は、はっと改札を見回した。ヘッドホンを外しながら、先ほどまで眉をひそめていた奇抜な格好をした一団に向かっていく。

い。

呼びかけるとこちらに顔を向けた。全員派手なメイクをしていて男か女かさえわからな
「ちょっといいかな」

「この曲わかるかな」

送話口に指を添えながらひとりに携帯から漏れる曲を聴かせた。

「ヘッドロッカーズの曲だよ」

声から女だとわかった。

「ヘッドロッカーズ？」

「さっきまでそこでライブがあったんだよ。初の日本武道館公演でチョー盛り上がった」

その言葉に、岸谷と顔を見合わせた。

「ありがとう」朝倉はすぐに地上への階段に向かって駆けだした。

46

薄闇の中を進んでいくと大きな建物が見えた。

「そのあたりに車が停まっているでしょう」

たしかに建物の前にワンボックスカーが停まっている。

「あの中に？」

奈緒美が携帯に向かって問いかけると、「そうです」と言って電話が切れた。

車に近づいていくとスライドドアが開いた。警戒しながら車内を覗いた。後部座席にいる梓を見て思わず車内に入って抱き締めた。

「梓……梓……」梓を揺すりながら呼びかけたが反応しない。

「睡眠薬で眠っているだけです」

奈緒美はぎょっとして目を向けた。作業服に帽子をかぶった男が運転席に座っている。

「もちろん子供が飲んでも問題ない適量ですのでご安心ください」

そう言いながらこちらを向いた男の顔を見て、奈緒美は愕然とした。

白石——

「危害を加えるつもりはありません。どうぞお座りください」

声は穏やかだったが、眼差し(まなざ)しに切迫したものを宿している。

梓を抱えてここから逃げだすのは難しいと思い、奈緒美は言われたとおりに座った。

「持っているものをごみ箱に捨てればすぐに梓ちゃんを解放するつもりでした」

白石がそう言ってスライドドアを閉じた。

「言われたとおりにしていれば、お互いに余計な苦しみを味わわずに済んだかもしれなかったのに」

奈緒美がごみ箱に封筒を捨てたら、清掃員に扮(ふん)した白石が回収するつもりだったのだろう。

「どうして……どうしてあなたがこんなことを……」

信じられない思いで問いかけたが、白石は黙ったままだった。

「これはいったい何なんですか？　どうしてこんなもののために梓を……」

奈緒美は封筒を取り出して示しながら訊いたが、白石は何も答えない。

「わたしたちをどうするつもりですか」奈緒美は不安に駆られて訊いた。

「別にどうもしません。ただ、こうなってしまった以上、あなたに話を聞いてもらわなければならない。その後、おふたりとも自宅に送り届けます」白石がそう言って窓の外を見た。

奈緒美もそちらのほうに顔を向けると、スモークガラス越しに人が近づいてくるのが見えた。

今の自分と同じような格好をしている。

スライドドアが開いてその人物が車内に入ってきた。ドアを閉じて奈緒美たちと向き合うように座ると、白と黒の長髪をかき分けてこちらに視線を据えた。派手なメイクをしているが女性であることはわかった。

「とりあえず車を走らせながら話しましょう」

聞き覚えのある声がして、白石がエンジンをかけた。

車が走り出すと女性がかつらを脱いで、ショートカットの髪を手で搔(か)いた。

「安本さんも取ったらどうですか。そんなかつらをしていたら真面目な話をしていてもジョークに思えてしまう」

女性の髪形と口調にひとりの人物を重ね合わせ、心臓が跳ね上がった。

「た、高橋さん……」奈緒美は絶句しながら千春を見つめた。

47

車が発進する音が聞こえて、朝倉は立ち止まって道路に目を向けた。

目の前の道路を走っている車の中に横浜ナンバーのワンボックスカーは見当たらない。

日本武道館に入っていく田安門周辺ではなく、ちがう場所から走らせたのかもしれない。

「安本さんも取ったらどうですか。そんなかつらをしていたら真面目な話をしていてもジョークに思えてしまう」

女の声に、どこかで聞いたことがあるような懐かしさを感じた。

「た、高橋さん……」

続いてひきつったような奈緒美の声がした。

奈緒美が言った高橋というのは自分も知っている女だろうか。

「どうしたんだ」足を止めた朝倉を不審がるように岸谷が訊いた。

「奈緒美は犯人の車に乗ってどこかに向かったようだ。今のところわかっているのは男ひとり、女ひとり」

先ほどまでの男との会話を聞くかぎり、梓も同じ車に乗っていて無事なようだ。あの男がふたりに危害を加えるとはなかなか思えないが、それでも切羽詰まっているような状況では何をしでかすかわからない。

ポケットの携帯が震えて取り出した。戸田からの着信だ。

「武道館に向かっていたら、朝倉さんの言った車とすれ違った——」

電話に出ると、戸田の声が聞こえた。

「その車を追ってくれ」

朝倉は告げると岸谷に目を向けた。

「戸田の位置はわかるか？」

「携帯のGPSを仕掛けたままだからわかる」

「タブレットを貸してくれ。戸田を追う」

戸田の居場所を見られるように岸谷がタブレットを操作してから渡した。

朝倉は道路に近づいてタクシーをつかまえるために手を上げた。

「おれはどうする？」岸谷が訊いた。

「あんたも別のタクシーに乗って戸田を追ってくれ。できればおれとは別の道を使いながら」

目の前に停まったタクシーに乗り込むとタブレットに目を向けた。矢印は日比谷通りを日比谷方面に向かって進んでいる。

「とりあえず日比谷のほうに向かってください」

タクシーが走りだすと、戸田にかけたままの携帯に耳を当てた。

「尾行を悟られないように距離をとってくれ。その車には梓も奈緒美も乗ってる」

「了解――」

「どうして……どうしてあなたが誘拐だなんてことを……信頼していたのに……」

もう一方の携帯に耳を当てると奈緒美の悲痛な声が聞こえた。

「しかも梓の事件の捜査員だというのに……」

朝倉は首をひねった。

梓の事件の捜査員ということは警察官なのか――？

「たとえ罪人になってしまったとしても、やらなければならない使命があったんです。そのためにこの三年間特殊班に行くことを志願していました。朝倉さんを逮捕して取り調べに携わった中に特殊班の幹部がいたことを突き止めてから。収賄容疑の取り調べに特殊班が関わるなんてどうにもおかしいでしょう。それに朝倉さんは絶対にあんな罪を犯すはずがないと、同僚だったわたしは確信していましたから」

最後の言葉に、心臓が大きく跳ね上がった。

自分の同僚だった高橋とは――

まさか……

48

「特殊班に入れば、三年前の事故の真相について手がかりを得られるのではないかと考えていたけど……だめでした」

そう言って嘆息を漏らす千春を奈緒美は見つめた。

「だけど、あなたがどうして事故のことを……」奈緒美はどうしても理解できなくて訊いた。

「ふたりの園児をかばって亡くなった三上はわたしの恋人でした」千春が唇を嚙み締めた。

車内は暗かったが、目にうっすらと涙が滲んでいるのがわかった。

「だけど三上さんは保育園で働き始めるまで……」

暴力団関係者だったと久野が言っていた。

「わたしの職業柄、あってはいけない関係です。三上とは幼なじみでした。初恋の人と言ったらわかりやすいでしょうか。中学のときに付き合っていたけど、両親が離婚して遠くに行ってしまったことで付き合いが終わりました。事故が起きる二年ほど前に横浜の飲み屋でばったり再会しました。彼は暴力団関係者で、わたしはそれを取り締まる組織犯罪対策課の捜査員。いけないことはわかっていたし、彼も自分と付き合うことがわたしにとってよくないことだと、思いを伝えるのを我慢してくれていたみたいだけど……わたしは自分の気持ちを抑えることができなかった」

「かたぎになることにしたのはあなたが説得したから?」

「それもあります。だけどもともとやくざが務まる器じゃなかった。根は優しい人だったから。わたしを利用して組の中でのし上がることもできたかもしれないけど、捜査情報を教えてほしいだなんてことは一度も言ったことがなかった。だけどやくざを辞めるのはそんなに簡単じゃなくて、けっきょく一年半近い時間がかかった」

三上が優しい人物だったというのは、けっして恋人の贔屓目ではないだろう。

自分の身を挺してふたりの園児を守ったという彼の最後の行動がそれを物語っている。

「事故で意識不明の重態に陥っていると知っても、そのときのわたしは見舞いに行く決心ができなかった。いくらかたぎになったとはいえ、半年前までは暴力団関係者でしたから。葬儀にも参列できなかった。わたしはせめてもの供養にと、事故現場に花をたむけにいった。そのときに白石さんと知り合った」

奈緒美はちらりと運転席に視線を向けた。

「白石さんによると、車が事故を起こす直前に後ろから別の車が追いかけてきて破裂音があったと証言した人がいたということでした。さらに三上は保育園から出てきたときに事故に遭ったので、唯一正面からそのときの状況を見ていた人物だった」

久野の話では、三上は事故の一週間後に生命維持装置が外れる医療事故によって亡くなったという。

「もしかして、誰かが意図的に三上さんの生命維持装置を外したと？」

「そう思っても不思議じゃないでしょう」

「だけど……」

　事故の原因を隠蔽するために警察がそこまでするとはとても思いたくない。

「警察が事故の原因を隠蔽したのは事実です。そのために朝倉さんという尊敬すべき捜査員を罪に陥れたことも。わたしは白石さんが話した捜査員の特徴から、朝倉さんが自分の仕事ではない事故を調べていることを知りました。何の理由もなくデスクワークを強いられ、その直後にとても信じられないような罪を犯したとして逮捕された。わたしは朝倉さんが事故の真相を知っているか、少なくとも事故を捜査しようと思ったきっかけになった情報を誰かからもたらされたにちがいないと考えました」

「それで梓を誘拐して、あの人にそれを突き止めろと要求したのね」

　奈緒美が言うと、千春がこちらに強い視線を据えながら頷いた。

「三ヶ月前、ひさしぶりに白石さんから連絡をいただきました。事故からずっと昏睡状態だった息子さんが亡くなられたと。葬儀に参列したわたしは白石さんの悲惨な状況を目の当たりにしました。事故の真相を究明しようと奔走するあまり、奥様にも逃げられ、近所の人たちからも厄介がられ、そのうえ唯一の心の拠り所であった息子さんまでとうとう失ってしまい抜け殻のようになってしまった白石さんの姿を……」

　奈緒美はふたたび運転席のほうに目を向けた。バックミラー越しに映る白石のどんよりとよどんだ眼差しと交わって、すぐに視線をそらした。

「ちょうど特殊班に配属されたばかりだったので、わたしは何とかして事故の真相を究明しますと白石さんと息子さんの亡骸に誓いました。だけど何もわからなかった。そこにはたしかにどす黒い真相が存在するはずなのに、どんなにあがいても手を差し入れることができない。わたしは白石さんに朝倉さんのことをお話しして、協力を願いました。それから白石さんとふたりであなたやあなたのまわりのことを調べ上げ、誘拐の計画を練ったんです。どうにも開かない箱のふたをこじ開けるために」

「その箱の中にあったのがこれだというの?」

奈緒美がポケットから封筒を取り出して示すと、千春が頷いた。

「ようやく手に入れることができた」

派手なメイクで微笑みかける千春を見つめながら、どうしてあそこを受け渡しの場に選んだのかを理解した。

千春は特殊班のメンバーの顔を知っている。自分は派手なメイクで素顔を隠し、奈緒美のそばに捜査員がいないかどうかを確認していたのだろう。

「これはいったい何なの?」

奈緒美が訊くと、千春が助手席のほうに手を伸ばしてダッシュボードを開けた。中から何か取り出すとこちらに向けた。ボイスレコーダーだ。

「朝倉さんが命がけで探り出した真相です」千春がボイスレコーダーのボタンを押した。

「そんなときにたまに行ってたクラブで西沢誠一郎を見かけた」

男性の声に続いて「西沢誠一郎？」という聞き覚えのある声がした。真志だ。

「平安の会だ」

「ああ……まさか、その西沢を……」

「もともと神奈川県知事だったから横浜に馴染みがある。都内ではあまり派手に遊べないので、遊びたいときにはやってくるのだろう。きみももしかしたら知っているかもしれないが、口が堅いことで有名な店だ」

「西沢をどんなネタで脅迫したんですか」

奈緒美は息を呑みながらボイスレコーダーから流れる声を聞いた。

49

「だけど、これを手に入れてそれからどうしようというの」

携帯から奈緒美の声が聞こえた。

「神奈川県警以外の捜査機関に提出します。今頃、朝倉さんは千葉県警で梓ちゃんが誘拐されてから今までのことを話しているでしょう。西沢が違法な薬物をやっているのを隠すために女を見殺しにしたことや、その事件を警察が揉み消したことや、脅迫された西沢のために新井の車に発砲して事故を起こさせたことや、それらが発覚するのを恐れて事故の原因を隠蔽したことなどすべてです。朝倉さんが事故に至るまでの真相を話し、その元凶となった事件を立証する証拠をあなたが渡すことが、梓ちゃんを無事に解放する条件なんです。お嬢さんと一緒にいるからといって安心しないでください。その条件が満たされないかぎり、おふたりを無事に帰すわけにはいきません」

朝倉は、千春の最後の言葉に焦燥感を噛み締めながらタブレットを見た。

戸田のバイクはこのタクシーから二百メートルほど先をまっすぐ進んでいる。

「車との距離はどれぐらいだ？」

朝倉が訊くと、「三台ほど後ろを走ってる」と戸田の声が聞こえた。

「絶対に見逃さないでくれ」

そう言ったときに、隣の車線を猛スピードで駆け抜けていくセダンがあった。セダンはタクシーの前で強引に車線変更をした。反対側の車線からも二台の車がすごいスピードでタクシーを抜いていった。三台の車は加速したまま右に左に車線変更を繰り返しながら次々と車を追い越して進んでいく。

「まったく乱暴な運転だよなあ」

運転手の声を聞きながら、朝倉は遠ざかっていく横浜ナンバーの三台のセダンを見つめた。

50

千春の言うとおり、真志は千葉県警でそれらのことを話しているのだろうか。

だが、つい先ほど携帯に連絡したときに真志は電話に出た。取り調べを受けているのに電話に出ることができるだろうか。それとも真志からだと思っていたあの着信はちがう誰かだったのか。

「高橋さん、落ち着いて――」

奈緒美は目の前に突きつけられたナイフの切っ先から千春に視線を向けて言った。

「わたしは落ち着いていますよ。一応こういうものも持っているというだけで使うつもりはありません」

千春が淡々と答えてナイフを持ったほうとはちがう手を伸ばした。奈緒美の手から封筒を奪うとジャケットのポケットに入れた。

「朝倉さんがわたしたちの約束に応えてくれていればそれでいいんです。これから千葉県警に行って近くから朝倉さんが出てくるのを待ちます。朝倉さんが出てきたらおふたりを解放しましょう」

「もし、あの人が調べたことが事実であるというなら、あなたや白石さんの悔しい気持ちはわかる。だけどこんな方法は間違ってる」

「じゃあ、わたしたちにどんな手段があったというんですか」

千春がこちらに身を乗り出して叫んだ。

「梓ちゃんが同じ目に遭ったとしても、あなたはそんなたわごとが言えますか！」

千春の言葉に何も言えなくなった。

「あの組織の中でただひとり正義を実行しようとした朝倉さんは奈落の底に突き落とされることになった。朝倉さんでさえその存在に屈して、立ち向かうことも奪われた人生を取り戻すこともできない抜け殻になった。そんな組織に立ち向かうためにはこういう手段しかないでしょう」

奈緒美は心の中で千春の言葉に反発した。

真志は抜け殻になったわけではない。きっと真志は奈緒美や梓や父を巻き込みたくなくて、知り得た真相を自分の胸の中だけにしまうという選択をしたのだろう。たとえ最愛の娘に会えなくなってしまうとしても。

いきなり背後からけたたましいサイレンの音が響き渡って、奈緒美は振り返った。

赤色灯を瞬かせた車がすぐ後方と両側の車線から迫ってくる。

「前の車停まりなさい——白いハイエース、ただちに左側に寄せて停車しなさい——」

「何としてでも振り切って！」

その声に視線を戻すと、千春が切羽詰まった表情で白石に訴えている。

こちらから視線がそれた隙に、奈緒美は両手でナイフを持った千春の右手をつかんだ。

千春が抵抗して奈緒美の手を左手で叩きつける。右に左に大きくからだを振られながら、必死に千春の手を押さえつけた。

顔を上げるとフロントガラスの向こうに赤信号が見えた。車の速度は落ちていない。

危ない——

千春から手を離した次の瞬間、右側から激しい衝撃があり、横殴りの雨のようにガラスが飛び散った。奈緒美はとっさに隣の梓のからだに覆いかぶさった。からだがふわりと宙に浮いて、すぐにまた腹の底に衝撃が響いた。

51

サイレンの音に続いて、激しい衝撃音が耳に響いた。

「奈緒美——どうしたんだ!」

朝倉は携帯に向かって何度も呼びかけたが、反応がない。

信号でもないのに前を走っていた車が停まり、タクシーも停車した。

「戸田、聞こえるか。いったい何があったんだ!」朝倉は携帯に向かって叫んだ。

「いきなり後ろから三台の覆面パトカーがやってきて白いワンボックスを停めようとしたんだ。ワンボックスは右に左に蛇行して赤信号のまま交差点に突っ込んで、横からやって来たトラックにぶつかって……」

「奈緒美たちは無事なのか」

「車から出てきてないからわからない」

朝倉は代金を支払ってタクシーから飛び降りた。携帯に向かって奈緒美に呼びかけながら事故があった交差点に向かって走った。

しばらく進んでいくと戸田のバイクがあった。戸田を追い越してさらにいくと交差点が見えた。

ガラスが砕け散り側面が大きくひしゃげたワンボックスカーと、前面が大破したトラックが停まっている。

交差点の手前に停まった三台の警察車両から五人の捜査員が飛び出してきた。ワンボックスカーに向かっていく。その中にいた唐木が胸もとから拳銃(けんじゅう)を抜いたのが見えた。

52

いったいどれぐらいの時間が経っただろう。あの衝撃を受けてから一秒にも一時間にも思えるほど、すべての感覚が鈍っている。

奈緒美はゆっくりとからだを起こすと、すぐに梓に目を向けた。先ほどと変わらず寝息を立てている。見たところ外傷はないようだ。

「ごめんなさい」

千春に手をつかまれ、梓から引き離された。

「これを公にするまでは捕まるわけにはいかないの」

千春は奈緒美の首もとにナイフを押し当てると車の外へと促した。

「動くな――」

車から出ると正面に拳銃をこちらに向けた唐木がいた。

奈緒美は千春に後ろから片手を首に巻きつけられ、もう一方の手に持ったナイフを胸もとに突きつけられている。

動かせる範囲で視線を巡らせた。交差点の真ん中あたりに立たされていて、近くに停まった車から次々と人が出てきて歩道に駆けていく。

歩道にいた真志と目が合った。こちらに飛び出して来ようとする真志に、来てはいけないと小さく首を横に振ると、悔しそうに足を止めた。認識できるかぎり、唐木を含めて五人が自分たちを取り囲んでいる。

「ナイフを捨てろ――」

唐木の怒声が響いた。

「銃を捨てて後ろ手に手錠をかけなさい！」千春が叫んだ。

「逃げられないぞ」

唐木が拳銃をかまえながらじりじりと近づいてくる。

奈緒美は胸の底から突き上がってくる怖気にさらされながら、じっとこちらに据えられた唐木の目と銃口を見つめた。

唐木の眼差しがかすかに揺れ、銃口が奈緒美の首筋のあたりに向けてわずかに動いた。

千春の首もとを狙っている——

とっさに千春のからだとともに地面に倒れ込むと、一拍遅れて銃声が響いた。

二の腕のあたりに痛みを感じた瞬間、からだ全体に圧力を感じた。もみくちゃにされながら千春から引き離され立ち上がらされた。

頭から血を流した白石がパトカーに乗せられるのが目に入った。千春に目を向けると、三人の男たちに地面に押しつけられている。男たちは激しく抵抗する千春のからだを叩きつけて後ろ手にさせると手錠をかけた。

唐木が千春の身体検査をした。ポケットから封筒を取り出して立ち上がると、中に入っているものをちらっと見てから自分の上着の内ポケットにしまった。

悔しそうにその様子を見ていた千春と目が合って、思わず視線をそらした。

「腕を怪我されたみたいですね」

唐木の声に、奈緒美は痛む右腕に目を向けた。ジャケットの二の腕のあたりが裂けていて血が出ている。

「倒れたときにナイフで切ったのでしょう。あなたに怪我をさせないで仕留められる自信はありましたが」

地面に倒れた奈緒美の判断を戒めるような口調だった。

「とりあえずこれで」

　唐木はハンカチを取り出して奈緒美の腕に巻きつけるとパトカーのほうへと促した。後部座席にいる梓が目に入り涙が出そうになった。

「ふたりとも無事で何よりです」唐木が後部座席のドアを開けながら言った。

　梓の隣に座ると、唐木が車の外でしゃがみ込んだ。

「どうしてわたしたちが乗っている車がわかったんですか」いろいろと訊きたいことがあるが、とりあえずそれから訊いた。

「ずっとあなたの後を追っていました」

「警視庁の通信指令センターからメッセージを受け取ったんですか」

　奈緒美が言うと唐木が首をひねった。

「あなたのお父さんから夕方頃に連絡がありました。誰かに変なことでも吹き込まれたのか、あなたが妙なことを言っていると」

　横浜駅構内の喫茶店で父と会ったとき、トイレに行った隙に連絡を入れたのだろう。

「その数日前から高橋千春の動向に怪しいものがあったので内偵を進めていました。高橋に顔を知られていない捜査員を急遽招集してあなたの監視に当たらせていたんです。これをお父さんから預かってきました」唐木が助手席に手を伸ばして置いていた鞄を奈緒美に渡した。

「何ですか？」奈緒美は怪訝な思いで訊いた。

「一千万円入っています。あなたは誘拐犯からふたたび一千万円を要求され、受け渡しをさせられた。横浜駅でお父さんと会ったのは用意してもらった一千万円を受け取るためだった」

唐木の言葉が理解できず、奈緒美は首をひねった。

「どうしてそんな嘘をつかなければならないんですか」

「警察でも裁判でもそのように証言すればすべて解決します。あなたと梓ちゃんの生活を脅かす存在はもうありません」

「そんな嘘はつけません」奈緒美は拒絶した。

「警察を、いや、お父さんを守るためにそう証言するんです」

その言葉を聞いて、血の気が引いていく。

「どういう意味ですか」

車から出ようとする奈緒美を唐木がなだめるように押し返した。

「父と国会議員の西沢誠一郎の事件は関係あるんですか？」

「何の話ですか」

「西沢が違法な薬物をやっていたときに一緒にいた女性が亡くなり、それを警察が揉み消したという事件です」

唐木は何も言わずに奈緒美を見つめている。

「そのことをネタに西沢は恐喝されて、警察が隠密に捜査しているときに恐喝犯の車に発砲して七人が亡くなった。それは本当なんですか！」

その言葉に反応したように、唐木の眼差しに暗い影が差した。苦々しそうに口もとを歪める。

「そんなことを知ってどうするんですか」

「本当のことを知りたいんです！」

奈緒美は訴えたが、それを聞くのはどうしようもなく怖かった。

「お父さんは西沢さんと旧知の仲だったそうです。一緒にクスリをやっていた女が亡くなったことに狼狽して西沢さんがお父さんに相談した。すべてはそこから始まったことです」

唐木の言葉に、全身から力が抜けた。

父がそんなことに加担していたなんて信じられない。真志の罪をあれほど罵倒していた父が、事件を揉み消し、七人もの命が犠牲になった事故の原因を隠蔽していたことに関わっていたなんて。

「だから、あなたはお父さんのためにも先ほど伝えたように証言しなければならないんです。わかりましたね」

唐木はそう言うと立ち上がってドアを閉めた。そばにある別のパトカーに向かっていく。

膝の上に置いた鞄を見ていると泣きそうになって窓の外に視線を向けた。すぐそばの歩道にいる真志と目が合った。奈緒美を見つめながら携帯を耳に当てている。

奈緒美は真志を見つめ返しながらポケットに入れた携帯を取り出した。

「話は聞いていた」

携帯を耳に当てると真志の声が聞こえた。

「これからどうする？」

真志の問いに答えられないまま、奈緒美は視線を巡らせた。

ふたりの捜査員に押さえつけられながらパトカーに乗せられる千春が目に入った。

奈緒美はいたたまれない思いに苛（さいな）まれて目を閉じた。ぎゅっと奥歯を嚙み締める。目を開けると真志をふたたび見つめた。

「ふたりで正義を実行したい。この子に恥じないように」

奈緒美が言うと、真志は頷いて後ろのほうに停めてあるバイクに向かっていった。

53

運転席から手を出して赤色灯を中にしまうと、唐木が車を出した。

「バイクを貸してくれ」

戸田のもとに駆け寄りながら朝倉は言った。

「朝倉さん、乗れるのか？」戸田がヘルメットを脱ぎながら訊いてきた。

「学生の頃、ダチのバイクを借りて何度か馬鹿をやったことがある」

「つまり無免許ってことか？」

朝倉は頷きながらバイクにまたがった。ヘルメットをかぶるとエンジンをかけた。

「内緒にしておいてくれ」朝倉はシールドを下ろすとバイクを走らせた。

ハンドルを握った左手の痛みに耐えながらしばらく走らせると、唐木の車を見つけた。

赤信号で車が停まるとその前にバイクをつけた。

振り返ってシールドを上げると、唐木が朝倉に気づいて驚いたように目を見開いた。すぐに険しい形相で睨みつけてくる。

朝倉は携帯を取り出して唐木に向けて掲げた。

ここにすべて残っている――

そう口を動かすと、意味を察したようで唐木の表情が変わった。

信号が青に変わるとバイクを走らせた。バックミラーを見ると唐木の車が後ろからついてきている。

ふたりきりで話せる場所を探して走っていると、左手に運動場の看板を見つけた。左折して門をくぐると街灯の乏しい道を進む。しばらく行くと人気のない駐車場が見えた。

朝倉は駐車場に入るとUターンして入ってきた方向にライトを向けてバイクを停めた。バイクから降りるとすぐに車のヘッドライトが迫ってきた。朝倉がいる十メートルほど手前のところで停まり、ドアが開いて唐木が降りてくる。

朝倉はヘルメットを脱ぐと左手に抱えて唐木と対峙（たいじ）した。

「ようやく出頭するつもりになったのか」唐木が鼻で笑いながら言った。

「そうだな。おれには公務執行妨害の容疑がかかってる。それに無免許運転もな」

朝倉はそう言ってバイクを振り返るとすぐに唐木に視線を戻した。

「だけどその前におまえに訊きたいことがある」

「何だ」

「事故に遭って意識不明だった保育園の運転手の生命維持装置を外したのは警察の人間なのか」

「何をわけのわからねえことを言ってやがるんだ」唐木が馬鹿馬鹿しいというように言った。

「もうひとつ訊く。新井の車に発砲したのはおまえか」

唐木の口角が上がった。上半身を少し後ろにそらして左手で後頭部のあたりを撫でた。

動揺を抑えようとするときの唐木の癖だ。

「任務中に起きたことだからおまえひとりを責めるつもりはない。おまえにだって子供はいるからきっとそれなりに辛い思いをしてきたんだろう」

「わかったようなことを言うんじゃねえ！」

朝倉はポケットから携帯を取り出して示した。

「おまえと奈緒美のさっきの会話を録音している。だが、おれはおまえに……一時でも尊敬していた同期のライバルに、自分の中の正義によってケリをつけてほしいと願ってる」

朝倉が言うと、空笑いが聞こえた。

「おまえは何もわかってねえな。おれの中の正義は警察という組織を守ることだ。警察という組織そのものが信頼を失えば市民の協力も得られなくなり、犯罪を抑止するという本来の機能さえ著しく失われることになる。より多くの犯罪を防ぎ、より多くの市民を守るために、どんなことがあっても警察という組織は力を失ってはいけないんだ」

「それによって個の人生が踏みにじられたとしてもか？」

「そんなことは警察組織にかぎったことじゃない。政治家は何か問題が起こると秘書に罪をかぶってもらう。それは政治家というものの信頼を失ったら日本という国が機能しなくなってしまうからだ。先週横浜港沖で死体が見つかった外務大臣の秘書だってそうだ。大臣の収賄をすべて秘書が受領したとおっかぶされて、たいした調べもなされないまま自殺ということでカタをつけられたんだ」

「おまえはそれが正しいと思うか」

「大切なものを守るためならしょうがないだろう」

「わかった。これでお別れだ」

携帯をポケットにしまうと同時に、唐木が胸もとから拳銃を抜いてこちらに向けた。

「どんな理由でおれを撃つんだ」朝倉は胸にこみ上げてくる悲しみを必死にこらえながら言った。

「理由はいくらでも思いつく。それにおまえとちがっておれにはかばってくれる人がたくさんいる。だが、できれば同期としておまえを撃ちたくない。その携帯を渡してさっさと消えろ」

「おれをかばってくれる人はいないかもしれないが、守ってくれる人は何人かいる」

意味がわからないというように唐木が首をひねった。

「このヘルメットにはカメラがついていて、映像はちがうところに送られている」

そう言うと唐木が弾かれたように肩を震わせた。蒼ざめた顔で銃口を自分のこめかみに向けようとした瞬間、唐木の手にヘルメットを投げつけた。

ヘルメットが拳銃を持った手に当たり、銃弾が空を切り裂いた。慌てて銃口を自分の頭に向けようとする唐木に飛びかかるとふたりして地面に倒れた。

「死なせろ！　死なせてくれ！」

わめきながら暴れる唐木の右手を痛む左手で何度も打ちつけて拳銃を放させた。同時に渾身の力で右拳を何度も唐木の顔面に叩きつける。ぐったりとして動かなくなった唐木をうつ伏せにさせ、上着のポケットから取り出した手錠を後ろ手にかけた。

「本当にいいのか――」

朝倉が訊くと、運転席の岸谷が渋々といった表情で頷いた。

「そいつを持っていたらあんたとは死ぬまで腐れ縁になっちまいそうだ。この一週間ずっと思っていたが、やっぱりあんたとは相性がよくねえ。それに新しい宝探しを始めるのも悪くはねえかなって」

「新しい宝探し？」朝倉は訊いた。

「秘書を自殺に追い込んだ外務大臣だよ。徹底的にリサーチしてやる。坊や、手伝うか？」

「そこで停めてくれ」

岸谷が後部座席をちらっと見て訊いたが、戸田が勘弁してくれと顔を歪めた。

朝倉は公園の前に停まっている車を見つけて言った。

「ここで待ってるか？」車を停めると岸谷が訊いた。

「いや、このまま行ってくれ。話がついたら、警察に落とし物を届けに行かなきゃならない」

朝倉はそう言って拳銃を入れたポケットのあたりを手でさすった。ドアを開けて、戸田と岸谷を交互に見つめる。

「ありがとう。この後いつ礼を言えるかわからないから今のうちに言っておく」

「そうだな。あんたは公務執行妨害でしばらくムショ行きかな。おれはこっちを離れて南の島で楽しむつもりだからもう会うことはないだろう」

「おれは待ってるよ」

その声に、朝倉は戸田に目を向けた。

「バイト代の残りを払ってもらわなきゃだからな」

そう言って微笑みかける戸田に軽く頷いて、朝倉は車から降りた。

目の前にある公園に入ると、ベンチに座っている正隆の姿をすぐに見つけた。最後に会った三年前と比べて背中がかなり丸まっているように思えた。

捜査の合間によく立ち寄った公園だ。ここで缶コーヒーを飲みながらよく正隆から捜査の指南を受けていた。

朝倉の気配に気づいたようで正隆がこちらに顔を向けた。ゆっくりと近づいていく朝倉をじっと見つめている。

「わたしに話というのはいったい何だね」正隆が探るような眼差しで訊いた。

「三年前のことです」

「三年前？」正隆が怪訝な表情で首をひねった。

朝倉はポケットから封筒を取り出した。それが何であるかがわかると朝倉に渡した。正隆は怪訝な表情を崩さないまま封筒の中身を取り出して正隆に渡した。

「七人の命と引き換えにされたものです」朝倉は正隆を見つめながら言った。

「何のことを言っているのかさっぱりわからない」正隆が顔をそらした。

「梓を誘拐して逮捕されたふたりはいずれも、三年前の事故に遭った被害者の関係者でした。ひとりは息子を、もうひとりは恋人を亡くしました。事故の真相を知りたくて、わたしにそれを探らせるために梓を誘拐したんです」

正隆が驚いたように朝倉に目を向けた。

「事故の真相も何も……あれは……」

「あなたが一番に守りたかったものは何ですか」

朝倉が言うと、正隆が口を閉ざして見つめてきた。

「西沢ですか？　警察組織ですか？　唐木ですか？　それともあなたご自身ですか？」

「家族だ」

そう呟いて顔を伏せた正隆を、朝倉はじっと見つめた。

「西沢さんには妻のことでずいぶん世話になった。きみもとうぜん知っているが妻は難病に苦しめられ病院で長い闘病生活を送っていた。お金が足りないときに無利子で貸してくれたことがあった。突然、西沢さんから連絡があった。わたしの管轄内で一緒にクスリをやっていた女性が亡くなってしまったと。ちょうど神奈川県知事から国政に打って出たばかりのときだ。こんなことが表沙汰(おもてざた)になったら自分は生きていけない、助けてくれと泣きつかれた」

「それでその場に西沢がいなかったように細工したんですね」

「亡くなった女性は部屋にカメラを仕掛けて西沢さんを脅そうとしていた。正しいことをしたとは思っていないが、必要悪だと思った」

「だけど、それだけでは終わらなかった」

正隆が頷いた。

「そのときのことをネタに恐喝されたと相談されて、わたしは県警の上層部のひとりに掛け合った。西沢さんと懇意にしている人だ。脅迫のネタが公になれば、警察が有名政治家のために事件を揉み消したことが明るみに出てしまう。それだけは絶対に阻止しなければならないと特殊班の中のごく一部の人間が招集されて隠密に恐喝犯を捕まえることにした」

「虚偽の事故原因を発表したのは西沢を守るためですか。本当のことを話せば西沢が恐喝されていたことがばれてしまうからと」

「事故を起こす原因になった者のためだ」

「唐木」

朝倉が言うと、正隆が顔を上げて首を横に振った。

「新井を追っていた車を運転していたが、発砲したのは唐木くんじゃない」

「特殊班のメンバーですか」朝倉は訊いた。

「唐木くんの部下だ。あんな惨事になってしまったことで罪悪感に苦しめられたんだろう。いつ自殺してもおかしくないというほど精神を病んでしまった。けっきょく退職してしまったが。そういう唐木くん自身も……あの事故があってからは酒に溺(おぼ)れ、家庭もうまくいかなくなり、離婚して子供たちとも離れ離れになってしまった。すべてはわたしが招いてしまったことだ。わたしのせいで有能なふたりの捜査員に重い代償を払わせることになってしまった。いや、そのふたりだけではないな」正隆が朝倉を見つめた。

「警察に行ってすべてを話してください。あなたなら誰にこの話をすればまっとうな捜査がなされるかわかっているでしょう。彼女もそう望んでいます」

最後の言葉を聞いて、こちらに据えていた正隆の眼差しが虚ろなものになった。

「あなたにとって過酷なことであるのは理解しているつもりです。でも、あなたしか今の状況を変えることはできません。同じ警察官が痴漢を働いたと証言したことでわたしが組織の中で四面楚歌になっているとき、唯一あなただけがわたしのやったことは間違いではないと励ましてくれた。どんな立場であっても自分の中の正義を信じろと。あの言葉がなければわたしは警察という組織に絶望して辞めていたかもしれない」

「今のわたしにあのときの信念なんかない。今まで奈緒美と梓にきみのことを悪く言った。きみにわたしたちに近づいてもらいたくなかった。きみがそばにいると、自分の罪悪感にとても耐えられそうになかった。わたしのことをさぞや侮蔑しているだろう」

「そのときのあなたの苦しい胸のうちはわかっているつもりです。あなたのことを今の今まで尊敬していたわたしには」

朝倉がそう言うと、こちらに据えていた正隆の眼差しが大きく揺れた。

「今度はわたしがすべてを失う番だね」正隆が呟いた。

「たとえ名誉を失ったとしても、家族との絆を取り戻すことができたら、それだけで生きていけます」

朝倉が力強く言うと、正隆が小さく頷いてゆっくりと立ち上がった。

出口に向かいながらポケットから携帯を取り出した。

「どこにかけるんだ」正隆が訊いた。

「奈緒美のところです」

「やめてくれ。こんなわたしがいったい何を言えるというんだ」正隆が手を振って朝倉から離れた。

「それでも伝えなければなりません。今のあなたの正直な気持ちを。そうでなければお互いに辛い時間を送ることになります」

朝倉が訴えると、正隆がこちらを見つめ返してきた。

「わたしが学んだことです」

54

いったいどんな夢を見ているのだろう。

奈緒美はベッドで眠る梓の髪を撫でながら思いを巡らせた。

誘拐されたという悪夢からまだ覚めていないはずなのに、梓の寝顔は穏やかで口もとにうっすらと笑みを浮かべている。

振動音が聞こえて、奈緒美は梓の頭から手を離した。バッグから携帯を取り出して着信を見た。忘れようのない十一桁の番号が表示されている。

「もしもし……」奈緒美は電話に出た。

「おれだ。今どこにいるんだ？」

真志の声が聞こえた。

「病院」

「梓は？」

「睡眠薬で眠っているけど大丈夫。怪我はしてない」

「そうか」

深い溜め息が漏れ聞こえた。

「あなたは……」

「これからお義父さんと一緒に警察に行く」

真志の声を聞いて、奈緒美は言葉を詰まらせた。

「梓と話がしたいでしょう。起こしてみる」

奈緒美はかろうじてそう告げて、梓に手を伸ばした。

「いい。そのまま寝かせてやってくれ。お義父さんと替わる」

しばらくの沈黙の後、「もしもし……」と声がして、胸が締めつけられた。

「奈緒美か？」

声音ではわからない父の必死の問いかけに、奈緒美は何も言えなかった。

梓の頭を撫でながらずっと考え続けているが、父に発する次の言葉がどうにも見つからない。

「すまない……本当にすまない……これからおまえや梓に辛い思いをさせてしまうことになる……」

父の嗚咽を聞きながら、涙があふれ出してきた。

「待ってる」

その言葉が自然と口からこぼれた。

「あの人にもそう伝えて」

奈緒美はそう告げると電話を切った。

滲んだ視界に映る仲睦まじそうな若いカップルの待ち受け画面の写真を見て、この携帯を返して謝らなければならないと思い出した。

ふたたび髪を撫で始めると、梓がゆっくりと目を開いた。

奈緒美と目を合わせても、今の状況がよくわからないようで、梓があたりに視線を配った。

「ここは……？」梓が訊いた。

「病院よ」

「わたし……お母さんのところに戻ってこられたんだ」

奈緒美が頷くと、梓の目に涙が滲んだ。

「どんな夢を見てたの？」奈緒美は梓に手を伸ばして、涙を拭いながら訊いた。

「ディズニーランドに行ってた」

「知美ちゃんたちと？」

梓が首を横に振った。

「朝ごはんを食べてたらベルが鳴ったんだ。お母さんに出てって言われてドアを開けたらお父さんが立ってて、これから三人でディズニーランドに行くぞって。夢だけど、楽しかった」

「夢じゃないよ」

梓がこちらを見つめたまま首をひねった。

「夢じゃない」奈緒美は梓に微笑みかけながらもう一度言った。

今、自分の頭の中にはっきりとその光景が映し出されている。梓を見つめながら、それからの三人の新しい時間に想像を巡らせた。

解説

吉田大助（書評家）

薬丸岳は、「二一世紀の社会派ミステリ」の書き手として知られている。

第五一回（二〇〇五年度）江戸川乱歩賞を受賞したデビュー作『天使のナイフ』では、一四歳未満ならば罪に問われない少年法の壁を題材にした。第三七回（二〇一六年度）吉川英治文学新人賞を受賞した『Aではない君と』では、保護者が付添人（＝少年審判における弁護人）になれるという制度を採り上げた。第七〇回（二〇一七年度）日本推理作家協会賞・短編部門を受賞した「黄昏」は、死者の年金不正受給問題という現実のニュースから、愛あふれる物語を導き出した。

薬丸の筆は、被害者の内面のみならず、被害者の家族や関係者、加害者および加害者の家族や関係者の内面をも、透徹した言葉で切り開く。日本の法制度を見渡してみると、少し前に被害者家族のケアが始まり、加害者家族へのケアがようやく始まりつつある現状だ。この一点だけ取ってみても、薬丸が「二一世紀の社会派」と呼ばれるにふさわしい存在であることが分かる。

だからこそ、『アノニマス・コール』には度肝を抜かれたのだ。「誘拐ミステリ」に初挑戦した本作は、巨悪に挑むヒーローありはぐれ者達の即席チームあり、ハリウッド級のアクションあり家族愛ありどんでん返しありと、ページの隅々にまでエンターテインメント精神が詰め込まれている。

　物語は静かに、ゆっくりと幕を開ける。朝倉真志は妻と離婚し、六畳間で冴えない一人暮らしをしていた。派遣労働者として工場で働く彼の携帯電話に、ある日の午後、見知らぬ番号から着信が入る。怪訝に思いながら電話に出ると、沈黙の後で「お父さん」というかすかな一言が聞こえた、気がした。念のため、介護士として働く元妻の奈緒美に三年ぶりに連絡をすると、娘の梓は「友達とディズニーランドに行ってる」と冷ややかな声が返ってきた。しばしの時を経て、奈緒美の家の電話に連絡が入る。「お嬢さんを誘拐しました」。身代金は、一千万円。すがる思いで真志に連絡を入れると、意外な言葉が返ってきた。「警察に報せては絶対にだめだ！」。なぜ報せてはいけないの？　奈緒美は反発するが、元夫の決死の懇願を一度は受け入れる。真志は仲間を集めて即席チームを結成し、梓を奪還するための作戦を練っていく。

　娘を誘拐された家族の側が、警察に頼らない。誘拐ミステリは数あれど、このシチュエーションは発明的だ。より厳密に記すならば、頼れない、のだ。元夫婦である二人は、元警察官でもあった。三年前、真志は犯罪に手を染めたとして免職された。それがきっかけで家族は引き裂かれてしまったが、三年前の事件には裏があった。自らが所属する警察に、ハメられたのだ。だから、「警察は信用できない」。

二日後、奈緒美は身代金受け渡しの係となる。真志のチームは彼女を警護しながら、犯人を突きとめようと奔走する。犯人は携帯電話を通じて奈緒美に指示を出し、横浜を皮切りに、大森、新橋、池袋、高田馬場……と、さまざまな土地を移動させた。やがて終着点へと辿り着くのだが――。身代金受け渡しが「失敗」した後、奈緒美は元警察署長である正隆に現状を見抜かれ、以後は警察が捜査に加わることになる。真志のチームは犯人を追いながら、誘拐のスペシャリストである特殊班捜査係の面々に追われることになる。

身代金の受け渡しや、その追跡時に、印象的に用いられているアイテムがある。携帯電話だ。犯人と奈緒美のやり取りに使用されるのはもちろん、真志のチームはラインで連絡を取り合い、携帯電話のGPS機能を発信器に流用し、身代金の位置情報を特定する。事件の黒幕の可能性について、二択からひとつの選択肢を削るために、真志が警察に仕掛けた「罠」も、携帯電話を利用したものだ。ここにもまた、濃厚な発明の香りが漂っている。

このあたりで、本作の真のジャンル名を確定させよう。『アノニマス・コール』は、「二一世紀の誘拐ミステリ」である。

確認しよう。警察官の三種の神器と言えば？　警察手帳・拳銃・無線機だ。そこから指紋・鑑識・逆探知という科学捜査の時代を経て、二一世紀の警察官は新・三種の神器を手に入れた。監視カメラやNシステム（自動車ナンバー自動読取装置）などの映像記録、スマホなどの通信・通話記録およびそれに紐づいたGPS情報、そしてDNA鑑定。デジタル捜査の時代へ突入だ。

新・三種の神器は、犯罪の被害者にとっては有り難く、加害者にとっては迷惑だ。たとえその場で犯罪が成功しても、サイバー空間にさまざまな痕跡（証拠）が残り、検索され、自分の元へと警察捜査の手が及んでしまう。こうした迷惑を被っているのは、犯罪者だけではない。現代に生きるミステリ作家も同様だ。なにしろ孤島や吹雪の山荘で事件を起こそうとしても、スマホの電波が通じてしまう。優れたトリックや犯罪計画を思い付いたとしても、デジタル捜査が完全犯罪に穴をうがち、密室の鍵を開けてしまう。

誘拐ミステリも、警察のデジタル捜査によって前世紀からグッと難易度を上げたジャンルのひとつだ。日本は本来、世界的に見ても誘拐事件は少ないにもかかわらず、日本のミステリ作家達は好んで誘拐事件を描き続けてきた。理由はよく分かる。誘拐が起き、犯人から家族へ連絡が入り、警察が介入する。その初期設定の段階で、「犯人に警察が介入しているとバレてはいけない」という、極上のサスペンスが発生する。バレてしまったとしたら、警察が犯人と信頼関係を築くために暗躍する、という新たなクエストが始まる。なぜ誘拐されたんだ？　犯人の要求はなんだ？　謎が次々と連鎖していくうえに、身代金の受け渡しは、アクションであると同時にミステリでもある。片や、いかに監視網をかいくぐり安全に金を手に入れるか。片や、誘拐された人間の奪還を第一目標としながら、いかに犯人逮捕を実現するか。そこで起こっているのは、犯人サイドと家族＋警察連合の推理合戦だ。

言い切ってしまおう。誘拐ミステリの真髄は、身代金の受け渡しにある。しかしその一点にこそ、現代社会を舞台に誘拐を描く際の、難易度の高さの原因がある。というのも、他の重大犯罪は「事後」に捜査が行われる。事件が起きてから、警察の捜査が始まる。ところが誘拐は、現在進行形だ。ネット空間による金銭の取引では、即、足がつく。身代金の受け渡しが現実空間で行われなければならない以上、犯人からの「予告」があり、それを受けて警察サイドは、入念な準備を施すことができる。デジタル捜査の網の目を、事前にとことんまで細かく、広く張り巡らすことができてしまうのだ。

その網の目をかいくぐるのは、並大抵の難易度ではない。だから現実として、日本では身代金目的の誘拐事件はごく少ない。だが、だからこそ書く、と舵を切ったのが、『アノニマス・コール』の薬丸岳なのだ。現代の東京を舞台に、警察のデジタル捜査の巧妙さを無視せず大前提とし、主人公たちがテクノロジーを逆手に取って警察と戦い、犯人を追いつめる武器とする、リアルな誘拐劇を描き出す。だから、「二一世紀の誘拐ミステリ」なのだ。

だが……それだけか？　確かに本作は、冒頭からエンターテインメントのど真ん中を突き進む。しかし、特に後半以降の読み心地はやはり、薬丸印だった。「三年前の事件」によって引き裂かれた真志と奈緒美が、娘の誘拐事件解決に奔走することで、再び手を取り合い、お互いの本当の心の内を知る。このドラマ性は、物語を一段高い場所へとジャンプさせている。

著者は単行本刊行時、薬丸にインタビューする機会を得た。彼は執筆のきっかけは、ハリウッド映画だったと明言した。

「その当時、リーアム・ニーソン主演の『96時間』という映画を観たばっかりで。娘が海外で誘拐されちゃう話なんですね。さらわれる瞬間まで娘と携帯電話で繋がっていて、その時の会話をヒントに、元特殊部隊の父親が救出に向かう。序盤の入り方が斬新で、その後もワクワクドキドキ感がすごかったんです。そういう話を、自分でも書いてみたかったんですよ。ミステリ界の先輩である岡嶋二人さんの誘拐モノも大好きでしたし、もともと誘拐モノって、一回やってみたかったんです」(「本の旅人」二〇一五年七月号より)

その一方で、「最初はちょっと戸惑う方もいらっしゃるかもしれないんですけど、最後まで読んでいただければ、『ああ、やっぱり薬丸岳の作品だ』と感じてもらえるんじゃないかと思っています」とも証言していた。それは、なぜか。

「二人の気持ちの強さであったりすれ違いであったり、二人がどうやって危機を脱していくのかというところは一番大事にしなければいけない、と意識していましたね。アクション満載の話ではあるんですけど、最終的にはやっぱり、家族の話なんですよね。(中略)そこの部分はこれまで僕が書いてきたものと変わらないと思うんですよ。というのも、人間関係の中で、一番逃れられないのが家族だと思うから。人を本当の意味で救える可能性があるのは最終的には家族のような気もしますし、逆に、より絶望に落とすのも家族のような気がします。『家族を書こう』と意識しているわけではないんですが、僕が物語を書いていくと、自然とそこに集約されていくようなんです」(同)

さらにもう一点、付け加えたい。犯人の正体と共にすべての謎が明かされるラストシーンにもまた、この作家ならではの匂いが漂っている。冒頭で、「薬丸の筆は、被害者の内面のみならず、被害者の家族や関係者、加害者および加害者の家族や関係者の内面をも、透徹した言葉で切り開く」と記した。それが「二一世紀の社会派ミステリ」と呼ばれるゆえんなのだ、と。既に本編を読み終えたという人ならば、そのジャンル名を、本作にも当てはめることができると確信することだろう。

極上のエンタメ性を実現しつつ、作家がデビュー以来見つめ続けてきた社会性を融合させることに成功した。本作は、「二一世紀の誘拐ミステリ」であると同時に「二一世紀の社会派ミステリ」である。単行本刊行から三年経った今も、きっとこの先も、薬丸岳の作品群においてとびきりの個性を放ち続ける。

本書は、二〇一五年六月に小社より刊行された単行本を加筆修正のうえ、文庫化したものです。

本書はフィクションであり、実在の個人・団体とは無関係であることをお断わりいたします。

アノニマス・コール

薬丸 岳（やくまる がく）

平成30年 11月25日　初版発行
令和6年 11月15日　3版発行

発行者●山下直久

発行●株式会社KADOKAWA
〒102-8177　東京都千代田区富士見2-13-3
電話　0570-002-301（ナビダイヤル）

角川文庫 21275

印刷所●株式会社KADOKAWA
製本所●株式会社KADOKAWA

表紙画●和田三造

ISBN 978-4-04-106892-2　C0193

角川文庫発刊に際して

角川源義

第二次世界大戦の敗北は、軍事力の敗北であった以上に、私たちの若い文化力の敗退であった。私たちの文化が戦争に対して如何に無力であり、単なるあだ花に過ぎなかったかを、私たちは身を以て体験し痛感した。西洋近代文化の摂取にとって、明治以後八十年の歳月は決して短かすぎたとは言えない。にもかかわらず、近代文化の伝統を確立し、自由な批判と柔軟な良識に富む文化層として自らを形成することに私たちは失敗して来た。そしてこれは、各層への文化の普及滲透を任務とする出版人の責任でもあった。

一九四五年以来、私たちは再び振出しに戻り、第一歩から踏み出すことを余儀なくされた。これは大きな不幸ではあるが、反面、これまでの混沌・未熟・歪曲の中にあった我が国の文化に秩序と確たる基礎を齎らすためには絶好の機会でもある。角川書店は、このような祖国の文化的危機にあたり、微力をも顧みず再建の礎石たるべき抱負と決意とをもって出発したが、ここに創立以来の念願を果すべく角川文庫を発刊する。これまで刊行されたあらゆる全集叢書文庫類の長所と短所とを検討し、古今東西の不朽の典籍を、良心的編集のもとに、廉価に、そして書架にふさわしい美本として、多くのひとびとに提供しようとする。しかし私たちは徒らに百科全書的な知識のジレッタントを作ることを目的とせず、あくまで祖国の文化に秩序と再建への道を示し、この文庫を角川書店の栄ある事業として、今後永久に継続発展せしめ、学芸と教養との殿堂として大成せんことを期したい。多くの読書子の愛情ある忠言と支持とによって、この希望と抱負とを完遂せしめられんことを願う。

一九四九年五月三日

角川文庫ベストセラー

悪党　薬丸岳

元警官の探偵・佐伯は老夫婦から人捜しの依頼を受ける。息子を殺した男を捜し、彼を赦すべきかどうかの判断材料を見つけて欲しいという。佐伯は思い悩む。彼自身も姉を殺された犯罪被害者遺族だった……。

グラスホッパー　伊坂幸太郎

妻の復讐を目論む元教師「鈴木」。自殺専門の殺し屋「鯨」。ナイフ使いの天才「蝉」。3人の思いが交錯するとき、物語は唸りをあげて動き出す。疾走感溢れる筆致で綴られた、分類不能の「殺し屋」小説！

マリアビートル　伊坂幸太郎

酒浸りの元殺し屋「木村」。狡猾な中学生「王子」。腕利きの二人組「蜜柑」「檸檬」。運の悪い殺し屋「七尾」。物騒な奴らを乗せた新幹線は疾走する！『グラスホッパー』に続く、殺し屋たちの狂想曲。

感傷の街角　大沢在昌

早川法律事務所に所属する失踪人調査のプロ佐久間公がボトル一本の報酬で引き受けた仕事は、かつて横浜で遊んでいた〝元少女〟を捜すことだった。著者23歳のデビューを飾った、青春ハードボイルド。

漂泊の街角　大沢在昌

佐久間公は芸能プロからの依頼で、失踪した17歳の新人タレントを追ううち、一匹狼のもめごと処理屋・岡江から奇妙な警告を受ける。大沢作品のなかでも屈指の人気を誇る佐久間公シリーズ第2弾。

角川文庫ベストセラー

角川文庫ベストセラー

夢違

恩田 陸

「何かが教室に侵入してきた」。小学校で頻発する、集団白昼夢。夢が記録されデータ化される時代、「夢判断」を手がける浩章のもとに、夢の解析依頼が入る。子供たちの悪夢は現実化するのか？

雪月花黙示録

恩田 陸

私たちの住む悠久のミヤコを何者かが狙っている……！　謎×学園×ハイパーアクション。恩田陸の魅力全開、ゴシック・ジャパンで展開する『夢違』『夜のピクニック』以上の玉手箱!!

私の家では何も起こらない

恩田 陸

小さな丘の上に建つ二階建ての古い家。家に刻印された人々の記憶が奏でる不穏な物語の数々。キッチンで殺し合った姉妹、少女の傍らで自殺した殺人鬼の美少年……そして驚愕のラスト！

天使の屍

貫井徳郎

14歳の息子が、突然、飛び降り自殺を遂げた。真相を追う父親の前に立ち塞がる《子供たちの論理》。14歳という年代特有の不安定な少年の心理、世代間の深い溝を鮮烈に描き出した異色ミステリ！

崩れる
結婚にまつわる八つの風景

貫井徳郎

崩れる女、怯える男、誘われる女……ストーカー、DV、公園デビュー、家族崩壊など、現代の社会問題を「結婚」というテーマで描き出す、狂気と企みに満ちた、7つの傑作ミステリ短編。

角川文庫ベストセラー

北天の馬たち　貫井徳郎

横浜・馬車道にある喫茶店「ペガサス」のマスター毅志は、2階に探偵事務所を開いた皆藤と山南の仕事を手伝うことに。しかし、付き合いを重ねるうちに、毅志は皆藤と山南に対してある疑問を抱いていく……。

不夜城　馳星周

アジア屈指の歓楽街・新宿歌舞伎町の中国人黒社会を器用に生き抜く劉健一。だが、上海マフィアのボスの片腕を殺し逃亡していたかつての相棒・呉富春が町に戻り、事態は変わった——。衝撃のデビュー作!!

鎮魂歌(レクイエム)　不夜城Ⅱ　馳星周

新宿の街を震撼させたチャイナマフィア同士の抗争から2年、北京の大物が狙撃され、再び新宿中国系裏社会は不穏な空気に包まれた！『不夜城』の2年後を描いた、傑作ロマン・ノワール！

夜光虫　馳星周

プロ野球界のヒーロー加倉昭彦は栄光に彩られた人生を送るはずだった。しかし、肩の故障が彼を襲う。引退、事業の失敗、莫大な借金……諦めきれない加倉は台湾に渡り、八百長野球に手を染めた。

虚の王　馳星周

兄貴分の命令で、高校生がつくった売春組織の存在を探っていた覚醒剤の売人・新田隆弘。組織を仕切る渡辺栄司は色白の優男。だが隆弘が栄司の異質な狂気に触れたとき、破滅への扉が開かれた——。